Thorsten Steffens
Klugscheißer Deluxe

PIPER

Thorsten Steffens, geboren 1974, studierte Germanistik und Anglistik an der Universität zu Köln. Zuvor, währenddessen und danach arbeitete er in den unterschiedlichsten Berufen: Als Grafiker, als Platzanweiser, als Dozent an einer Universität und als Kassierer im Supermarkt. Inzwischen jedoch arbeitet er als Lehrer an einer Realschule, wo er die Fächer Deutsch und Englisch unterrichtet sowie eine Anti-Rassismus-AG leitet.

Thorsten Steffens

Klugscheißer Deluxe

Roman

PIPER

Mehr über unsere Autoren und Bücher:
www.piper.de

Die Handlung und alle handelnden Personen sind frei erfunden.
Jegliche Ähnlichkeit mit lebenden oder realen Personen wäre rein zufällig.

MIX
Papier aus verantwortungsvollen Quellen
FSC® C083411

ISBN 978-3-492-50280-1
1. Auflage Juni 2020

Redaktion: Eliane Wurzer, Julia Feldbaum
Umschlaggestaltung: Favoritbüro, München
Umschagmotiv: Bilder unter Lizenzierung von Shutterstock.com genutzt
Satz: psb, Berlin
Gesetzt aus der Adobe Garamond Pro
Druck und Bindung: CPI books GmbH, Leck
Printed in Germany

Ein Vorwort zur Spezies Klugscheißer

Die Spezies Klugscheißer bilden eine Unterordnung des Homo sapiens. Es sind sechs rezente Arten bekannt, die sich auf die beiden Gattungen kognitive (Besserwisser, Schlaumeier, Rechthaber, Neunmalkluge) und kommunikative Klugscheißer (Klugschwätzer, Klugredner) verteilen.

re|zent *(Adj.);* (biol.) in der heutigen Zeit lebend

Zu ihren kennzeichnenden Merkmalen gehören ein übergroßer Wortschatz, eine gute Allgemeinbildung, überdurchschnittliche Kenntnisse auf dem Gebiet der Grammatik, das kontinuierliche gedankliche Korrigieren anderer Menschen, aber auch die prahlerische Weitergabe von nützlichen sowie unnützen Informationen in Form von Klugscheißerismen. Bis auf wenige Ausnahmen sind Klugscheißer ungefährlich, dafür aber sehr anstrengende Zeitgenossen. Bislang ist kein Impfstoff bekannt.

Klug|schei|ßer|is|mus *m.; Gen. –; Pl. …men;* ein geistreich formulierter Gedanke eines Klugscheißers, den niemand hören will

Da die folgende Geschichte von einem genuinen Klugscheißer erzählt wird, konnten so manche Worterklärungen leider nicht vermieden werden.

ge|nu|in *(Adj.);* (med.) nicht durch äußere Einflüsse (wie beispielsweise den Freundeskreis) beeinflusst, sondern angeboren

1. Workbooks und Straßenbahngespräche

»Wetten, dass der Neumann noch voll sauer auf uns ist wegen Hausaufgaben letzte Woche. Ey, voll der Honk! Warum geht der auch rum und guckt bei jedem ins Heft?«, beklagt sich einer der zwei Jungen, die mit mir zusammen in einer Vierer-Sitzgruppe der Linie 18 sitzen.

»Boah, der nervt richtig hart«, pflichtet sein Kumpel ihm bei. »Schab echt kein Bock auf den.«

Die Straßenbahn ist einer der wenigen Orte, an denen man Gespräche fremder Menschen ungeniert belauschen darf, ja, im Grunde sogar belauschen muss. Ich meine, was bleibt einem anderes übrig? Die einzige Alternative wäre, sich mittels Kopfhörern abzuschirmen, was ich niemals machen würde, da ich es schon aus sprachwissenschaftlicher Sicht viel zu faszinierend finde, solche Gespräche mitzuhören und, na ja, gegebenenfalls auch zu analysieren.

»Hast denn Hausaufgaben?«, fragt der andere wieder.

»Nö! Hab *Fortnite* gespielt und bin dann eingepennt. Lass ma abschreiben!«

Die beiden holen jeweils ein rotes Workbook aus ihrer Schultasche. Eigentlich, denke ich, heißt es ja Hausaufgaben und nicht Straßenbahnarbeiten, aber, nun ja, ich sollte wirklich still sein, denn als Schüler habe ich regelmäßig die Hausaufgaben abgeschrieben: im Foyer, auf dem Schulhof unter, auf und hinter der Tischtennisplatte, im Klassenzimmer, im

Bus und, ich glaube, einmal sogar auf dem Fahrrad … Rein juristisch betrachtet erledigen sie die Aufgaben ja auch nicht *in* der Schule.

Es ist also komisch, dass ich mir über so etwas überhaupt Gedanken mache, aber seitdem ich als Aushilfslehrer an einer Abendrealschule arbeite, hat sich meine Einstellung doch ein wenig gewandelt. Dabei mache ich das erst seit ein paar Monaten, aber es scheint bereits Spuren zu hinterlassen.

»Komm, ich sag dir«, meint der Junge neben mir. »Geht schneller! Hier, Seite 19!« Die beiden blättern. »Bei Nummer eins schreibste: *Se Män liws hier vor tän Jiers.*«

Eine wunderschön klare Aussprache! Der Satz ist zudem falsch, aber das ist ein Klassiker – diesen Übersetzungsfehler machen die meisten Deutschen.

Sein Kumpel hat das Workbook auf dem Schoß aufgeschlagen und fängt an, den Satz zu schreiben. Ich räuspere mich laut und umständlich, sodass mich beide Jungen unwillkürlich anschauen – und auch ein Großteil der anderen Fahrgäste.

»Der Satz ist nicht richtig!«, sage ich. »Da kommt *has been living* hin.«

Ich habe hier in der Straßenbahn sowieso nichts zu tun. Da kann ich den beiden genauso gut bei ihren Hausaufgaben helfen. Die verfallen allerdings in eine Art Schockstarre und schauen mich an, als ob ich ihnen ihre Workbooks gerade rechts und links um die Ohren gehauen hätte.

Schock|star|re *f.; Gen. –;* (zool.) kurz andauernde Bewegungsunfähigkeit, die eintritt, wenn ein Tier von einem Beutegreifer bedroht wird; (schul.) plötzlich ausgelöster Schockzustand bei Jugendlichen durch die Verabreichung überraschender Sachkenntnisse

Als die beiden sich wieder gefangen haben, sagt der Junge, der die Hausaufgaben hat: »Eh, cool! Danke!« Dann korrigiert er seinen Satz mit einem dieser ausradierbaren Tintenroller und diktiert seinem Kumpel den nächsten: *»Sey lörn vor se Test vor tu Hauers?«* Dabei schaut er mich fragend an.

Ich schüttle den Kopf.

»Wieder nicht?«, fragt er enttäuscht. »Wie denn dann?«

»They have been learning for the test …«, verbessere ich und versuche dabei, meinen amerikanischen Akzent, so gut es geht, abzuschwächen.

Er radiert den Satz wieder aus und schreibt die richtige Antwort auf, während sein Kumpel mich mit offenem Mund anstarrt, bevor er dann schließlich fragt: »Hast 'n Wörterbuch verschluggt?«

»Kann man so sagen«, entgegne ich, denn ich muss ja nicht jedem auf die Nase binden, dass ich zweisprachig mit einem amerikanischen Vater aufgewachsen bin. Entweder artet das nämlich in unbegründete Bewunderung aus, die sehr schnell unangenehm und peinlich wird, oder es wird vehement angezweifelt und zieht ein ellenlanges Verhör nach sich. Deshalb erwähne ich diese Tatsache nur, wenn es absolut notwendig ist.

Ich nehme allerdings honorierend zur Kenntnis, dass der Jugendliche mich geduzt hat, denn langsam komme ich in ein Alter, in dem das keine Selbstverständlichkeit mehr ist. Ebenso wenig ist es üblich, mit Ende zwanzig noch einmal ein Studium zu beginnen. Und dennoch sitze ich jetzt hier vor acht Uhr morgens in einer Straßenbahn und bin auf dem Weg zur Universität. Nachdem man mir letztes Jahr überraschend meinen Job im Callcenter gekündigt hatte, war ich zunächst einige Monate arbeitslos, bis Freunde mir dann die Aushilfsstelle als Englischlehrer an der Abendschule vermittelt haben. Da mir das wirklich Spaß macht, habe ich nun beschlossen, trotz meines fortgeschrittenen Alters noch einmal ein Studium zu wagen.

»Und die anderen Sätze?« Der Junge hält mir sein Workbook hin.

Ich werfe einen kurzen Blick auf die Seite. Er hat in jede Lücke das Simple Present eingesetzt. »Die sind alle falsch«, sage ich.

»Och nee. Echt jetzt?«

»Ja. Da kommt das Present Perfect Progressive rein.« Was übrigens auch in der Arbeitsanweisung über der Aufgabe steht, aber das denke ich mir nur. Viel zu schnell bekommt man den Stempel *Klugscheißer* aufgedrückt, wenn man solche Sachen laut sagt. Das habe ich leider schon zur Genüge erfahren.

Der Junge kritzelt zwei Sätze in sein Workbook, die sich in seinem Universum wahrscheinlich irgendwie nach Englisch anhören, bevor ich ihm schließlich die richtigen Antworten diktiere.

»Ey, cool, hast uns echt das Leben gerettet!«, bedanken sich die beiden, bevor sie am Kiebitzweg aussteigen.

Ich höre noch, wie der eine sagt: »Dann können wir heute so richtig mitarbeiten und voll die gute Note abgreifen!«

Weitere Leute steigen zu. Inzwischen ist die Bahn ganz schön voll. Ein Mann und eine Frau, schätzungsweise in meinem Alter, ergattern sich – teils durch Glück, teils durch Dreistigkeit – die beiden Plätze, auf denen gerade noch die Jungen saßen. Meine neuen Sitznachbarn nerven mich nach wenigen Sätzen bereits derart mit ihrer großspurigen Unterhaltung, dass ich sie in meinem Kopf *Barbie und Ken* taufe. Auf einmal bedaure ich es doch, keine Kopfhörer bei mir zu haben. So bleibt mir nichts anderes übrig, als deren geistigem Dünnpfiff zu lauschen. Wenn ich es richtig verstanden habe, arbeiten beide als Redaktionsassistenten bei irgendwelchen TV-Produktionsgesellschaften.

»Ich sag dir, als Katy Perry damals bei uns in der Show aufgetreten ist, hatten wir solche Probleme mit dem Sound«, schwadroniert der Mann schön laut, damit es auch jeder mitbekommt. »Das war voll crazy. Zum Glück war das noch während den Rehearsals. Immer wieder mussten wir von vorn anfangen, weil man die Vocals über die Monitore nicht hören konnte. Es hat ewig gedauert, bis wir das Publikum reinlassen konnten.«

»Ach, das kenne ich«, beschwichtigt seine Begleiterin. »Das hatten wir mal bei einem Auftritt von Michael Bublé, als der in unserer Sendung war. Da hätten wir fast den Tontechniker feuern müssen, weil der nichts auf die Reihe bekommen hat!«

Sie lacht laut und theatralisch.

Ich seufze innerlich, denn auf derartige Gespräche kann ich durchaus verzichten. In diesen Momenten vermisse ich schmerzlich mein Auto, das ich letztes Jahr verkaufen musste. Vielleicht sollte ich einfach fröhlich in die Unterhaltung der beiden einstimmen: *Ach, das ist ja noch gar nichts! Als Amy Winehouse bei mir im Wohnzimmer aufgetreten ist, um Michael Jackson zum Geburtstag zu gratulieren, hätte ich fast aus Versehen den Champagner über Muhammad Ali geschüttet.*

Ich verkneife es mir jedoch, da ich gerade versuche, mir solche spitzfindigen Bemerkungen abzugewöhnen. Aber wieso müssen ausgerechnet mir ständig solche Nahtrottelerfahrungen passieren? Können die Kölner Verkehrsbetriebe nicht separate Waggons einrichten? Mit einem großen Schild an den Türen *Nur für Trottel*, damit man nicht versehentlich einsteigt.

Nah|trot|tel|er|fah|rung *m.; Gen. –; Pl. -en;* bedrohliche Situation, in der man auf einfältige Individuen trifft und deren Dummheit und/ oder Selbstgefälligkeit hilflos ausgeliefert ist

»Hast du dir jetzt endlich den zweiten Teil auf Amazon angesehen?«, fragt Barbie. »Wie ich dir gesagt habe?«

»Noch nicht«, antwortet Ken. »Aber ich gib dem Film noch mal 'ne Chance, und wenn der gut ist, können wir den dritten Teil nächste Woche ruhig im Kino sehen. Aber wenn das eine Triologie ist, macht es ja keinen Sinn, wenn ich den zweiten Teil nicht gesehen habe.«

Ja, liebes Gehirn, ich habe es auch gehört: Er hat *ich gib* gesagt – und *Triologie.* Ich seufze innerlich. Spätestens jetzt hätte ich vor einem Jahr nicht mehr an mich halten können. Da habe ich die Menschen noch regelmäßig sprachlich verbessert. Nicht etwa, weil mir das so großen Spaß bereitete, sondern vielmehr, weil es außer mir ja keiner getan hat. Aber in den letzten sechs Monaten habe ich viel dazugelernt. Ich habe beispielsweise gelernt, dass es mir inzwischen nicht mehr so egal ist, dass die ganze Welt mich für einen Klugscheißer hält. Ich habe gelernt, dass es besser ist, manche Dinge einfach nur zu denken, anstatt sie laut auszusprechen. Ich habe gelernt, dass es eben nicht meine Aufgabe ist, jeden sprachlich zu sozialisieren. Und ich habe gelernt, dass es wichtigere Dinge gibt. Zum Beispiel mein Studium, das heute beginnt. Wieder einmal, denn vor fünf Jahren war ich schon einmal für die Fächer Deutsch und Englisch an der Universität eingeschrieben. Damals habe ich allerdings nach einem Semester alles hingeschmissen, weil ich mich ständig mit den Dozenten gezofft habe und meinte, alles besser zu wissen. Das darf mir dieses Mal nicht wieder passieren, denn eine dritte Chance bekomme ich sicherlich nicht! Diesmal muss ich lernen, mich zu beherrschen, wenn mir etwas gegen den Strich geht. Da sind Barbie und Ken hier schon mal eine gute Übung.

»Boah, Alter, zeig mal«, schreit ein Jugendlicher durch die Bahn, reißt einem Mädchen das Handy aus der Hand und mich somit aus meinen Gedanken. Sie sitzen in einer Vierer-Sitzgruppe neben uns. »Das ja voll krass! Die Hülle muss ich auch ham!«

Er hat so laut geschrien, dass nicht nur ich unweigerlich in seine Richtung schaue.

»Die kriegste verscheinlich noch im Hürth-Park«, säuselt das Mädchen. »Da hab ich die auch her!«

Ken wirft seiner Begleiterin ein hämisches Grinsen zu.

»Verscheinlich!«, wiederholt er amüsiert. »Traurig, wenn die Kids heutzutage nicht mehr richtig Deutsch sprechen können.«

Das muss ausgerechnet diese Knalltüte sagen. Ich halte allerdings wieder meinen Mund, denn ich habe ja dazugelernt. Ich kann jedoch nicht garantieren, dass ich gerade nicht versehentlich mit den Augen gerollt habe.

Die Teenies nebenan bekommen seinen Kommentar allerdings nicht mit.

»Boah, krasse Scheiße!«, johlt der Junge nämlich nun. Wieder viel zu laut. Anscheinend hat er irgendetwas Interessantes auf dem Handy entdeckt.

»Also wirklich!«, echauffiert sich Barbie. »Immer diese Fickalsprache! Das muss doch nicht sein.«

Mein Gehirn meldet sich wieder. Es hat Fragen. Habe ich mich gerade verhört oder hat sie tatsächlich *Fickalsprache* gesagt? Diesmal kann ich leider nicht an mich halten.

»Entschuldigung?«, frage ich. »Welches Wort haben Sie da gerade verwendet? Fickalsprache?«

Barbie ist ein wenig überrascht, dass ich sie unaufgefordert anspreche.

»Ja, wieso?«, entgegnet sie schnippisch. »Wissen Sie etwa nicht, was das ist?«

»Nein.« Ich schüttle den Kopf und bin schon auf ihre Erklärung gespannt. »Was soll das sein?«

»Na, wenn man so primitive Ausdrücke benützt. Wie *Kacke, Scheiße, ficken* und so. Fickalsprache halt.« Sie zuckt mit den Schultern, als wolle sie sagen: Das kennt doch jeder!

»Ach so«, sage ich nur. »Den Begriff kannte ich tatsächlich noch nicht.«

Mein Gehirn klatscht sich derweil mit der flachen Hand auf die Stirn.

Die beiden fahren unbehelligt mit ihrer Unterhaltung fort. Da die Bahn ziemlich trödelt, beschließe ich, eine Nachricht an Lennart zu schreiben, den ich letzte Woche an der Uni kennengelernt habe.

Bin gleich da, wart auf mich!

»Wir casten ja gerade für ein neues Comedy-Format«, tönt Ken nun prätentiös, während ich versuche, seine Stimme weitestgehend auszublenden. »Du kannst dir nicht vorstellen, was sich dort für hässliche Menschen bewerben.«

Lautes Gelächter von beiden. Zum Glück sind sie nicht oberflächlich!

Zwei Haltestellen noch, denke ich mir. Also: Tief durchatmen!

Ich krame eine Literaturliste für Erstsemester aus meinem Rucksack, die ich gestern erst im Netz gefunden habe, und werfe einen Blick darauf. Mal schauen, ob ich die Bücher gleich noch in Köln besorge, bevor ich später wieder zurück nach Hause fahre.

»Total bemitleidenswert, diese Wannabe-Stars. Wirklich.

Wollen unbedingt ins Fernsehen, haben aber einfach nicht den gewissen It-Factor«, bläht Mister Wichtig sich weiterhin auf.

Noch eine Haltestelle.

Die beiden Teenies nebenan sind in der Zwischenzeit wieder lautstark zugange und unterhalten sich über irgendein Computerspiel, das ich nicht kenne.

»Verscheinlich ist das so wie *Belagerungsbrecher Level 30*«, sagt das Mädchen.

Plötzlich explodiert Barbie aus heiterem Himmel und raunzt den beiden zu: »Wahrscheinlich! Das Wort heißt *wahrscheinlich* und nicht *verscheinlich*. Himmelherrgott! Ist das denn so schwierig?«

Die Jugendlichen verstummen augenblicklich und schauen verdattert zu uns herüber. Auch viele andere Fahrgäste haben aufgehört zu reden, weil Barbie derart laut ihre Selbstbeherrschung verloren hat.

Das Gesicht des Mädchens läuft rot an.

Sülzburgstraße, verkündet die Computerstimme der KVB in die Stille hinein.

»Entschuldigung«, bringt das Mädchen leise hervor. Man sieht ihr an, wie unangenehm ihr die ganze Szene ist.

»Ja, so was sollte dir auch leidtun!«, zetert Barbie weiter. »Andere Menschen müssen sich das hier schließlich anhören! Meine Güte, lern mal Deutsch!«

Zisch! Innerhalb einer Millisekunde schmort mein Geduldsfaden durch. Ich stehe auf, und noch bevor ich nachdenken kann, öffnet sich schon mein Mund.

»Wer im Glashaus sitzt, sollte nicht mit Steinen werfen«, sage ich an Barbie und Ken gewandt. Es ist immer noch relativ still in der Bahn, sodass ich leider ein größeres Publikum habe, als mir lieb ist. »Denn sprachliche Koryphäen sind Sie beide ganz gewiss auch nicht.« Ich wende mich Ken zu. »Beim Verb *geben* verwenden Sie den Imperativ statt des Indikativs. Es heißt, *ich gebe* und nicht *ich gib*. Und einen Dreiteiler nennt man *Trilogie* und nicht *Triologie*.« Dann richte ich mich an Barbie. »Und so etwas wie *Fickalsprache* gibt es im Deutschen ebenfalls nicht, sondern es heißt *Fäkalsprache*. Sie erkennen hoffentlich die Ironie, wenn ausgerechnet Sie den Jugendlichen vorwerfen, kein Deutsch zu können!«

Die Türen öffnen sich und ich sehe zu, dass ich Land gewinne.

Draußen auf dem Bahnsteig seufze ich erst einmal laut. Nicht weil ich mich so sehr über Barbie und Ken aufgeregt habe, sondern weil ich wütend auf mich selbst bin. Wieso kann ich nicht einfach die Klappe halten? Muss ich denn jedem immer die Meinung geigen?

Klar, man könnte sagen, ich habe mich nur für das Mädchen eingesetzt, dem die Tränen schon in den Augen gestanden haben. Aber wenn ich ganz ehrlich bin, weiß ich, dass ich mich einfach nur wieder nicht beherrschen konnte. Hört das denn niemals auf? Was ist, wenn mir das an der Universität auch wieder passiert? Was ist, wenn ich mich da über irgendeinen Dozenten aufrege? Was ist, wenn ich es mir da in null Komma nichts wieder mit jedem verscherze?

Ich muss endlich lernen, mich zusammenzureißen! Ich muss. Ich muss. Ich muss.

Ich seufze noch einmal und gehe schnell Richtung Uni.

2. Galaktika und Generation Z

Ich biege in den Gottesweg, wo sich seit einigen Jahren eine neue private Hochschule befindet: die Greenberg University. Eigentlich war ich an der regulären Kölner Uni eingeschrieben, bis mir Freunde erzählten, dass man sich an der Greenberg auf Lehramtsstudiengänge spezialisiert habe.

Strammen Schrittes gehe ich in Richtung meiner neuen Wirkungsstätte. Die Szene in der Bahn klingelt immer noch in meinem Kopf, sodass ich ein kurzes Stoßgebet an die Gelehrten im Himmel schicke: *Lieber Johann Wolfgang, lieber Friedrich, lieber Theodor, wenn ihr mich hören könnt, sorgt doch bitte dafür, dass ich diesmal nur auf kompetente Dozenten stoße, die ich achten und respektieren kann.*

Je kompetenter, umso besser, denke ich mir. Dann komme ich gar nicht erst in Versuchung, mich wieder aufzuregen oder gar auszuflippen.

Der kleine Timo in mir meldet sich zu Wort und schlägt vor, ich könnte mich sicherheitshalber auch noch an Galaktika wenden – aus der Fernsehsendung *Hallo Spencer*. Also summe ich leise »Wir rufen dich, Galaktika, vom fernen Stern Andromeda« vor mich hin. Die anderen Fußgänger, hauptsächlich auch Studenten, werfen mir komische Blicke zu und finden mich bestimmt äußerst absonderlich.

Nach weiteren hundert Metern bin ich da. Sehr amerikanisch sieht der Campus aus. Eine riesige Rasenfläche, die von Gehwegen durchkreuzt ist, befindet sich im Inneren, umgeben von hohen Gebäuden hinten, links und rechts. Überall gibt es Sitzgelegenheiten, englischsprachige Wegweiser und etliche Fahrradständer, die schon gut genutzt sind, sodass man sich hier zur Primetime selbst mit dem Rad auf Parkplatzprobleme einstellen kann.

Ich bin spät dran. Lennart wartet bereits vor dem Eingang. Mit ihm habe ich mich letzte Woche bei einer Einführungsveranstaltung für Erstsemester direkt gut verstanden, obwohl er fast zehn Jahre jünger ist als ich. Andererseits sind das fast alle hier. Ansonsten sind wir ziemlich ähnlich gestrickt. Als wir festgestellt haben, dass wir beide für dieselben Fächer eingeschrieben sind, haben wir uns schnell einen gemeinsamen Stundenplan gebastelt.

Lennart hat sein Abitur im letzten Jahr mit Bestnoten absolviert, sagt allerdings, dass er sich einfach nur mithilfe seiner Apple Watch durch sämtliche Prüfungen geschummelt habe. Typisch Generation Z. Ich möchte nicht wissen, wie viele Schüler mich an der Abendschule schon mit ihren Handys reingelegt haben. Schließlich mache ich mir nicht die Mühe, die für jeden Vokabeltest einzusammeln.

Ge|ne|ra|ti|on Z *f.; Gen. –;* (soziol.) vor allem in der englischen Sprache verwendeter Begriff für Menschen, die ab der Jahrtausendwende geboren sind und somit in einem digitalen Zeitalter aufwachsen

Außerdem hat er die letzten sechs Monate in England verbracht, um seine Sprachkenntnisse zu verbessern.

»Alter!«, begrüßt er mich schlaftrunken. »Ich weiß echt nich, ob wir mit *dem* Kurs die richtige Wahl getroffen haben! Welcher Irre legt denn sein Seminar Montagmorgen auf acht Uhr?«

»Als ob wir eine Wahl gehabt hätten«, antworte ich und deute damit an, dass es sich um ein Pflichtseminar handelt, das man belegen musste.

Wir betreten das Gebäude und suchen den ersten Stock auf, da wir dort R19 vermuten. Fehlanzeige!

Wir fragen einen etwas verpeilt dreinblickenden Hipster, Marke Vollbart und Flanellhemd, um bereits visuell zu kommunizieren, dass er anders ist.

»Ach, ihr wollt zur Kaltwasser?«, fragt er. »Grundkurs Linguistik?«

Lennart und ich nicken.

»Das ist da oben im zweiten Stock. Aber wenn ihr einen kostenlosen Rat wollt: Wechselt am besten schnell das Fach, solange ihr noch könnt, denn die wird nicht umsonst von allen nur die Eisbaronin genannt. Die lässt den halben Kurs jedes Mal eiskalt durchfallen. Ist aber leider ein Pflichtseminar. Ich bin dreimal bei der Alten durchgerasselt und hab jetzt stattdessen mit Bio angefangen. Is nich so stressig!«

Ich werfe Lennart einen nervösen Blick zu. Der scheint jedoch recht amüsiert von den Aussagen des Hipsters.

Wir bedanken uns schnell, hasten dann aber trotzdem die Treppen hinauf.

R19 ist eine Mischung aus Hörsaal und Seminarraum mit etlichen fest verbauten Tischreihen, an denen sich herunterklappbare Sitzflächen befinden. Wenn einer aus der Mitte der Reihe also aufstehen muss, um beispielsweise die Toilette aufzusuchen, müssten alle anderen aus derselben Reihe mit aufstehen. Schlimmer als im Kino.

Zum Glück sind noch einige Plätze frei. Während ich kurz neben der Tür verharre, um die Lage zu sondieren, steuert Lennart zielstrebig die erste Reihe an, die als einzige noch vollkommen leer ist.

»Was machst du denn?«, frage ich entsetzt, als ich ihm hinterherhaste.

»Na, was schon? Mich hinsetzen!«

»Aber doch nicht in die erste Reihe!«

»So machen wir direkt einen guten Eindruck!«, argumentiert Lennart. »Du weißt schon. Ganz smooth!«

»Nix da«, sage ich. Ich deute auf zwei Plätze weiter hinten. »Wir können auch einen semi-guten Eindruck in der vierten Reihe mach…«

»Alter!«, fällt Lennart mir ins Wort, während er über meine Schulter in Richtung Eingang blickt.

Ich drehe mich um und sehe sogleich den Grund für seine Begeisterung. Die Dozentin hat den Raum betreten. Die angebliche Eisbaronin sieht jedoch wie eine Prinzessin aus, die von Scarlett Johansson verkörpert wird: makelloser Teint, dezent geschminkt, lange blonde Haare, eine Topfigur in einem eng anliegenden Kostüm, und dazu lächelt sie freundlich mit ihren blendend weißen Zähnen in unsere Richtung.

So viel also zu dem Geschwafel des verpeilten Hipsters. Der sah ohnehin aus, als ob er sein ganzes Leben nicht auf die Reihe bekäme. Kein Wunder, dass er hier an der Uni überfordert ist, wo ein Höchstmaß an Selbstverwaltung benötigt wird.

Ich drücke Lennart in die erste Reihe, damit wir genau vor dem Dozentenpult sitzen können. Wahnsinn! Besser könnte mein erster Tag an der Uni gar nicht laufen. Von nun an werde ich nur noch zu Goethe, Schiller und Fontane beten. Na ja, und zu Galaktika.

Scarlett kommt zielstrebig auf uns zu, bleibt kurz vor dem Pult stehen, schaut sich etwas skeptisch im Raum um und fragt dann: »Ist das hier R29?«

Ich seufze innerlich bereits.

»Nein, R19«, sagt Lennart, ebenfalls hörbar enttäuscht.

»Oh, Entschuldigung!« Und bevor wir uns versehen, macht sie auch schon wieder kehrt.

Ich möchte gerade *Los, komm!* sagen, damit wir den Sitzplatz noch schnell wechseln können, als auch schon die richtige Dozentin den Raum betritt. Ein Blick genügt, um sicher zu sagen: Das muss die Eisbaronin sein – Frau Prof. Dr. Kaltwasser. Ihre langen grauen Haare hat sie streng zurückgebunden, während der Mund in ihrem faltigen Gesicht aussieht, als habe sie gerade in eine Zitrone gebissen. Wenn ich es nicht besser wüsste, würde ich sagen, Maggie Smith wäre aus einer *Downton Abbey*-Episode direkt zu uns in R19 gekommen.

Sie mustert grimmig die Seminarteilnehmer, während sie auf uns zukommt und schließlich direkt vor meiner Nase Platz nimmt. Großartig!

»Guten Morgen!«, knurrt sie und lässt dann während einer dramaturgischen Pause ihren Blick durch die Reihen schweifen. »Bevor wir inhaltlich in dieses Seminar einsteigen, werde ich Sie zunächst mit den Regeln und Anforderungen vertraut machen. Punkt eins: Für alle Seminare und Vorlesungen der Greenberg University gilt Anwesenheitspflicht, welche wir mittels Listen akribisch prüfen. Sollten Sie mehr als zwei Sitzungen fernbleiben, haben Sie keine Möglichkeit auf einen Teilnahme- oder Leistungsnachweis. Sollten Sie damit Probleme haben, kann ich Ihnen raten, ein Fernstudium in Erwägung zu ziehen. Punkt zwei: Jedwede Nutzung digitaler Endgeräte ist in diesem Kurs strikt untersa…«

Die Eisbaronin wird durch eine junge Studentin unterbrochen, die mit einem Mal die Tür aufreißt und laut schnatternd den Raum betritt. An ihrem Ohr ein Handy. »Ja, ich hab jetzt erst noch so ’nen blöden Einführungskurs, danach kann ich …« Sie verstummt, als sie bemerkt, dass sowohl alle Seminarteilnehmer als auch die Kaltwasser sie anschauen. »Ups!«, flötet sie, wohl mehr zu ihrem Gesprächspartner am Handy als zum Plenum. »Ich seh grad, der Kurs hat schon angefangen. Also, ich meld mich später, okay? Tschüssi!«

Dann nimmt sie hysterisch kichernd in unserer Reihe außen Platz.

»Tschuldigung«, säuselt sie in Richtung Dozentenpult. »Ich hab den Wecker voll nich gehört heut Morgen!«

Der Eisbaronin scheint es derweil die Sprache verschlagen zu haben, denn sie erwidert den Blick der Studentin mit einem Gesichtsausdruck, der anderweitig vermutlich nur durch Schlaganfälle ausgelöst wird. Sie braucht ein paar Sekunden, um sich wieder zu fangen. Dann fragt sie ganz leise, kaum hörbar: »Wie ist Ihr werter Name?«

»Maria. Maria Steger. Also, das ist mir jetzt voll peinlich hier. Sorry noch mal, aber ich hab den Wecker voll nich gehört.«

»Das kann doch jedem einmal passieren«, sagt die Eisbaronin nun mit gespielter Freundlichkeit, während sie eine Liste aus ihren Unterlagen hervorholt und einen Namen darauf durchstreicht. »Da habe ich Sie auch schon gefunden, Frau Steger. Wie ich Ihrer Unterhaltung entnommen habe, legen Sie ohnehin keinen großen Wert auf diesen, ich zitiere, *blöden Einführungskurs*. Nebst Interesse Ihrerseits erwarte ich zudem militärische Pünktlichkeit. Da Sie mit beidem nicht aufwarten, dürfen Sie mein Seminar nun verlassen. Auf Wiedersehen!«

Die Studentin schaut die Kaltwasser verdutzt an. »Ihr Ernst?«, fragt sie entsetzt.

Und ich bin doch ein wenig erstaunt, ja, fast schon enttäuscht, dass sie die Dozentin nicht duzt.

»Ich bevorzuge es zwar, wenn Studierende in vollständigen Sätzen mit mir sprechen, aber um Ihren Idiolekt zu adaptieren, antworte ich mit einem simplen: Ja, mein Ernst.« Die Kaltwasser zeigt in Richtung Ausgang.

Paff! Einmal auseinandergenommen und nicht wieder zusammengesetzt, würde ich sagen.

Die Studentin steht empört auf und schnauft nur: »Was für 'n Saftladen! Man kann ja wohl mal zu spät kommen.«

Dann verschwindet sie.

»Ich wiederhole«, fährt die Eisbaronin fort. »Punkt zwei: Jedwede Nutzung digitaler Endgeräte ist in diesem Kurs strikt untersagt. Dies gilt sowohl für Handys als auch für Laptops, Tablets und so weiter. Sollten Sie damit Probleme haben, verweise ich gern wieder auf das vorhin erwähnte Fernstudium. Ich möchte hier jedoch nicht durch Tippen, Klappern, Surren, Klingeln, Vibrieren, Piepsen oder sonstige Geräusche gestört werden. Haben wir uns verstanden?«

Lennart und ich nicken eifrig, während ich in meine Hosentasche greife, um mein Handy auszustellen. Ich höre, wie hinter mir fleißig Laptops zugeklappt und weggepackt werden. Ich bin gespannt, wie viele der hier anwesenden Smombies das Seminar in den kommenden Wochen noch unfreiwillig verlassen müssen. Denn Typen wie Lennart haben eine andere Beziehung zu ihren Handys, als ich sie habe. Bei meinen Schülern an der Abendschule ist das ähnlich. Die halten es teilweise keine neunzig Minuten aus, ohne auf ihre Smartphones zu schauen. Entweder holen sie es unerlaubterweise aus der Hosentasche oder sie verschwinden auf die Toilette, und man erwischt sie dann auf dem Flur, wie sie eine *dringende* Nachricht schreiben.

Smom|bie *m.; Gen. -es; Pl. -s;* Kofferwort aus den Begriffen *Smartphone* und *Zombie* zur Beschreibung von Menschen, die inzwischen mit ihren Handys verschmolzen sind

»Stellen Sie sich darauf ein, dass Sie dieses Seminar nur schaffen, wenn Sie gewillt sind, hart zu arbeiten«, monologisiert sie weiter. »Sie sind hier an der Greenberg University, eine der besten Universitäten auf dem Gebiet der Lehrerausbildung bundesweit. Unsere Absolventinnen und Absolventen sind bekannt für ihre erstklassigen Fachkenntnisse. Daher erwarte ich, dass Sie sich jede Woche präzise auf die kommende Sitzung vorbereiten. Einen umfassenden Reader werde ich Ihnen hierfür zur Verfügung stellen. Mir ist wichtig, dass Sie die Inhalte verstehen und nicht nur in der Lage sind, diese zu rezitieren. Seien Sie gewiss, dass ein Großteil aller Anwesenden diesen Kurs nicht bestehen wird. Dies ist allerdings nicht weiter bedauerlich, denn es schreiben sich jedes Semester ohnehin zu viele Studierende für Germanistik ein.« Sie macht wieder eine dramatische Pause.

Ich höre, wie jemand laut schluckt. Aber vielleicht war ich das auch selbst.

Der Rest des Seminars ist eine einzige Zitterpartie. Die Kaltwasser stellt nämlich im Minutentakt Fragen, die irgendeiner der anwesenden Studierenden beantworten soll. »Wie lautet der Plural von Kasus?« – »Wie heißen die drei Modi der deutschen Sprache?« – »Wer gilt als Hauptvertreter der Generativen Grammatik?« – »Was versteht man unter Semiotik?« Und so weiter und so fort.

Einige Antworten weiß ich sogar, dennoch treibt mir jede weitere Frage den Angstschweiß auf die Stirn. Vor allem, weil die Kaltwasser jedes Mal verstimmt wirkt, wenn jemand die Antwort nicht weiß. »Als Germanistikstudentinnen und -studenten dürften Sie so etwas durchaus wissen!«

Immerhin erklärt sie alles ausführlich und verständlich, nachdem sie uns einmal kollektiv abgewertet hat.

Ein wenig irritiert bin ich zudem, als Lennart in der Anwesenheitsliste, die herumgereicht wird, einfach bei einem anderen Namen als bei seinem eigenen unterschreibt. Da wir aber direkt vor der Eisbaronin sitzen, traue ich mich nicht zu fragen, was es damit auf sich hat, weil ich befürchte, dass sie mich ansonsten herauswirft.

Nach neunzig Minuten ist der Spuk vorbei. Zum Abschluss bekommen wir noch ein Arsenal an Texten, das für die kommende Woche zu lesen ist. Dann dürfen wir gehen.

Draußen auf dem Flur verschafft Lennart sich erst einmal Luft: »Alter! Was war das denn?«

»Keine Ahnung!«, entgegne ich.

»Ach, war das euer erstes Mal bei der Kaltwasser?«, mischt sich ein Student ein, der ebenfalls gerade aus dem Seminar kommt. »Haben Sie euch nicht gesagt, worauf ihr euch da einlasst?«

»Nicht wirklich«, sage ich und muss kurz an den Hipster von heute Morgen denken. Vielleicht hätten wir seinen Ratschlag doch befolgen sollen.

Der Student grinst uns hämisch an. »Macht euch keinen Kopf. So ging's mir beim ersten Mal auch. Das ist jetzt mein dritter Anlauf.«

»Du machst Witze?«, fragt Lennart entsetzt.

»Nö! Die meisten da drin waren schon mal da. Die wenigsten packen den Abschlusstest beim ersten Mal. Ist aber halt ein Pflichtkurs.«

»Unterhaltet ihr euch gerade über die Giftspritze?«, fragt

eine Studentin, die ebenfalls gerade aus dem Seminar kommt und sich zu uns stellt.

Wir nicken einträchtig.

»Also, ich habe ja schon viel von der Gewitterziege gehört, aber die letzten anderthalb Stunden haben echt alles getoppt, was mir bisher erzählt wurde«, beschwert sie sich. »Ich hab keine Ahnung, wie ich den Kurs jemals bestehen soll.«

»Ach, das kriegen wir schon hin«, sülzt Lennart auf einmal, der voll und ganz auf Womanizer-Modus umgeschaltet hat und der Studentin seine Hand entgegenstreckt. »Ich bin übrigens Lennart. Du kannst mich jederzeit um Hilfe bitten. Tag und Nacht!«

Die letzten Wörter betont er leicht anzüglich.

Ich weiß nicht, wann ich das letzte Mal jemanden so offensichtlich und peinlich habe baggern sehen. Mir scheint, als ob der gute Lennart neben Deutsch und Englisch seinen Abschluss auch noch dringend in Bettwissenschaften absolvieren möchte. Dabei ist die Studentin eher in meinem Alter als in seinem.

Bett|wis|sen|schaft *f.; Gen. –; Pl. -en;* neuer Studiengang für Möchtegerncharmeure mit dem Schwerpunkt »peinliche Anmachsprüche« (Modul I)

»Hannah«, entgegnet sie, eher an mich gerichtet und ohne Lennarts Hand zu ergreifen.

»Timo«, stelle ich mich vor.

»Alex«, komplettiert der Vierte im Bunde nun unsere Vorstellungsrunde. »Ist das dein erstes Mal bei der Kaltwasser?«

Hannah nickt. »Wieso? Gibt es Leute, die sich die Kratzbürste zweimal antun?«

»Na ja, nicht freiwillig«, erklärt Alex. »Das ist jetzt mein dritter Anlauf.«

»Ach, du Scheiße! Dann kann ich mir mein Deutschstudium wohl abschminken.« Hannah sieht so aus, wie ich mich gerade fühle. Äußerst besorgt.

Nur Lennart ist weiterhin in Flirtlaune: »Keine Sorge, das kriegen wir gemeinsam schon hin. Du kannst mich jederzeit anrufen …«

»Ja, ja, ich weiß. Tag und Nacht. Sag mal, hattest du mit so einem lahmen Spruch schon mal Erfolg?«

Ich kann mir ein Grinsen nicht verkneifen und schaue gespannt auf Lennart. Der lässt sich allerdings nicht so leicht aus der Bahn werfen.

»Wirkt er denn schon?«, fragt er kess.

»Nicht im Geringsten.«

»Das wird schon noch«, zeigt sich Lennart siegessicher.

Derweil stimme ich in die Bedenken mit ein, dass dieses Seminar ein ganz schön harter Brocken wird.

Kurz darauf verabschieden sich Hannah und Alex, weil sie zu unterschiedlichen Seminaren aufbrechen müssen. Für Lennart und mich steht für heute zum Glück nur noch ein weiterer Kurs an. Wieder einmal ein Einführungskurs in die Linguistik. Diesmal allerdings für das Fach Englisch und, Gott sei Dank, ohne Eisbaronin.

Bevor wir den nächsten Seminarraum aufsuchen, mache ich einen kurzen Abstecher zur Toilette.

Meine Güte, was für Einstieg! Wenn das in jedem Seminar so geht, werde ich Ewigkeiten für mein Studium brauchen. Das darf auf keinen Fall passieren! Denn jedes Semester kostet Geld. Momentan klappt finanziell zwar alles ganz gut, weil ich nebenbei an der Abendschule arbeiten kann, aber sollte das einmal wegfallen, wüsste ich nicht, wie es weitergehen sollte. Zumal ich diese Stelle als Aushilfslehrer nur durch Zufall bekommen habe. Meine einzige Qualifikation ist, dass Englisch meine zweite Erstsprache ist. Sollte dieser Job mal Geschichte sein, müsste ich mir irgendeinen anderen schlecht bezahlten suchen, der dann vor allen Dingen spät nachmittags oder eher am Abend stattfinden müsste. Keine Ahnung, was das sein sollte. Zumal ich keine Ausbildung und auch keine besondere Berufserfahrung habe.

Zuletzt habe ich fünf Jahre lang in einem Callcenter für einen Versandhandel gearbeitet. Damit wollte ich mir seinerzeit eigentlich mein Studium finanzieren. Nachdem ich es dann dummerweise geschmissen hatte, wollte ich wenigstens meinen Studentenjob behalten und bin so die kommenden Jahre dort kleben geblieben, bis man mich letztes Jahr entlassen hat.

Daher muss ich diesmal versuchen, mein Studium so schnell und so gut wie möglich durchzuziehen. Das hat allerhöchste Priorität. Also nehme ich mir eine Minute für ein weiteres Stoßgebet, denn es scheint ja, dass meine Bitte heute Morgen durchaus erhört wurde. Ich hatte mir kompetente Dozenten gewünscht, bei denen ich nicht wieder die Beherrschung verliere, weil ich sie zu dämlich finde, und bekommen habe ich die Kaltwasser – eine Frau, die mir den Angstschweiß auf die Stirn treibt und bei der ich mich kaum traue, laut zu atmen.

Lieber Johann Wolfgang, lieber Friedrich, lieber Theodor, vielen Dank für euren prompten Einsatz heute Morgen. Das war schon mal toll, allerdings hätte ich für das nächste Seminar doch lieber einen Dozenten, der ein bisschen lockerer ist. Vielen Dank!

Vorsichtshalber summe ich auch wieder leise »Wir rufen dich, Galaktika, vom fernen Stern Andromeda«. Sicher ist sicher.

3. Thymian und Vitastriptease

Introduction to Linguistics steht als Nächstes auf dem Plan. Nach wenigen Minuten ist klar, dass mein Stoßgebet abermals erhört wurde, denn hier geht es wesentlich entspannter zu – mehr Entspannung wäre kaum möglich.

Der Dozent, Mister Ziegler, ist ein gechillter Endfünfziger, der so aussieht, wie man sich einen Dozenten mit starkem Hippie-Einschlag vorstellt: braune Lederaktentasche, Socken in Birkenstocks, unmodische Jeans, kariertes Hemd und schulterlange, leicht lichter werdende Haare. Direkt zu Beginn fordert er uns auf, ihn zu duzen.

»Nennt mich ruhig Dieter. Wir duzen uns hier alle, wenn das für euch okay ist. Das ist viel relaxter.«

Mich wundert fast, dass im Hintergrund nicht irgendwelche Woodstock-Klassiker à la *All You Need Is Love* oder *San Francisco* laufen. Alles ist »total entspannt« und »easy« (O-Ton Dieter). Mehr Laissez-faire geht nicht.

lais|sez-faire; (bildungssprachl.) kürzere Form der französischen Redewendung *laissez faire, laissez aller,* die wörtlich mit *Lassen Sie machen, lassen Sie laufen* übersetzt werden kann und oft für die Nichteinmischung in Sachen Kindeserziehung bemüht wird; (hier) eine Grundhaltung anti-autoritärer Lehrender, die Studierenden an einer Universität keine Vorschriften machen möchten

Ich bin mir nicht einmal sicher, ob wir zum Schluss des Kurses überhaupt einen Test schreiben oder ob wir uns unsere Leistungsnachweise einfach gegenseitig mit einem lebensbejahenden Schulterklopfer ausstellen werden.

Immerhin gibt es eine Anwesenheitsliste, die diesmal zuerst auf Lennarts Platz landet. Wieder sehe ich, dass er neben einem anderen Namen unterschreibt. Verdutzt schnappe ich mir die Liste, um zu sehen, wo er unterschrieben hat. Neben dem Namen *Thillmann, Thymian* hat er irgendwelche unleserlichen Kringel gemalt.

»Was soll das?«, frage ich und zeige auf die Liste.

»Wie? Was soll das?«

»Wieso unterschreibst du nicht neben deinem Namen?«

»Das ist mein Name«, erklärt Lennart.

»Wie? Ich denke, du heißt Lennart.«

»Jo, das ist mein Rufname. Und mein zweiter Vorname.«

Ich fasse es ja nicht! Lennart heißt eigentlich Thymian? Thymian Lennart Thillmann? Was ist das wieder für ein Name? Ich meine, wo kommen wir da hin, wenn jeder diesem Trend folgt? Dann hört man demnächst im Lehrerzimmer Unterhaltungen wie: *Der Oregano hat dem Basilikum wieder die Tasche weggenommen. Wenn der Rosmarin nicht gekommen wär, hätte es richtig Ärger mit Estragon gegeben.* Und die Kollegin würde beipflichten, dass es mit der *Kräuter der Provence*-Gang ohnehin immer Stress gibt.

Wirklich verwundert bin ich allerdings nicht darüber. Irgendwie habe ich nämlich ein besonderes Gespür dafür, mich mit Leuten anzufreunden, die außergewöhnliche Namen haben. Mein bester Freund seit Schulzeiten heißt Amadeus und ein guter Kumpel Bartholomäus. Wir nennen ihn allerdings alle nur Tholo. So wie meine Ex-Freundin von allen Cleo gerufen wird, obwohl sie eigentlich Cleopatra heißt. Übertroffen wird das Ganze nur noch von meiner Chefin an der Abendschule: Frau Penner, die ganz abgesehen von ihrem amüsanten Nachnamen ohnehin ein Original ist. Daher passt Lennart aka Thymian eigentlich ausgezeichnet in meinen Bekanntenkreis.

aka; englische Abkürzung für *also known as,* was übersetzt so viel heißt wie *auch bekannt als*

»Wieso erzählt jeder nicht zuerst einmal kurz ein wenig von sich?«, schlägt Dieter vor.

Ich seufze innerlich. Super, das habe ich jetzt von meinem Stoßgebet: Ringelpiez mit Anfassen. Passend dazu bilden wir einen Stuhlkreis. Ich bezweifle, dass ich hier in den kommenden Wochen irgendetwas lernen werde. Na ja, dafür ist es ein einfach erworbener Leistungsnachweis.

Zum Glück sind hier im Kurs nur schätzungsweise zwanzig Leute. Reihum stellt sich jeder vor. Wir sollen sagen, wie wir heißen, wie alt wir sind, wie gut wir selbst unsere Sprachkenntnisse im Englischen einschätzen und was wir bereits über Linguistik wissen. Wer möchte, darf noch etwas mehr über sich erzählen, was manche durchaus als Einladung betrachten, ihre gesamte Vita auszubreiten. Doppelseufz.

Es wäre vielleicht alles ein wenig erträglicher, wenn wenigstens ein paar sympathische Studentinnen im Kurs wären. Dann könnte man die Zeit ein wenig mit Flirten überbrücken. Wir haben allerdings nur das ganz junge Gemüse abbekommen und dazu ein paar zugetackerte Alternative, die wie Dieters Nichten aussehen, inklusive flippiger Rastafrisuren.

zu|ge|ta|ckert *(Adj.);* gepierct

Irgendwie hatte ich gehofft, hier vielleicht jemanden kennenzulernen, denn zwischen Studium und Vollzeitstelle an der Abendschule werde ich hierfür sonst kaum noch Zeit finden.

Seit einigen Wochen bin ich wieder Single, denn vor einem Jahr habe ich mich von Cleo getrennt, mit der ich fünf Jahre lang zusammen gewesen war. Danach gab es einen kurzen Versuch, wieder zusammenzukommen, doch der ging nach einem Vertrauensbruch ihrerseits gewaltig in die Hose. Und dann gibt es da noch Katharina, eine sehr nette Bekannte aus unserem Freundeskreis. Letztes Jahr sind wir uns nähergekommen und haben uns auch super verstanden, aber das große Kribbeln gab es nie. Nicht bei mir und nicht bei ihr. Und so wussten wir beide, dass es keine Liebe war.

»Ja, hallo, ich bin der Lennart. Ich bin zwanzig Jahre alt und derzeit wieder Single«, sagt er mit einem Augenzwinkern in Richtung junges Gemüse. Die fangen tatsächlich auch im Nu an zu kichern. Lennart glaubt vermutlich, er hätte sich hier an der Tinder-University eingeschrieben. »Na ja, ich würde sagen, dass mein Englisch ganz okay ist«, fährt er fort. »Ich komme gerade aus London, wo ich das letzte halbe Jahr gelebt habe.« Er will schon an mich übergeben, als ihm noch einfällt: »Ach ja, und über Linguistik weiß ich im Grunde gar nichts. Aber dafür sind wir ja hier, oder?«

»Absolut«, bestätigt Dieter. Dann richtet er seinen Blick auf mich, weil ich der nächste in der Reihe bin.

»Ja, hallo, ich bin Timo«, stelle ich mich vor und fühle mich dabei ziemlich albern. Ich überlege kurz, was ich zu meinen Englischkenntnissen sagen soll, denn ich will nicht unbedingt an die große Glocke hängen, dass ich zweisprachig aufgewachsen bin. Deshalb sage ich nur kurz, knapp und wahrheitsgemäß: »Mein Englisch ist gut, und bisher dachte ich, dass ich durchaus ein solides Grundwissen im Bereich Linguistik hätte, bis ich eben den Einführungskurs bei Prof. Dr. Kaltwasser besucht habe.«

Allseitiges Lachen.

»Wie alt bist du denn?«, fragt ein Mitglied der Junges-Gemüse-Fraktion.

Ich habe einmal gelernt, dass es indiskret ist, ältere Menschen nach ihrem Alter zu fragen, aber anscheinend ist die neue Generation da nicht mehr so verkrampft.

»Neunundzwanzig«, sage ich.

»Und da studierst du immer noch?«, fragt sie weiter ohne gebotene Zurückhaltung.

»Ich habe jetzt erst angefangen«, entgegne ich unwirsch.

»Ach, das ist ja interessant«, mischt sich nun auch Dieter ein. »Erzähl doch mal, wie es dazu gekommen ist.«

Na, großartig! Jetzt soll ich hier einen Vitastriptease hinlegen? Ich habe nicht wirklich Lust, allen hier im Kurs von meinem verpatzten Lebenslauf Number one zu berichten. Dass ich nach dem Abitur erst einmal drei Jahre lang nichts gemacht habe, weil ich mit meinem Leben klarkommen musste. Dass ich mit dreiundzwanzig ein Studium angefangen und gleich wieder abgebrochen habe. Dass ich dann erst einmal fünf Jahre in meinem Studentenjob im Callcenter hängen geblieben bin. Dass ich den letztes Jahr verloren habe. Dass Freunde mir dann die Stelle an der Abendschule besorgt haben. Und dass ich deshalb jetzt beschlossen habe, es doch noch einmal zu versuchen. Das geht die hier alle nichts an.

Vi|ta|strip|tease *m.; Gen. –;* (analog zum *Seelenstriptease*); Vorgang, bei dem man vom Dozenten seines Linguistikkurses gezwungen wird, seinen bisherigen Werdegang vor Seminarteilnehmerinnen und -teilnehmern detailliert zur Schau zu stellen

Daher beschließe ich, einiges wegzulassen und den Rest nett zu verpacken. Ich erzähle also, dass ich mich letztes Jahr »beruflich umorientieren« musste und seitdem als Aushilfslehrer an der Abendschule arbeite. Stimmt ja so weit auch.

»Cool, dann bist du ja schon Lehrer«, staunt ein weibliches Mitglied aus Lennarts Fanklub.

»Nein, bin ich nicht. Deshalb bin ich ja hier.«

Dennoch scheine ich zum Objekt ihrer Begierde aufgestiegen zu sein, da sie mich nun irgendwie schwärmerisch von der Seite ansieht. Dabei dreht sie ich die langen blonden Haare um einen ihrer Finger und zwirbelt die ganze Zeit daran herum, dass ich schon Angst habe, ihre Haarpracht könne verfilzen.

Dieter hat uns derweil einen englischsprachigen Fachartikel über den Wandel der Sprache ausgeteilt und möchte, dass wir diesen gemeinsam, wieder einmal reihum, laut vorlesen. Wie famos! Dann kann es ja direkt weitergehen mit dem Vitastriptease, weil gleich alle hören werden, dass ich Muttersprachler bin. Wobei das in meinem Fall ja gar nicht stimmt. Eigentlich bin ich Vatersprachler, denn die ersten dreizehn Jahre meines Lebens hat mein Vater ausschließlich Englisch mit mir gesprochen, weil sein Deutsch nie besonders gut war. Deshalb haben sich meine Eltern auch untereinander fast nur für Englisch entschieden.

Va|ter|sprach|ler *m.; Gen. -s; Pl. –;* männliches Pendant zum Begriff *Muttersprachler* für Menschen, bei denen nicht die Mutter, sondern der Vater eine Sprache spricht, die ein Kind ohne formalen Unterricht erwirbt

So habe ich die Aussprache und Intonation meines Vaters automatisch angenommen. Meine Mutter sagt heute noch, dass ich wie er klinge, wenn ich Englisch spreche.

Jeder bekommt einen Abschnitt zugeteilt. Zunächst sind die Rastafrisuren dran. Danach zwei aus Lennarts Fanklub. Dann Lennart. Alle lesen recht passabel. Am schwächsten ist Lennart, bei dem man doch einen starken Akzent hört. Dann soll ich lesen.

Einen kurzen Moment überlege ich, ob ich manche Wörter einfach falsch aussprechen oder einen starken Akzent imitieren soll. Aber damit das glaubwürdig klingt, hätte ich das wohl vorher üben müssen, um nicht wie das hinterletzte Backblech dazustehen. Also seufze ich innerlich kurz und beginne zu lesen: »Since relatively few categorial losses or innovations have occurred in the last ...«

Back|blech *n.; Gen. -s; Pl. -e;* Volltrottel; Synonyme: Vollhorst, Vogel, Lappen

Schon während des ersten Satzes höre ich, wie um mich herum gemurmelt und getuschelt wird. Irgendwer sagt: »Boah, voll der Ami!« Das kenne ich schon. Wenn ich Englisch lese oder spreche, glauben die Menschen, dass ich entweder Amerikaner bin oder zumindest dort aufwuchs.

»Nun, das war ja beeindruckend«, kommentiert Dieter den Absatz, den ich vorgelesen habe. »Bist du Amerikaner?«

»Nein«, erwidere ich nur knapp, aber ich weiß jetzt schon, dass die Antwort nicht ausreichen wird.

»Boah, voll der Fake-Akzent«, beschwert sich eine der Rastaschwestern. »Der will sich doch nur wichtigmachen!«

»Na, da bin ich mir nicht so sicher«, wendet Dieter ein. »Dafür klang mir das viel zu authentisch. Hast du eine Zeit lang in den USA gelebt?«

»Nein, aber mein Vater war Amerikaner«, sage ich. »Ich

bin zweisprachig aufgewachsen.« Es hat ja keinen Sinn, noch weiter um den heißen Brei herumzureden.

Allgemeines Entzücken. »Cool!« – »Ach was?« – »Wusst' ich's doch.«

Als Nächstes werde ich nach meinem Nachnamen gefragt.

»Seidel«, antworte ich. Da der leider nicht sonderlich amerikanisch klingt, folgen selbstverständlich weitere Fragen. Auch das kenne ich natürlich.

»Können wir bitte das Thema wechseln und weitermachen?«, frage ich ein wenig entnervt in die Runde. Ich habe keine Lust, dass das hier doch noch in eine Therapiesitzung ausartet. Manchmal wünsche ich mir, meine Eltern hätten damals einfach geheiratet. Dann müsste ich mir solche Fragen nicht immer anhören. Hieße ich Sanders mit Nachnamen, so wie mein Vater, wäre einiges einfacher.

»Ich sag ja, der will sich nur wichtigmachen«, tönt es wieder von hinten, aber Dieter versteht wohl auch, dass die Fragen nun etwas zu persönlich werden. Daher fordert er meine Sitznachbarin auf zu lesen.

Nur Lennart muss noch kurz seine Begeisterung kundtun, indem er mir sagt, dass er das »voll feiert« und wie »abgefahren cool« das doch sei. Ich sag ja: Die Tatsache, dass ich zweisprachig aufgewachsen bin, löst entweder ungestüme Begeisterung aus – oder es wird vehement angezweifelt.

4. Faust und Mephisto

»Wie war's?«, überfällt mich Helga augenblicklich, als ich das Lehrerzimmer betrete. Natürlich möchte sie wissen, wie mein erster Tag an der Universität gelaufen ist. Seitdem ich hier an der Abendschule angefangen habe, ist sie so etwas wie meine Mentorin geworden, und wir helfen uns gegenseitig, wann immer es notwendig ist. Sie fragt mich gelegentlich bezüglich englischer Wörter, und ich brauche ihre Hilfe bei vielen didaktischen Dingen.

»Gut«, sage ich, auch wenn ich hinsichtlich meines ersten Tages an der Uni doch noch gemischte Gefühle habe.

»Ach, wusste ich es doch! Die Greenberg hat aber auch einen erstklassigen Ruf. Ich habe gehört, dass Studentinnen und Studenten aus ganz Deutschland kommen, um sich hier ausbilden zu lassen. Na, erzähl schon, und lass dir doch nicht alles aus der Nase ziehen! Wie ist es dort?«

Also hole ich aus zu einer anekdotenhaften Zusammenfassung und merke bereits beim Erzählen, dass die Eisbaronin und der relaxte Dieter durchaus Unterhaltungspotenzial haben. Helga amüsiert sich jedenfalls königlich.

»Ach, ein bisschen neidisch bin ich schon«, stellt sie schließlich fest.

»Worauf das denn bitte? Hast du mir gerade nicht zugehört?«

»Ja, das mag jetzt alles anstrengend sein, aber bei *den*

Dozenten hast du dein Leben lang etwas, an das du dich zurückerinnern kannst. Glaub mir, die Studentenzeit ist was ganz Besonderes.«

Ich schmunzle: Die gute Helga … sieht in allem das Positive. Genau solche Menschen braucht man manchmal an seiner Seite.

Die Tür zum Lehrerzimmer wird aufgerissen, und Regina Penner, die Schulleiterin, brüllt uns ein enthusiastisches »Kalispéra« zu. Das ist ihr exaltiertes Begrüßungsritual. Irgendwie denkt sich die Knallnudel jedes Mal eine absonderliche Begrüßung aus. Im letzten Semester brüllte sie ständig »Olé!«, hielt dabei einen Arm in die Luft und den anderen hinter ihrem Rücken, als ob sie in einer Stierkampfarena stünde. Anfangs denkt sich natürlich jeder *Was hat die denn geraucht?* – ich natürlich ebenfalls –, aber bereits nach kurzer Zeit kann man gar nicht anders, als sie zu mögen. Sie ist eine tolle, diplomatische Schulleiterin, und ihr Enthusiasmus ist einfach ansteckend. Da darf sie, von mir aus, auch ruhig einen gewaltigen Sockenschuss haben.

Übertroffen wird ihre Persönlichkeit nur noch durch ihr extravagantes Erscheinungsbild. Frau Penner ist laut Gerüchten Anfang fünfzig, obwohl ich sie locker zehn Jahre jünger geschätzt hätte. Gekleidet ist sie immer wie ein Popsternchen: hauchdünnes Kleid, wahlweise durchsichtig oder glitzernd, High Heels und viel Haut. Zudem ist sie immer geschminkt und gestylt, als ob sie nach der Abendschule noch zur Oscar-Verleihung ginge. Umso überraschender ist, dass Frau Penner eine eingefleischte Feministin ist. Außerdem ist sie diejenige, die mich überredet hat, doch zu studieren.

»Wie war's, Herr Seidel?«, möchte sie jetzt wissen.

»Gut«, wiederhole ich, wohl wissend, dass ich meine Anekdoten ein zweites Mal erzählen muss.

»Na los, erzähl ihr von der Eisbaronin!«, fordert Helga mich auf.

Also berichte ich erneut von Anfang an, während Helga mich enthusiastisch anfeuert, kein Detail auszulassen.

Dann ist es auch schon fast 17:15 Uhr, und wir müssen alle in den Unterricht. Als wir gerade zu unseren Klassen strömen, kommt Barbara ins Lehrerzimmer. Meine absolute Lieblingskollegin. Wir können uns leiden wie Hillary Clinton und Donald Trump. Wie Batman und der Joker. Wie Faust und Mephisto. Wie James Bond und Blofeld. Wie Heidi Klum und die Frauenbewegung. Wir sind *das* Feindespaar schlechthin.

Fein|des|paar *n.; Gen. -s; Pl. -e;* in Anlehnung an das Wort *Freundespaar*: zwei Menschen, die zusammen an der Abendschule arbeiten und sich von der ersten Woche an nicht leiden konnten

»Was war das wieder ein Verkehr hier in Brühl! Furchtbar! Einfach nur furchtbar!«, zetert Barbara in dem Moment, als sie das Lehrerzimmer betritt.

Frau Penner, Helga und ich nehmen schnell Reißaus. Einerseits, weil die Uhr bereits 17:16 Uhr zeigt, andererseits, weil niemand Lust auf diese Suppenbärbel hat. Barbara ist nämlich bekannt für ihr nicht enden wollendes Gezeter. Die ganze Zehnminutenpause kann sie sich über eine Klasse echauffieren, wobei der Tenor immer derselbe ist: Alle sind faul, alle sind dumm, alle können nichts, und aus niemandem wird jemals etwas werden.

Sup|pen|bär|bel *f.; Gen. –; Pl. -etten;* weibliches Pendant zum *Vollhorst*, vor allem für Menschen, die mit Vornamen Barbara heißen (man beachte die unregelmäßige Pluralform: eine Suppenbärbel, zwei Suppenbärbeletten)

Barbaras Geschimpfe ist allerdings bei Weitem nicht nur auf die Abendschule beschränkt, wobei sie liebend gern zusammen mit Philomena (mit der ich mich trotz ihres kuriosen Namens ebenfalls nicht sonderlich gut verstehe) über mich lästert. Jede andere Sache kann sie genauso leicht aufregen. Zumindest Helga und ich versuchen daher, ihr so oft es geht aus dem Weg zu gehen, und so verbringen wir unsere Pausen ab und an in den Klassenräumen.

Die ersten beiden Stunden in der 1a vergehen wieder einmal wie im Fluge. Ein paarmal muss ich daran denken, dass ich heute Morgen noch selbst die Schulbank gedrückt habe, um demnächst ein richtiger Lehrer zu werden (was auch immer das heißen mag), und nun hier die Verantwortung für meine eigene Klasse trage. Denn seit Februar bin ich Klassenlehrer der jetzigen 1a, weil ich hier an der Abendschule dieselben Aufgaben übernehme wie meine Kolleginnen auch. Was für ein Widerspruch: morgens selbst Schüler, abends Lehrer.

Kurz vor Schluss der Stunde gebe ich noch einen Vokabeltest zurück, den ich über das Wochenende korrigiert habe.

»Och, den können Sie ruhig behalten!«, witzelt Hülya.

»Nix da«, sage ich und beginne, die Tests zu verteilen.

»Now you sit quite beautifully in the ink«, witzelt Florian, der mich mit seinen wörtlich übersetzten Redewendungen zur Weißglut treibt. Diese gibt er nämlich jede Stunde zum Besten – ganz zur Erheiterung seiner Klassenkameraden. Da er allerdings sehr gut in Englisch ist und den anderen immer hilft, erlaube ich ihm seine Zwischenrufe.

Bereits in meiner ersten Stunde letzten Sommer musste ich feststellen, wie unterschiedlich das Vorwissen unserer Schüler ist. Manche sind richtig gut in Englisch, während andere riesige Probleme mit der Sprache haben. Daher habe ich es mir inzwischen angewöhnt, alle Arbeitsblätter in zwei unterschiedlichen Schwierigkeitsgraden zu erstellen. Dazu habe ich immer noch Extraaufgaben dabei.

Bei der Rückgabe des Vokabeltests gibt es wieder großes Gemaule.

»Don't make such a wave!«, versucht Florian wieder, die Klasse zu erheitern.

Viele sind enttäuscht, weil sie eine schlechte Note im Test haben. Trotzdem verabschiedet sich jeder noch einmal persönlich auf dem Weg nach draußen.

»Bis übermorgen.«

»Tschüss, Herr Seidel.«

»Goodbye.«

Irgendwie mag ich das. Sie könnten ja schließlich auch einfach rausgehen, ohne etwas zu sagen. Und manchmal sagen sie einem sogar, dass ihnen die Stunde richtig Spaß gemacht hat. Was will man als Lehrer mehr?

»I see you overtomorrow in older freshness, Mister Seidel«, verabschiedet sich auch Florian. Er kann es einfach nicht lassen.

»You're robbing my last nerve!«, rufe ich ihm deswegen hinterher, woraufhin Florian augenblicklich stehen bleibt, sich zu mir umdreht und mit offener Hand auf mich zueilt.

»Herr Seidel! ENDLICH!« Seit Wochen versucht er schon, mich dazu zu bringen, bei seinen denglischen Redewendungen mitzumachen.

deng|lisch *(Adj.);* Kofferwort aus *deutsch* und *englisch,* um deutsche Redewendungen zu beschreiben, die die Gattung Homo florians erbarmungslos in die englische Sprache übersetzt, ohne Rücksicht auf grammatische oder semantische Strukturen

Ich klatsche sein High five ab.

»Sie sind der Beste! Echt jetzt! Bis übermorgen!«, verabschiedet er sich dann noch einmal – ausnahmsweise auf Deutsch.

Ich will gerade meine Sachen zusammenpacken, als Cindy zu mir ans Lehrerpult kommt. Die Tränen stehen ihr in den Augen.

»Herr Seidel«, bringt sie schluchzend hervor, »ich mach mir voll die Sorgen!«

Ich deute mit der Hand auf einen Stuhl und setze mich selbst auch wieder. »Worüber denn? Was ist los?«

»Ich mach mir Sorgen, dass ich das alles hier nicht schaffe. Ich hab voll viel gelernt für den Test diesmal, ich schwöre. Aber trotzdem ist es nur 'ne Vier.«

Ich schaue mir ihren Test kurz an. Sie hat zwei Lücken, aber dafür in fast jedem Wort einen Rechtschreibfehler, wofür sie jeweils einen halben Punkt abgezogen bekommen hat.

»Haben Sie denn versucht, mit Karteikarten zu lernen, so, wie ich es am Anfang des Semesters gezeigt habe?«

Cindy schüttelt den Kopf. »Nee, ich hab die so gelernt. Ich meine, ich kann das mit den Karteikarten wieder machen, aber ich versteh einfach nicht, warum mir das so schwerfällt. Der Florian zum Beispiel, der guckt sich die neuen Vokabeln nur 'ne Sekunde an, und dann kann der die schon alle. Aber ich muss da echt stundenlang dran lernen, weil ich zu blöd für so was bin. Das ist doch total unfair.«

»Also«, sage ich, »Sie sind ganz bestimmt nicht zu *blöd*, um zu lernen. Es mag schon sein, dass Sie sich mehr anstrengen müssen als Florian, aber jeder hat nun mal eine andere Begabung. Dem einen fällt Englisch leicht, dem anderen fällt Mathe leicht, der andere ist handwerklich begabt und ein anderer ist besonders sportlich.«

Cindy schweigt und sieht immer noch immens traurig aus. »Und was«, stammelt sie schließlich, »was ist, wenn man in gar nix gut ist? So wie ich?«

»Was reden Sie denn da?«

»Na, ich kann das alles nicht gut. Ich kann nicht gut Englisch, ich kann nicht gut Mathe, und sportlich bin ich sowieso nicht. Ich bin in gar nix gut.«

»Das stimmt doch nicht. Keiner in unserer Klasse ist zum Beispiel so sozial wie Sie und kümmert sich um alle anderen. Deshalb sind Sie sofort zur Klassensprecherin gewählt worden. Weil die anderen das auch gemerkt haben. So eine Eigenschaft ist doch viel wichtiger, als schnell Vokabeln lernen zu können!«

»Ich weiß nicht.« Cindy scheint noch skeptisch. »Aber das hilft mir nicht dabei, 'nen guten Job zu finden.«

»Ganz bestimmt wird es das! Was meinen Sie, in wie vielen Berufen gerade so etwas wichtig ist? Quasi in jedem Job, in dem man mit Menschen zu tun hat! Außerdem sind Sie sehr gut organisiert. Ich meine, schauen Sie sich doch nur einmal Ihr Englischheft an ... und dann die Hefte der anderen. Das muss Ihnen doch auffallen, wie viel strukturierter das bei Ihnen aussieht. Also, machen Sie sich bitte keine Sorgen. Sie sind ja nicht allein, und Ihre Klassenkameraden helfen Ihnen auch! Wir bekommen das mit Ihrem Abschluss schon hin. Davon bin ich überzeugt!«

Cindy strahlt wieder. »Ja, also, wenn Sie das meinen!«

Auf dem Weg zum Lehrerzimmer sehe ich, dass meine Mutter mich auf dem Handy angerufen hat. Merkwürdig, denn eigentlich meldet sie sich nie bei mir. Sie wartet immer, dass ich anrufe. Sofort denke ich also, dass etwas passiert sein muss, weswegen ich augenblicklich zurückrufe.

»Seidel«, meldet sie sich, obwohl sie an der Nummer sehen kann, dass ich es bin. Besorgt klingt sie allerdings nicht.

»Ja, ich bin's. Was gibt es denn? Du hast angerufen?«

»Ich wollte nur mal hören, wie heute dein erster Tag an der Universität war.«

»Gut«, sage ich und setze mich wieder in Bewegung in Richtung Lehrerzimmer. »Aber ich bin noch in der Schule.«

»Ach so, ja. Ich wusste nicht, wann du Pause hast. Brauchst du denn irgendwas?«

Ich stutze kurz, denn ich weiß nicht, ob meine Mutter mir schon jemals diese Frage gestellt hat.

»Was soll ich denn brauchen?«, frage ich daher.

»Zum Beispiel was zu essen. Hast du heute schon was Ordentliches gegessen? Ich meine, jetzt, wo du wieder studierst und nebenbei noch bei der VHS arbeitest, hast du doch bestimmt nicht mehr so viel Zeit.«

Meine Mutter hat den Unterschied zwischen einer Volkshochschule und einer Abendrealschule immer noch nicht so ganz verstanden. Vor allem weiß ich nicht, was auf einmal dieses übersteigerte Interesse an meinem Leben zu bedeuten hat. Sie war nie der fürsorgliche Muttertyp, und unser Verhältnis war auch nie besonders innig. Ich hatte immer einen besseren Draht zu meinem Vater, bis er dann gestorben ist, als ich dreizehn war. Danach hat sich meine Oma um mich gekümmert.

Erst im letzten Dreivierteljahr hatten meine Mutter und ich wieder etwas mehr Kontakt. Anfangs, weil ich nach Cleos Auszug zunächst ohne Waschmaschine dastand und einmal die Woche bei ihr gewaschen habe. Seit Januar habe ich meine eigene Maschine. Seitdem haben wir zumindest einmal im Monat telefoniert. Weitaus mehr als in den Jahren davor, als es neben Anstandstelefonaten zu Geburtstagen und einem Wiedersehen an Weihnachten fast gar keinen Kontakt gab.

»Ist schon okay«, sage ich. »Ich hatte heute nur vormittags Uni und habe mir auf dem Weg nach Hause was zu essen geholt.«

»Und morgen?«

Für den Dienstag haben Lennart und ich uns ab zehn Uhr drei Seminare eingeplant, sodass ich anschließend direkt zur Abendschule muss. Ich sage trotzdem: »Alles gut. Ich hole mir was unterwegs.«

»Aber du musst doch was Richtiges essen! Ich sag der Oma, dass sie dir was vorbeibringen soll. Wann geht die Schule denn los?«

Klar, die Oma wieder.

»Um 17:15 Uhr, aber das ist nicht nötig! Ich habe genug Zeit, mir zwischendurch was zu kochen«, lüge ich, damit sie beruhigt ist. Als ob ich mir selbst etwas kochen würde. Erstens habe ich dafür keine Zeit, und zweitens kann ich es auch nicht gut. Ich bin eher der Mensch, der fragt, auf wie viel Grad ich den Backofen vorheizen muss, wenn ich Spaghetti kochen will.

»Na gut, wie du meinst.«

Ich stehe bereits vor dem Lehrerzimmer. »Du, ich muss weitermachen«, sage ich. »Wir hören uns.«

Ein bisschen habe ich ein schlechtes Gewissen, sie so schnell abzuwimmeln, aber wir haben nur zehn Minuten Pause, die bereits vorbei sind. Ich muss allerdings noch ein Arbeitsblatt für die 3a kopieren.

Nach der letzten Stunde, um kurz nach zehn, treffe ich mich mit Steffi in der Kentenichstraße, wo sie geparkt hat. Steffi ist Schülerin bei uns an der Abendschule und zudem meine Nachbarin, die im selben Mehrfamilienhaus wohnt wie ich. Da sie in Barbaras Klasse geht und die mich nicht mag, befürchten wir, dass Steffi Nachteile haben könnte, wenn bekannt wäre, dass wir uns kennen. Denn so viel Unprofessionalität trauen wir der Suppenbärbel durchaus zu!

Da ich seit letztem Jahr aus Kostengründen kein Auto mehr habe, ist Steffi so nett, mich mitzunehmen.

»In den letzten beiden Stunden hatten wir die Sorgatz«, berichtet Steffi im Auto, als wir den Kreisverkehr in Richtung Konrad-Adenauer-Straße verlassen. »Die hat sich wieder ganz schön aufgeregt.«

»Das ist doch nichts Neues«, entgegne ich. Die gute Barbara, wie wir sie kennen – laut, frustriert, zeternd und verbittert.

»Es ging um dich!«

»Auch das ist ja nichts Neues.« Dennoch bin ich aber natürlich interessiert.

»Die Klasse hat sich nämlich bei ihr beschwert, dass wir alle schlechter in Englisch geworden sind, seitdem sie uns unterrichtet. Und dass wir dich wieder als Englischlehrer haben wollen«, fährt Steffi fort – sowohl mit ihrem Corsa als auch mit ihrer Berichterstattung. »Oder dass sie ansonsten wenigstens mal Vokabeltests schreiben soll.«

Im letzten Semester habe ich Barbaras Klasse in Englisch unterrichtet. Ich weiß selbst nicht, wie es dazu kam, aber als ich die Aushilfsstelle an der Abendschule angenommen habe, waren noch zwei Englischkurse zu besetzen, die ich dann übernommen habe. So kam es, dass Steffi einige Monate lang sogar meine Schülerin war. Das war mit ein Grund, weswegen wir unseren Bekanntheitsgrad geheim halten wollten. Sonst hätte es womöglich geheißen, dass ich sie bevorzuge, was ich aber nie getan habe. Ab dem neuen Semester hat

Barbara ihre eigene Klasse dann in Englisch übernommen, was durchaus sinnvoll ist. Schließlich ist sie dort Klassenlehrerin. Seitdem sind in der Tat schon einige Schüler zu mir gekommen und haben gefragt, ob es nicht möglich sei, dass ich den Kurs wieder in Englisch übernehme.

»Aber sie hält doch nichts von Vokabeltests«, sage ich.

Steffi biegt auf die Römerstraße ab. »Ja, das hat sie auch noch mal gesagt. Sie meint, wir sind alle erwachsen und alt genug, um selbstständig zu lernen. Dabei wünschen wir uns ja, dass sie welche schreibt, weil die meisten sonst nicht lernen.«

»Es bringt sowieso nichts, mit ihr zu diskutieren«, sage ich. »Ich hoffe, du hältst dich bei diesen Diskussionen schön raus.«

»Darauf kannste wetten. Sonst hat die mich nachher noch auf dem Kieker ... so wie Jim.«

»Wieso? Was ist mit ihm?«

»Der hat ihr direkt in der ersten Woche gesagt, dass man bei ihr überhaupt nichts versteht und dass sie nicht erklären kann. Seitdem macht sie ihn bei jeder Gelegenheit runter, brüllt ihn bei der kleinsten Kleinigkeit an oder wirft ihn raus, sobald er redet, obwohl ganz klar ist, dass andere viel mehr reden und so was. Voll unfair.«

Das wundert mich nicht im Geringsten, denn wenn es einen Menschen auf dieser Welt gibt, der absolut nicht kritikfähig ist, dann ist es Barbara Sorgatz. Miss Nemesis herself.

Ne|me|sis *f.; Gen. –;* griechische Rachegöttin; auch verwendet für Kolleginnen, die, sobald sie von jemandem kritisiert wurden, strategisch planen, dessen Leben von nun an vollends zu ruinieren

»Deshalb halt dich raus«, wiederhole ich.

»Mach ich ja. Aber ich sag dir, die kann wirklich nicht erklären. Also wenn ich dich nicht hätte, wäre meine Englischnote bestimmt auch schon abgesackt.«

Ich helfe Steffi meistens am Wochenende mit Englisch, da sie einen schlimmen Werdegang hinter sich hat. Das volle Programm: Schulangst, gewalttätiger Stiefvater, gleichgültige Mutter, Abstieg vom Gymnasium zur Hauptschule, die sie ohne Abschluss verlassen hat, woraufhin ihre Mutter sie vor die Tür gesetzt hat. Daher ist die Abendrealschule immens wichtig für sie. Ich muss kurz an Cindy und unsere Unterhaltung vorhin denken. Wer weiß, was die schon alles hinter sich hat?

»Kein Problem. Du weißt, ich helfe dir jederzeit mit Englisch.«

Meine Klasse hat Barbara in Geschichte, zum Glück nur zwei Stunden die Woche, aber besonders begeistert scheinen die auch nicht zu sein. Ich bin also offensichtlich nicht der Einzige, der mit ihr nicht klarkommt.

»Wie kam es eigentlich dazu, dass ihr euch nicht mögt?«, möchte Steffi wissen. Indiskret, wie eh und je.

»Wer? Die Sorgatz und ich?«

Steffi nickt. Wir sind fast zu Hause, denn mit dem Auto sind es im Grunde, je nach Verkehrslage, nur ein paar Minuten zur Abendschule. Ich bin froh, dass ich ihr nun nicht den ganzen Beef erklären muss, den ich mit Barbara habe.

Beef *m.; Gen. -s; Pl. Bifi;* (aus dem Hip-Hop-Jargon) eine Auseinandersetzung zwischen zwei Rappern; auch verwendet für eine vorherrschende Antipathie zwischen einer rachsüchtigen Lehrerin und einem klugscheißerischen Kollegen

»Ach, das hat sich so ergeben.«

»Jetzt sag schon!«

»Ich weiß nicht. Ich habe sie, als ich an der Abendschule angefangen habe, einmal in einer Sache verbessert, und das fand sie wohl nicht so prickelnd. Ab da hat sie halt immer irgendwelche Spitzfindigkeiten fallen lassen.«

»So wie bei Jim!«

»Ja, wahrscheinlich. Ich dachte ja, ich würde nur ein halbes Jahr an der Abendschule aushelfen, weswegen ich nicht eingesehen habe, mir diese Sticheleien gefallen zu lassen und ihr dementsprechend die Meinung gesagt habe. Damals konnte ich ja nicht ahnen, dass wir auch künftig noch zusammenarbeiten würden. Na ja, das war wohl nicht ganz so schlau von mir.«

Bei meinem letzten Satz muss ich selbst innehalten, denn es gab so einige Entscheidungen in meinem Leben, die nicht besonders schlau waren. Und dieses ständige Anecken, weil ich irgendwem meine Meinung sagen muss, scheint sich auch wie ein roter Faden durch mein Leben zu ziehen.

5. Graupel und Sophie Marceau

Heute Morgen bin ich ohnehin schon mit dem falschen Fuß aufgestanden. An solchen Tagen bringt mich jede Kleinigkeit auf die Palme. Ich warte im Grunde nur darauf, dass ich etwas höre oder lese, über das ich mich aufregen kann. Lange muss man da nicht warten!

So machte WDR 5 heute Morgen Werbung für eine ihrer Veranstaltungen, die mit den Worten endete: *Tickets überall dort, wo es Tickets gibt.* Was ist das bitte für eine Aussage? Haben sie vielleicht vor, dementsprechend künftig die Wettervorhersage zu gestalten? Regen überall dort, wo Wasser vom Himmel fällt, hörte ich die freundliche Stimme schon in meinem Kopf.

Wenige Minuten später folgte tatsächlich die Wettervorhersage, die ich im April wenigstens einmal gern hören würde, ohne das Wort *Graupel* vernehmen zu müssen. Dabei gehe ich stark davon aus, dass die wenigsten Menschen überhaupt wissen, was Graupel ist.

Grau|pel *f.; Gen. –; Pl. -n (meist Plural);* weiche Hagelkörner, sollten diese allerdings einen kleineren Durchmesser als einen Millimeter haben, spricht man von *Griesel*

Mehr als einmal habe ich Menschen von »Graupe« reden hören, was (hoffentlich bekanntermaßen) Gerste- oder Getreidekörner sind. Ich frage mich, was diese Menschen bei der Wettervorhersage denken: Och nee, da fällt heute wieder Getreide vom Himmel. Das wird aber ganz schön ungemütlich!

Wenn ich mich morgens bereits bei den Nachrichten derart aufrege, weiß ich, dass es ein anstrengender Tag wird. Ich bin also gespannt, was mein zweiter Unitag für mich bereithält.

»Alles fit im Schritt?«, begrüßt Lennart mich in abgedroschener 2000er-Manier, als wir uns um kurz vor zehn auf dem Gottesweg treffen.

»Lustiger Spruch«, sage ich. »Warte, ich poste den mal gerade auf *MySpace* und *StudiVZ*.«

»Haha, witzig. Heute Morgen 'nen Clown gebumst?«, kontert Lennart.

Nun muss ich doch grinsen. Auch letzte Woche hat Lennart schon mit Retro-Redensarten geglänzt, die Nostalgikern wahre Glücksgefühle entlockt hätten. Ständig verabschiedet er sich mit Grußformeln wie *Auf Wirsing* und *Ciao, Kakao*! Ich frage mich, ob er sich diese ganzen Sprüche als Kind irgendwo aufgeschrieben hat und dachte: Och, wenn ich anfange zu studieren, kann ich die Sprüche doch alle mal nonstop raushauen.

Auf den Gängen der Uni ist es wieder brechend voll. Hier herrscht zwischen den Seminaren nämlich immer Rushhour, weil jeder megaschnell zu seinem nächsten Seminar, kurz auf die Toilette oder in die Mensa muss.

Abgekämpft kommen wir dementsprechend in R34 an, der mit seinen ansteigenden Reihen und Klappsitzen wie ein typischer Hörsaal aussieht. Wieder einmal ein Englischseminar. *Phonetics and Pronunciation.* Der Dozent, Professor Krüger, sieht unsagbar spaßbefreit aus: In seinem piekfeinen Anzug samt Einstecktuch und Krawatte, glattrasiert mit einfältiger Spießer-Frisur, Designerbrille und seiner Luxusaktentasche sieht der Endvierziger eher wie ein Versicherungsvertreter aus.

»Zunächst einmal werde ich mir ein Bild davon machen, wie gut Ihre Aussprache ist, um bestimmen zu können, an welchen Punkten Sie noch arbeiten müssen. Hierzu werden Sie gleich jeweils einen Abschnitt laut vorlesen. In den kommenden Wochen erwerben Sie das nötige Know-how, um diese Stellen auch metasprachlich benennen zu können. Hierfür werden Sie die Zeichen des Internationalen Phonetischen Alphabets, kurz IPA, lernen und sollten zum Abschluss in der Lage sein, einen Text, den ich vorlese, fehlerfrei zu transkribieren«, trägt Professor Krüger seine Einleitung vor, die ziemlich auswendig gelernt klingt.

Der Reihe nach müssen wir einen kurzen Text vorlesen, den der Prof auf die Leinwand projiziert. Danach kommentiert er besonders wichtig, welche Fehler beim Vorlesen gemacht wurden. »Beim Wort *heart* klingt es, als würden Sie statt des Vokals fast schon einen *Diphthong* sprechen.« – »Auch hier große Schwächen in den Vokalen.« – »Die Aussprache Ihres *th* ist fast schon inakzeptabel.«

Bei jeder Rückmeldung spielt er sich enorm auf. Sicher, ich gebe ihm recht, dass Englischlehrer ein gewisses Sprachniveau aufweisen sollten (ich erinnere mich da an meine Lehrerin in der Unterstufe, deren Aussprache wirklich eine Zumutung war), aber ich finde, dass der gute Krüger viel zu viel Freude dabei zeigt und es deutlich übertreibt. Abgesehen davon ist die Aussprache der meisten nicht schlecht. Mit jedem Kommentar seinerseits werden die Studenten verärgerter. Selbst Lennart, der anfangs eher nervös schien, weil er vermutlich Angst hatte, dass seine Aussprache zu sehr kritisiert würde, ist inzwischen nur noch genervt.

Jeder von uns bekommt einen anderen Textabschnitt zum Vorlesen. Nachdem Lennart seinen Abschnitt vorgelesen hat, folgt Krügers vernichtende Kritik: »Herrje, wo soll ich denn da beginnen? Nicht nur, dass Ihre Intonation durchgehend deutsch klingt, Sie sprechen viele Wörter auch völlig falsch aus. Beim Wort *doubt* wird das *B* selbstverständlich nicht gesprochen. Ich dachte, so etwas würde man in der Grundschule lernen.«

Ich schaue kurz in Lennarts Richtung. Der kocht vor Wut. Ich kann es ihm nicht verübeln, wenngleich Krüger in Ansätzen schon recht hat. Lennart hat tatsächlich manche Wörter falsch ausgesprochen.

Der Krüger klickt auf seine Fernbedienung und ruft den nächsten Leseabschnitt auf. Dabei sieht er mich auffordernd an. Ich beginne zu lesen und bereits nach wenigen Wörtern höre ich wieder erstauntes Raunen im Plenum.

Als ich zu Ende gelesen habe, folgt augenblicklich Krügers Bewertung: »Das ist bei Weitem der jämmerlichste Versuch, mit einem vorgetäuschten Akzent wie ein Amerikaner zu klingen, der mir jemals untergekommen ist. Äußerst fadenscheinig und blamabel.«

What the helicopter? Was ist denn das für 'n Vogel? Der hat doch seinen eigenen Knall nicht gehört!

Nun bin ich derjenige, in dem es brodelt. Ich muss mich echt zusammenreißen, um der Pissflitsche nicht meine Meinung zu geigen.

Piss|flit|sche *f.; Gen. –; Pl. -n;* eine Beleidigung, für Menschen, die einem unsympathisch sind; zusammengesetzt aus den Wörtern *Flitsche (*ugs. für Schleuder) und *Pisse* (derb für Urin) – siehe auch: *Fäkalsprache* (umgangssprachlich gelegentlich als Fickalsprache verschrien)

»Willst du dir das etwa gefallen lassen?«, zischt Lennart mir zu.

Natürlich nicht. Aber schließlich habe ich mir selbst ein Versprechen gegeben. Deshalb ignoriere ich Lennarts Frage und versuche, mich zu besänftigen, indem ich mir innerlich gut zurede: Du wolltest dich nicht aufregen. Du wolltest dich nicht mit deinen Dozenten anlegen. Du wolltest dir nicht wieder deine Zukunft vermasseln. Mach einfach eine Faust in der Tasche und hak das Ganze ab!

Lennart glaubt aber offenbar, sich für mich einsetzen zu müssen. Oder vielleicht will er auch nur seinem eigenen Frust Luft machen. »Der Akzent ist nicht gefakt«, ruft er dem Dozenten zu. »Timo ist Muttersprachler. Tja, Scheiße, was?«

Der Krüger scheint allerdings wenig beeindruckt. Wenn überhaupt, wird sein Gesichtsausdruck noch arroganter. »Das bezweifle ich doch sehr«, sagt er, direkt an mich gerichtet. »Wie heißen Sie?«

Ich stoße einen Seufzer aus. Jetzt geht das wieder los.

»Timo Seidel«, sage ich.

Augenblicklich bricht nicht nur der Krüger in Gelächter aus, sondern auch viele der Studenten.

»Freilich! Ich bin mir sicher, dies ist ein gängiger Name in den USA.«

Noch mehr Gelächter.

Ich frage mich, ob es überhaupt sinnvoll ist, sich hier zu verteidigen. Trotzdem sage ich: »Mein Vater war Amerikaner, aber meine Eltern haben nie geheiratet.«

Selbst wenn es ziemlich peinlich klingt, sich so zu rechtfertigen. Aber was ist die Alternative? Gar nichts sagen? Das sähe doch so aus, als wäre ich beim Lügen erwischt worden.

»Ihr Vater *war* also Amerikaner«, amüsiert sich der Krüger weiter. Das Wort *war* zieht er merkwürdig lang, was mir irgendwie einen Stoß versetzt. »Und Ihre Eltern haben nie geheiratet. Wie praktisch! Sind Sie denn in Deutschland geboren?«

Ich nicke widerwillig.

»Dann sind Sie auch kein Amerikaner!«, stellt er fest.

»Ich habe nie behauptet, Amerikaner zu sein«, verteidige ich mich und bereue es im selben Augenblick, mich überhaupt auf eine Diskussion eingelassen zu haben.

»Ihr Sitznachbar hat das doch gerade behauptet.«

»Aber ich nicht.«

»Wieso behauptet er dann so etwas?«

Lennart schweigt. Na, herrlich! Also bleibt mir nichts anderes übrig, als für ihn zu antworten: »Wahrscheinlich wollte er nur sagen, dass Englisch eine meiner Erstsprachen ist.«

»Sind Sie denn in den USA aufgewachsen?«

»Nein, bin ich nicht«, sage ich, inzwischen hörbar gereizt.

»Dann ist *Deutsch* Ihre Erstsprache, mein lieber Herr! Und nicht Englisch! Daran ändert auch die Tatsache nichts, dass Ihr Vater Ihnen vielleicht einmal ein paar Brocken Englisch beigebracht hat, als Sie noch klein waren.«

Ich gebe auf. Es hat keinen Sinn, mit diesem aufgeblasenen Fatzke zu diskutieren. Soll er von mir aus glauben, was er will. Ich sage nichts mehr! Am liebsten würde ich den Kurs sofort hinschmeißen, aber bei meinem Glück gibt es wahrscheinlich hierzu keine Alternative, sodass ich spätestens im nächsten Semester wieder hier säße.

»Wusste ich es doch«, kommentiert der Krüger selbstgefällig mein Schweigen.

Triumphierend fährt er mit seinem Unterricht fort. Lange dauert es allerdings nicht, bis er sich wieder mir zuwendet.

»Bei neuen Fachtermini notieren Sie sich bitte immer die entsprechende englische Übersetzung, die ich Ihnen zu gegebener Zeit jeweils nennen werde. Wobei, an und für sich kann Ihnen die ja auch unser Amerikaner mitteilen.« Er macht eine kurze Pause und schaut dabei in meine Richtung. »Also, ich erwähnte gerade den Erstspracherwerb. Als jemand, der mit Englisch aufwuchs, können Sie mir sicherlich beantworten, was dies auf Englisch heißt.«

Ich seufze. Ich weiß zwar, was es heißt, aber ich weiß auch, wie dieses Spielchen hier weitergeht. Der Prof wird mir eine Vokabelfrage nach der nächsten stellen, bis ich diese nicht beantworten kann. Andererseits finde ich es genauso albern, jetzt den Mund zu halten. Also sage ich, so ruhig, wie es nur geht: »First language acquisition.«

Der Krüger ist sichtlich enttäuscht, dass ich den Begriff wusste, lässt sich allerdings nichts anmerken.

»In der Tat«, fährt er fort. Es dauert nicht lange, bis ich wieder als Wörterbuch herhalten muss. Wie schon vorausgesagt. Auch die nächsten beiden Wörter kenne ich. Dann allerdings schießt er sich auf linguistische Fachbegriffe ein, von denen ich zum Teil nicht einmal im Deutschen weiß, was sie bedeuten. Nach weiteren vier Vokabeln, die ich nicht beantworten kann, konstatiert er mit süffisanter Miene: »So viel dazu, dass Englisch Ihre Erstsprache ist.«

Ich sage nichts mehr. Stattdessen meldet sich ein Student aus der hinteren Reihe: »Wir haben es langsam begriffen, dass Sie mehr Vokabeln kennen als der Typ da vorne. Können wir das kleine Machtspiel jetzt mal beenden, und Sie fahren mit Ihrem Seminar fort? Ansonsten gehe ich mich gleich beim Dekan über Sie beschweren!«

Ein Raunen geht wieder durch den Raum, während sich in Krügers Gesicht und an seinem Hals hektische Flecken bilden. Für einen kurzen Moment befürchte ich schon, er könnte explodieren – dass er den anderen rauswirft oder mich oder uns beide. Aber dann wird er sich offensichtlich der brenzligen Situation bewusst und fährt tatsächlich kommentarlos mit seiner Vorlesung fort. So habe ich zumindest für den Rest des Seminars meine Ruhe.

Auf dem Weg nach draußen klopfen mir einige Studenten auf die Schulter. Ebenso mein Unterstützer von vorhin.

Auch Lennart entschuldigt sich: »Ey, sorry, dass ich dich da reingerissen habe, aber ich …«

»Ist schon gut«, unterbreche ich ihn.

»Sicher?«

»Sicher«, bestätige ich. Ich weiß, dass er das nicht extra gemacht hat, dass meine Vorgeschichte nun mal speziell ist und dass ich mich dafür immer wieder rechtfertigen muss. Geschenkt.

»Komm, lass uns kurz was zu essen holen, bevor es weitergeht.«

Auf den Gängen herrscht wieder Rushhour und das Studentenhalma kann beginnen.

Stu|den|ten|hal|ma *n.; Gen. -s;* (analog zum Brettspiel Halma, bei dem ein Spieler seine Steine möglichst schnell auf die gegenüberliegende Seite bringen muss); Szenario, welches sich auf den Gängen von Universitätsgebäuden abspielt, in dem Studierende versuchen, möglichst schnell von einem Seminarraum zum nächsten zu gelangen, was aufgrund von Überfüllung der Universitäten kein leichtes Unterfangen darstellt

Eigentlich würde es sich lohnen, über die Lautsprecher Verkehrsnachrichten zu senden. *Gleich halb zwölf, hier ist die Übersicht mit allen Staus ab 30 Meter Länge: auf dem Gang, ausgehend von Hörsaal H1 in Richtung Mensa, 45 Meter stockend, ebenso im ersten Stock, ausgehend von Raum 12 in Richtung Toiletten, 20 Meter Stop-and-go. Zudem erbitten wir erhöhte Aufmerksamkeit vor Hörsaal H2, hier liegen ungesicherte Psychologiebücher auf dem Boden. Wir wünschen allen einen guten Marsch.*

Schlimmer noch als die überfüllten Gänge sind aber die Studis, deren Blick hypnotisch auf ihre Handys fixiert ist. Eine Studentin rempelt mich an. Dabei murmelt sie lediglich ein leises »Ups!« vor sich hin, ohne auch nur aufzuschauen, wen sie da getackelt hat.

Tack|ling *n.; Gen. -s; Pl. -s;* beim American Football das Zubodenwerfen eines gegnerischen Ballträgers durch einen körperlichen Angriff; siehe auch Verb *tackeln*

Ich verstehe nicht, dass manche Menschen permanent auf diese Dinger starren müssen? Was kann da so Wichtiges stehen, dass ich während des Gehens auf mein Smartphone starren muss? Aber wahrscheinlich ist sie hauptberuflich Börsenmaklerin, und es geht womöglich gerade um ein wichtiges Milliardengeschäft.

In der Mensa bekommt das Wort Überfüllung eine ganz neue Dimension. An den Kassen haben sich riesige Schlangen gebildet, die sich mit den Schlangen vermischen, die sich für die Salattheke, das Mittagessen und die belegten Brötchen gebildet haben. Ich habe keine Ahnung, wo wir uns anstellen sollen. Lennart beweist allerdings, dass Dreistigkeit siegt, indem er sich irgendwo mittendrin anstellt, sodass wir relativ zügig an unsere belegten Brötchen kommen. Dieselbe Strategie wendet er an der Kasse erneut an.

»Besorg uns schon mal einen Tisch«, schlägt er vor. »Ich bezahle.«

Also schreite ich todesmutig in das Getümmel und lasse meinen Blick durch die Mensa schweifen, bis dieser beim Anblick zweier braunhaariger Studentinnen hängen bleibt. Moment mal, das ist doch die Studentin, mit der wir uns gestern nach dem Seminar noch kurz über die Kaltwasser aufgeregt haben. Wie hieß sie noch? Hannah? Viel mehr zieht allerdings ihre Bekannte meine Aufmerksamkeit auf sich, die ich bisher noch nicht gesehen habe. Holla, die Waldfee – was sieht die gut aus! Ein bisschen wie Sophie Marceau in *Die Welt ist nicht genug.* Mein Gehirn schaltet direkt auf Paarungsmodus. Die muss ich unbedingt kennenlernen!

Paa|rungs|mo|dus *m.; Gen. –; Pl. -modi;* Aggregatzustand männlicher Singles, bei dem der erregend wirkende Neurotransmitter Dopamin ausgeschüttet wird, was wiederum vom Gehirn als Memo mit dem Titel »Dringend Liebe machen!« interpretiert wird

Als ob das Universum es gewollt hätte, stehen in diesem Moment zwei Typen auf, die neben Hannah und meiner zukünftigen Ehefrau gesessen haben. Ich ergreife also meine Chance und sprinte, mehr uncool als lässig, einmal quer durch die Mensa, dränge bei diesem Unterfangen mindestens drei Handyopfer beiseite, stoße eine Studentin halb in ihren Salatteller und stolpere über einen Rucksack, den irgendein genialer Mensch mitten auf dem Gang positioniert hat. Die beiden Typen stehen noch mit ihren Tabletts vor dem Tisch, als ich aufgedreht und außer Atem an deren Tisch ankomme.

So lässig wie mit einem Asthmaanfall nur möglich lasse ich mich auf den freien Platz gleiten und schnaufe ein legeres »Ist hier noch frei?«.

»Oh, hallo Timo!«, begrüßt mich Hannah, die mich offensichtlich auch wiedererkennt.

»Hallo!«, grüße ich zurück. »Hannah? Nicht wahr?«

»Richtig.«

Dann drehe ich mich so beiläufig wie nur möglich zu meiner Angebeteten und sage nur: »Hallo, ich bin Timo.«

»Sophie«, stellt sie sich vor. Ebenso knapp.

Moment! Was? Meine gerade entdeckte Traumfrau, die mich an Sophie Marceau in ihrer Rolle als Elektra King in James Bonds *Die Welt ist nicht genug* erinnert, heißt tatsächlich Sophie? Dinge gibt's!

Von Nahem sieht sie noch besser aus als auf achthundert Metern Entfernung quer durch die Mensa! Ein wunderschönes Gesicht, mit vollen Lippen, braunen Augen, eingerahmt von braunen Haaren, die sich in einem Pony über ihre Augenbrauen legen und hinten leicht gewellt über ihre Schultern fallen. Geschminkt ist sie gar nicht, glaube ich. Ich bin hin und weg!

»Lennart kommt jetzt gleich«, sage ich, wieder an Hannah gerichtet. »Wir wollen nur kurz etwas essen, bevor wir zum nächsten Seminar aufbrechen.«

In dem Moment steht er auch schon vor uns.

»Hannah! Du siehst ja noch toller aus als gestern!«, grüßt er, wieder ganz auf Charmeur programmiert. Offensichtlich denkt er wieder einmal, er sei bei *The Bachelor – Uni-Edition.*

Hannah grinst: »Oje, geht das jetzt wieder los?«

»Auf jeden«, sagt Lennart, setzt sich und überreicht mir mein Brötchen sowie eine kleine Flasche Orangensaft. Dann erst erblickt er meine Sophie und scheint ebenso angetan wie ich: »Hallo! Wen haben wir denn da? Sag mal, glaubst du an Liebe auf den ersten Blick, oder soll ich wieder aufstehen und noch mal vorbeikommen? Ich bin Lennart. Und du bist?«

»Nicht interessiert«, entgegnet Sophie umgehend und legt die Stirn in Falten.

Autsch, ein Tritt in die Croutons hätte nicht mehr geschmerzt! Bei dem Spruch hat er allerdings auch nichts anderes verdient.

»Welches Seminar habt ihr denn jetzt gleich?«, fragt Hannah.

»Irgend so ein Scheiß-Lyrikseminar«, sagen Lennart und ich gleichzeitig. Gestern haben wir uns noch aufgeregt, dass wir dieses Seminar überhaupt belegen müssen. Aber es ist wieder mal eines dieser Pflichtdinger, an denen kein Weg vorbeiführt.

»Lyrik finde ich super!«, verkündet Sophie.

»Ich auch!«, schießt es aus mir heraus, bevor ich überhaupt nachdenken kann, was ich da von mir gebe. Es wäre schön, wenn mein Gehirn den Paarungsmodus jetzt wieder verlassen könnte, denn offensichtlich ist es nicht multitaskingfähig.

»Ach, ja?«, fragt Sophie mit kritischem Unterton. »Welches ist denn dein Lieblingsgedicht?«

»Och«, sage ich, während ich panisch in meinen Erinnerungen wühle und versuche, mir die Inhalte meines Deutsch-Leistungskurses zu vergegenwärtigen, der mehr als zehn Jahre zurückliegt. Liebes Gehirn, lass mich jetzt nicht im Stich! Ich weiß, dass wir Gedichte im Abitur hatten! Irgendwas von Goethe und Schiller bestimmt, aber mir fällt beim besten Willen kein einziger Titel mehr ein. Moment: *Der Panther!* So hieß doch eins, oder? Von Rilke? Sicher bin ich mir allerdings nicht. Deshalb sage ich lieber: »Da gibt es so viele. Ich kann mich da gar nicht entscheiden.«

Lennart grient.

»Was für ein Zufall!«, verkündet Hannah, »das Seminar haben wir auch!«

Moment mal, hat sie gerade *wir* gesagt? Ohne dass ich es will, strahle ich wohl ebenfalls. Das könnte ja kaum besser laufen. Als ob das Universum möchte, dass Sophie und ich uns besser kennenlernen. In meinem Kopf singt Lionel Richie automatisch *You are my destiny.*

Während wir unsere Brötchen verschlingen, reden vor allem Lennart und Hannah, weswegen ich leider nicht mehr über Sophie erfahre. Als wir fertig gegessen haben, gehen wir gemeinsam als Vierergruppe zu unserem Lyrikseminar. Dort werden wir von der Dozentin aber nur über Organisatorisches und Formalien informiert: Wie oft man fehlen darf (höchstens zwei Mal), dass es ab nächster Woche regelmäßig Hausaufgaben geben wird (schön, wie in der Schule) sowie zwei Leistungsüberprüfungen (was in allen Seminaren hier an der Greenberg Usus zu sein scheint), wie wir an die notwendige Literatur kommen (schön altmodisch in der Bibliothek, weil man solche Texte ja unmöglich im 21. Jahrhundert online stellen könnte – herrje, dann müsste ja irgendein Hiwi sie einscannen) und dass wir ab nächster Woche erst inhaltlich einsteigen. Immerhin. Bleibt mir der Lyrikkram noch eine Woche erspart. Außerdem werde ich wenigstens nicht wieder angegriffen, wie von diesem Armleuchter vorhin. Somit verläuft eigentlich alles ziemlich ruhig. Außer vielleicht mein Pulsschlag, der sich jedes Mal erhöht, wenn ich zu Sophie hinüberblicke.

Nach dem Kurs ziehen Lennart und ich zu unserem zweiten Englischseminar an diesem Tag weiter.

»Ich weiß nicht, was mit mir los ist. Ich hab da voll die komischen Gefühle, was diese Sophie angeht«, sage ich zu Lennart. Irgendwem muss ich mich anvertrauen.

»Das nennt man Erektion!«

»Ach, doch nicht so!«, zische ich zurück.

»Haste dich etwa verguckt?«

Ich zucke mit den Schultern. »Weiß nicht. Kann sein.« Voll peinlich, so was zuzugeben!

»Und das direkt am zweiten Tag Uni? Alter, halt dir lieber alle Möglichkeiten offen. Apropos, was sagst du denn zu dieser Hannah?«

»Nett ist die.«

»Vom Alter her würde die doch viel eher zu dir passen!«, zieht Lennart mich auf. »Soll ich erst mal nachforschen, wie alt diese Sophie überhaupt ist? Ich meine, wenn die erst zwanzig ist, willst du mit der doch nichts anfangen, oder?«

Da hat er tatsächlich recht. Eine Frau, die fast zehn Jahre jünger ist, käme wirklich nicht infrage.

»Na, da bin ich mal gespannt, wie du das herausfinden willst. Du hattest ja schon Probleme beim Namen«, ziehe ich ihn auf.

»Das kriege ich schon raus! Wetten?«

Im nächsten Englischseminar beweist Lennart noch einmal, dass Dreistigkeit siegt, denn in diesen Kurs sind wir leider nicht hineingekommen. Man muss sich nämlich online für alle Lehrveranstaltungen anmelden, die man belegen möchte. Bis letzten Freitag hatten wir hierfür Zeit. Am Sonntag teilte *GUPOR* (kurz für *Greenberg University Platform for Online Registration*) uns dann mit, in welche Kurse wir es geschafft hatten, in welche nicht und in welchen wir auf der Warteliste stehen. Lennart und ich hatten größtenteils Glück mit unseren Kursen. Nur in diesen hier sind wir nicht hineingekommen. Ziemlich doof, weil es wieder einmal eine Pflichtveranstaltung ist, die insgesamt zwei Mal angeboten wird. Zum anderen Termin haben wir jedoch schon einen anderen verbindlichen Deutschkurs, und dienstags um 14 Uhr hätten wir noch Platz für ein Seminar gehabt. Lennart meinte am Wochenende allerdings, er würde sich um alles kümmern.

In R412 ist es proppenvoll. Die Studenten sitzen auf den Fensterbänken, lehnen an den Wänden, sitzen teils auf dem Boden, sogar neben der Tafel und neben dem Pult. Auch als der noch recht junge Dozent später verkündet, dass nur diejenigen am Seminar teilnehmen können, die über *GUPOR* angenommen wurden, leert der Raum sich nur minimal. Die meisten bleiben beharrlich sitzen – oder stehen, je nachdem. Auch Lennart gibt mir ein Zeichen, das wohl bedeutet: Wir bleiben.

Wir gesellen uns zu den Wandleuten. Eine Anwesenheitsliste wird herumgereicht, auf der wir natürlich nicht stehen. Dennoch wiederholt Lennart zuversichtlich: »Ich mach das schon!«

Der Dozent, Dr. Lietz, ist recht amüsant und versteht es, Dinge packend zu erklären. Das Seminar vergeht wie im Fluge. Dem Gegiggel und den schmachtenden Blicken mancher Studentinnen entnehme ich, dass Dr. Lietz mit ein Grund ist, wieso dieser Kurs so überfüllt ist. Am Ende bittet er all diejenigen, die nicht auf der Liste stehen, aber dennoch am Seminar teilnehmen möchten, zu ihm nach vorne zu kommen.

»Alle werde ich jedoch nicht aufnehmen können«, entschuldigt er sich. »Sie sehen ja selbst, dass der Raum viel zu klein ist.«

Der Lietz-Fanklub, bestehend aus jungen Studentinnen, drängt sich in Richtung Pult. Lennart packt mich am Handgelenk und zieht mich durch das Groupie-Geschwader. Mithilfe eines »Entschuldigung« und eines »Kann ich kurz« schaffen wir es tatsächlich innerhalb weniger Sekunden, fast als Erste vor dem Pult zu stehen. Nur diejenigen, die ohnehin vorne auf dem Boden saßen, waren schneller.

Eine Studentin versucht gerade, den Dozenten zu bezirzen, wie sehr sie diesen Kurs doch benötigt, begleitet von heftigem Wimpernklimpern, als Lennart zwei Papiere aus seiner Tasche zerrt.

Als er an der Reihe ist, überreicht er dem Dozenten beide Zettel und meint: »Guten Tag, Herr Dr. Lietz, ich befürchte, da gab es einen technischen Fehler. Mein Freund und ich haben eben gesehen, dass wir nicht auf der Anwesenheitsliste stehen, obwohl wir von *GUPOR* eine Aufnahmebestätigung per Mail zugeschickt bekommen haben. Schauen Sie!« Er deutet auf die Ausdrucke.

Der Dozent begutachtet die Papiere, während ich meinen Hals recke, aber dennoch nicht erkennen kann, was darauf steht.

»Ja, stimmt«, bestätigt der Lietz. »Da hat mir das Programm bestimmt nicht die ganze Liste ausgedruckt. Natürlich können Sie unter diesen Umständen im Seminar bleiben!«

Mit einem »Fantastico!« bedankt sich Lennart, und wir schwirren ab.

»Was war das denn?«, frage ich auf dem Gang verdutzt und reiße ihm die beiden Papiere aus der Hand. Darauf steht in der Tat, dass wir für den Kurs angenommen wurden.

»Ey, das ist ja cool!«, sage ich. »Wie hast du das denn geschafft?«

»Mit *Word*!«

»Wie, mit *Word*? Hast du die Mail etwa gefälscht?«

»Ja, logo!«

»Aber«, stammle ich, »aber das ist doch illegal. Was ist, wenn das auffällt?«

»Das ist doch nicht illegal«, entgegnet Lennart amüsiert. »Erstens wird das sowieso keinem Schwanz auffallen. Und zweitens ist es doch nicht unsere Schuld, wenn die Uni es nicht auf die Reihe kriegt, größere Seminarräume zur Verfügung zu stellen.«

Tja, wie so oft im Leben muss ich leider feststellen: Dreistigkeit siegt!

6. Ärpele und Döpche

Um kurz nach fünf komme ich abgehetzt an der Abendschule an, weil das Seminar beim Lietz erst um halb vier zu Ende war und wir anschließend noch eine Ewigkeit in der Bibliothek anstanden, um uns den Reader fürs Seminar zu besorgen. Gefühlte zweihundert abgeranzte Seiten, die wir einmal durch den Fotokopierer jagen mussten, für den man eine Kopierkarte mit Guthaben braucht, die wir – überflüssig zu erwähnen – beide nicht hatten, weswegen wir uns zunächst eine besorgen und dann erneut anstellen mussten. Lennart war mit dem ganzen Prozedere ein wenig überfordert.

»Ich dachte, Fotokopierer gibt es gar nicht mehr. So wie Videorekorder oder Grammofone. So was kenne ich nur aus Geschichtsbüchern«, scherzte er. So unbedarft, wie er sich anstellte, war ich mir allerdings nicht ganz sicher, inwiefern seine Aussage tatsächlich scherzhaft gemeint war. Vor allem, weil er während des Kopierens vorschlug, wir könnten die ganzen Seiten doch »einfach mit dem Handy abfotografieren«.

Vor der Abendschule stehen Hülya und einige andere aus meiner Klasse, die ich in den ersten beiden Stunden habe. Sie grüßen freundlich, ich grüße zurück und beeile mich, ins Lehrerzimmer zu kommen. Plötzlich höre ich, wie mir jemand »Timo!« hinterherruft. Mit einer Stimme, die mir sehr bekannt vorkommt! Ich drehe mich um, und da kommt tatsächlich meine Oma die Treppen zur Abendschule hochgeschritten, weitaus agiler als manch junger Mensch.

»Was machst du denn hier?«, frage ich irritiert.

»De Mama hät mich anjeroofe un jesaat, dat de ken Zick mieh häs, jetz wo de widder am studiere bes und nevveher noch he an de Schull ärbets«, lässt mich meine Oma wissen. Wie immer im breitesten Plattdeutsch. Ich übersetze: *Deine Mutter hat mich angerufen und gesagt, dass du keine Zeit mehr hast, jetzt wo du wieder studierst und nebenher noch hier an der Schule arbeitest.* Wenn ich so richtig darüber nachdenke, bin ich gar nicht zwei-, sondern dreisprachig aufgewachsen: mit Englisch, Deutsch und Platt.

Sie hält mir drei aufeinandergestapelte Tupperdosen hin.

»Hee, ich han dir ding Lieblingsesse jemaat: Ärpele met Frikadelle un rude Kappes un noch ene Döpche met Schlot. Weil de Mama säät, dat de söns nix Aanständijes iss.«

Ich übersetze wieder: *Hier, ich habe dir dein Lieblingsessen gemacht: Kartoffeln mit Frikadellen und Rotkohl sowie eine weitere Dose mit Salat, weil deine Mutter sagt, dass du sonst nichts Vernünftiges isst.* Ich fasse es nicht, dass meine Mutter meiner armen Oma tatsächlich aufgetragen hat, für mich zu kochen, und sie dann zudem noch mit dem Essen in die Schule jagt! Meine Oma könnte ich dafür natürlich küssen, dass sie sich die ganze Mühe gemacht hat. Deshalb mache ich es auch.

»Das wär doch nicht nötig gewesen!«, sage ich, als ich ihr ein Bussi auf die Wange gebe und die Tupperdosen entgegennehme.

»Ach, wat! Dat is doch nix. De Mama hätt jesaat, dat de ken Zick häss!«

Ein Schwall Schüler kommen kichernd an uns vorbei.

»De Ärpele un de Kappes kannste in de Mikrowell wärm maache, ävver de Frikadelle bröds de noch ens in de Pann, söns schmecken se nit. Un nit us Versinn de Schlot in de Mikrowell stecke! Denk dodran!«

Ich übersetze: *Die Kartoffeln und den Kohl kannst du in der Mikrowelle erwärmen, aber die Frikadellen brätst du bitte noch einmal kurz in der Pfanne an, sonst schmecken sie nicht. Und gib den Salat nicht aus Versehen in die Mikrowelle. Denk daran!*

»Ja, mache ich«, sage ich gehorsam.

Dann ist sie wieder weg. Die Oma. Ich bleibe noch kurz im Flur stehen und sehe, wie sie wieder die Stufen heruntereilt und rechts abbiegt. Ein total schlechtes Gewissen habe ich, dass sie meinetwegen extra gekocht, das Ganze in Dosen verpackt und auch noch hierher gebracht hat. Selbst wenn sie in der Nähe der Abendschule wohnt.

Später in der Klasse kann ich mir zur Begrüßung natürlich einen Witz nach dem nächsten anhören.

»Den Salat nicht in die Mikrowelle stecken, Herr Seidel!«, scherzt Hülya.

»Denken Sie dran, ne?«, stimmt Lisa mit ein.

»Herr Seidel, da Sie jetzt keine Zeit mehr zum Essen haben, darf ich Ihnen mein Balisto anbieten?«, fragt Yvette mit gespielter Fürsorge und hält mir tatsächlich einen Riegel hin.

Schon allein, weil sie nicht damit rechnet, nehme ich ihn, bedanke mich und beiße ab, während Yvette mit offenem Mund ihrem Balisto hinterhertrauert.

7. Sophilologie und Sonntagsbesuche

Seufzend schließe ich wieder den Browser auf meinem Laptop. Dämliches YouTube! Was für ein Zeitfresser! Ständig schaut man sich irgendwelche Videos an, die man eigentlich niemals sehen wollte. Seitdem ich wieder WLAN in der Wohnung habe, ist es noch schlimmer geworden. Vor allem an einem Tag wie heute, Sonntag, an dem man zwar keine Termine hat, also nicht das Haus verlassen muss, und somit automatisch dem Sog des Internets entrissen würde, aber dennoch unbedingt arbeiten muss.

Abgesehen davon, dass ich Steffi vorhin mit ihren Englischaufgaben geholfen habe, war ich heute noch nicht besonders produktiv.

Ich sitze gerade an den Texten, die uns die Kaltwasser zu lesen gegeben hat, kann mich aber einfach nicht konzentrieren. Dabei wäre das bei diesen Texten unbedingt notwendig, sonst versteht man nämlich nur Bahnhof. Und selbst bei voller Konzentration muss ich alle Nase lang irgendwelche Begriffe im Internet nachschauen, um die Fachartikel auch nur ansatzweise zu verstehen. Das bringt mich wieder online, und bevor ich mich versehe, habe ich wieder Sophies YouTube-Kanal geöffnet. Lennart hat es nämlich tatsächlich geschafft, nicht nur ihr Alter in Erfahrung zu bringen, sondern noch viel mehr. Sie ist vierundzwanzig Jahre alt, ist in Köln aufgewachsen, hat gerade erst mit ihrem Studium begonnen und ist offensichtlich so eine Art Socialebrity, wie man im Englischen und wohl jetzt auch neudeutsch sagt.

So|cia|le|b|ri|ty *f.; Gen. -s; Pl. -s;* eine Person, die in den sozialen Medien eine Berühmtheit ist

Auf ihrem eigenen YouTube-Kanal, *Sophilologie*, gibt sie regelmäßig Sprachtipps und redet über Literatur. Es ist wahrscheinlich überflüssig zu erwähnen, dass ihr Wissen über Linguistik und Literatur sie in meinen Augen nur noch attraktiver macht. Extrem hübsch und sprachlich versiert – das ist zu viel für den kleinen Timo.

Offensichtlich stehe ich mit meiner Meinung aber nicht allein da, denn Sophie hat mehr als 68.000 Abonnenten, und jedes ihrer Videos hat im Durchschnitt 30.000 Klicks und mehr.

Seit zwei Tagen benehme ich mich wie ein verrückt gewordener Stalker im Internet, quasi ein Interstalker, und klicke mich durch all ihre Videos, die mitunter jeweils zehn Minuten lang sind.

In|ter|stal|ker *m.; Gen. -s; Pl. –;* jemand, der obsessiv im Internet alle Beiträge (wie Videos, Fotos, usw.) eines anderen Menschen verfolgt – **Vorsicht:** Interstalking führt zu peinlichen Browserverläufen und zur Annahme, man kenne den anderen Menschen genauer.

Dabei sollte ich nun wirklich andere Dinge studieren. Uni-Zeugs zum Beispiel. Ich widme mich also wieder dem Fachtext, der mir irgendetwas über den linguistischen Paradigmenwechsel erklären will, was auch immer das sein mag. Gerade glaube ich, den letzten Absatz zumindest halbwegs verstanden zu haben, als es an der Tür klingelt. An einem

Sonntag wohlgemerkt. Der Paketbote, der wieder einmal etwas für die Nachbarn abgeben will, kann es also kaum sein.

Skeptisch drücke ich den Knopf der Gegensprechanlage. »Wer da?«

»Ich bin's«, verkündet eine Frauenstimme.

Na toll! Ich liebe es, wenn Menschen *Ich bin's* von sich geben. Das mag funktionieren, wenn man die andere Person wirklich sehr gut kennt. Wenn meine Ex-Freundin Cleo beispielsweise am Telefon *Ich bin's* gesagt hat, dann wusste ich in der Tat, wer dran war, aber bei allen anderen Menschen, die ich womöglich schon lange nicht mehr gesprochen habe, funktioniert das einfach nicht.

»Wer ist *Ich bin's*?«, blöke ich in die Gegensprechanlage.

»Deine Mutter!«

Na gut, deren Stimme hätte mir tatsächlich bekannt vorkommen können, schließlich kenne ich sie lange genug. Andererseits sprechen wir nicht gerade oft miteinander. Ich frage mich, was sie hier will. An einem Sonntag. Es ist nicht einmal ein Feiertag. Und selbst wenn es einer wäre, würde ich *zu ihr* kommen. Die wenigen Male, die meine Mutter bei mir in der Wohnung war, könnte ich an einer Hand abzählen.

Ich drücke also auf. Was bleibt mir schon anderes übrig? Ich kann schließlich schlecht über die Gegensprechanlage zurückmelden, dass ich nicht zu Hause bin.

Als meine Mutter die fünf Etagen nach oben gekraxelt ist, steht sie mit einem Stapel Tupperdosen vor mir.

»Was machst du denn hier?«, frage ich und starre auf die Frischhalteboxen. »Zuerst kommt die Oma mit Essen vorbei und jetzt du?«

»Ja, du musst doch irgendwas essen! Ich kenne dich doch! Als ob du dir selber etwas kochen würdest!«

»Ich bin alt genug, um mich zu versorgen. Bisher habe ich das schließlich auch hinbekommen.«

»Bisher hat Cleo das hinbekommen!«, verbessert mich meine Mutter und tritt ein. »O Gott, wie sieht es hier denn aus?«

Ich denke: Seufz!

Ich sage: »Seufz!«

»Da brauchst du gar nicht albern zu werden! Wenn du hier nicht bald sauber machst, hast du Ungeziefer in der Wohnung.«

»So schlimm sieht es hier nun auch wieder nicht aus«, verteidige ich mich und meine es durchaus ernst.

»Ach, das soll ja kein Vorwurf sein. Du hast ja im Moment kaum noch Zeit neben Uni und VHS. Deshalb haben Oma und ich beschlossen, dir etwas unter die Arme zu greifen.«

»Unter die Arme greifen?«, frage ich verzweifelt, während meine Mutter die Tupperdosen bereits in der Küche abstellt, den Kühlschrank aufreißt, einige der Dosen dort hineinstellt, dann ins Wohnzimmer geht, sich kurz umsieht, weiter ins Schlafzimmer schreitet und mit meinem Dyson-Staubsauger wieder herausspaziert. Ich stehe währenddessen noch ratlos neben der Wohnungstür (hoffend, ich könne sie direkt wieder verabschieden) und schaue zu, wie das Übel seinen Lauf nimmt.

»Sag mal, du willst doch jetzt nicht anfangen zu saugen, oder?«

»Nein, Timo, ich möchte mit diesem Gerät telefonieren.«

Gut, meine sarkastische Art habe ich offensichtlich von meiner Mutter. Sie nimmt das Kabel des Saugers und sucht nach einer Steckdose im Wohnzimmer.

»Ich wollte mit dir sowieso noch reden«, sage ich und versuche, meinen Ton so vorwurfsvoll wie möglich klingen zu lassen. »Sag mal, wie kommst du eigentlich dazu, der Oma zu sagen, dass sie für mich kochen soll? Das ist ja fast wie früher!«

Stille. Ich weiß, dass ich sie mit solch einem Spruch treffe. Denn nach dem Tod meines Vaters war ich zunächst einmal zwei Jahre mehr oder weniger auf mich allein gestellt. Meine Mutter war ständig arbeiten, deshalb habe ich in der Zeit bei meiner Oma gewohnt.

»Nur damit du es weißt«, fängt meine Mutter sich wieder, »die Oma wollte unbedingt für dich kochen! Ich habe ihr gesagt, dass ich das mache, aber es war ihr dringlichster Wunsch. Verstehst du?«

Nun gut, darüber habe ich tatsächlich noch nicht gedacht. Die Oma will wirklich ständig helfen, und wenn sie sich einmal etwas in den Kopf gesetzt hat, bekommt man sie davon auch nicht so leicht abgebracht.

»Ah, okay«, sage ich. Dann schiebe ich noch hinterher: »Sorry!«

Meine Mutter seufzt. »Schon okay.«

Unsere Vergangenheit wird wohl für immer zwischen uns stehen.

»Aber wenn du partout nicht willst, sage ich ihr, dass sie nicht mehr für dich kochen soll.«

»Nein, Quatsch«, sage ich. »Ist schon okay, wenn sie das gern macht.«

»Ja … also … ich war gestern bei ihr, und wir haben beschlossen, dass wir es so machen: Die Oma bringt dir jeden Abend um 17:00 Uhr das Essen in die Schule, und sonntags komme ich vorbei und mache hier etwas sauber. Ist das okay für dich?«

Ist es nicht, denke ich. Denn eigentlich habe ich keine Lust darauf, sie jeden Sonntag hier auf der Matte stehen zu haben, aber da ich sie gerade so angefahren und deshalb ein schlechtes Gewissen habe, sage ich nur: »Ist okay. Dank euch!«

Ab jetzt wieder etwas Vernünftiges zu essen zu haben, ist natürlich nicht verkehrt.

Meine Mutter strahlt. Wieso genau, weiß ich nicht. Vielleicht, weil das seit Langem so eine Art Annäherung zwischen uns ist; vielleicht, weil wir uns dann jetzt jede Woche sehen; vielleicht aber auch, weil ich nun endlich wieder studiere und doch noch »etwas Anständiges« (O-Ton Mutter) aus meinem Leben mache. Denn auch das stand immer zwischen uns. Sie fand es schlimm, dass ich nach dem Abitur erst einmal drei Jahre lang nichts gemacht habe, außer Nachhilfe zu geben. Sie hat es zwar geduldet, denn in der Zeit habe ich noch zu Hause gewohnt, aber begeistert war sie verständlicherweise nicht. Dass ich in der Zeit echt damit zu kämpfen hatte, mit dem Tod meines Vaters zurechtzukommen – selbst wenn der schon einige Jahre zurücklag –, habe ich ihr nie gesagt. Dafür waren wir uns einfach nie nahe genug. Über mein abgebrochenes Studium vor fünf Jahren war sie natürlich ebenso wenig begeistert.

Aber sie ist happy. Immerhin. Und sie strahlt. Irgendwie tut das jetzt ganz gut, dass die meinetwegen strahlt.

8. Bernstein und Auslandssemester

Wieder Montagmorgen. In der Bahn gab es zum Glück keine weitere Nahtrottelerfahrung mit Mister Wichtig und Miss Barbie.

Von Weitem sehe ich Lennart schon vor der Uni stehen. Umgeben von einem Pulk Studentinnen. Typisch. Freudig erkenne ich, dass auch Hannah in dem Grüppchen steht, weswegen ich hoffe, dass Sophie vielleicht ebenfalls in der Nähe ist. Es könnte doch sein, dass sie ebenfalls das Kaltwasser-Seminar belegt hat und ich sie letzte Woche nur nicht bemerkt habe. Ich hatte gehofft, Sophie doch noch in dem ein oder anderen Deutschseminar anzutreffen, aber nix da. Seit letztem Dienstag habe ich sie nicht mehr gesehen.

Doch was erblickt mein wachsames Auge? Lennart hat mich gerade mit einem heiteren »Guten Tacho« begrüßt, als ich Sophie aus der gegenüberliegenden Richtung auf uns zukommen sehe. Die allgemeine Begrüßungsorgie beginnt.

»Guten Morgen« hier, »Guten Morgen« da, »Ne, was ist das noch früh!«, Küsschen links, Küsschen rechts, »Du auch schon hier?« – »Das Wochenende war viel zu kurz!«, »Yadda« hier, »Yadda« da, während ich unauffällig Sophie beobachte.

Selbstgewiss grüßt sie jeden. Mich eingeschlossen. Ein bisschen peinlich finde ich nur, dass sie plötzlich ihr Handy nimmt und ein Selfie macht. »Für Insta«, sagt sie und es klingt gar nicht mal nach Entschuldigung, sondern nach logischer Feststellung – in etwa so, als wäre das Selfie eine Notwendigkeit. Ich notiere mir innerlich, mich nun auch bei Instagram anzumelden.

In meiner ersten Woche an der Uni habe ich bereits festgestellt, dass es zwischen mir und den meist jüngeren Studierenden doch einen Generationenkonflikt gibt. So komisch das bei einem Altersunterschied von lediglich zehn Jahren klingen mag, aber gerade diese Jahre sind offensichtlich entscheidend. Die Welt hat sich verändert. Nach und nach trudeln die Ersten an den Universitäten ein, die eine Welt ohne Smartphone und Internet gar nicht mehr kennen. Das war bei mir und meinem Freundeskreis noch anders. Wir Millenials hatten als Kind und teils auch als Jugendliche keine Handys. Damals gab es noch CDs. Wir haben *Die Gummibärenbande*, später *Der Prinz von Bel Air* und noch später Gerichtsshows im Fernsehen geschaut. Und dann erst wurde das Internet wichtig.

Mil|len|ni|al *m.; Gen. -s; Pl. –;* auch Generation Y (Generation Why) genannt, angesiedelt zwischen Generation X und Generation Z; Bezeichnung für Menschen, die kurz vor der Jahrtausendwende geboren wurden, dies umfasst die Geburtenjahrgänge ab den 1980er- bis zu den späten 1990er-Jahren

Wobei ich diese Unterteilung in Altersgruppen eigentlich nicht gut finde. Das führt nur zu Schubladendenken. Vielleicht ist das gar kein Generationending mit dem Handy, vielleicht haben sich die Zeiten einfach nur geändert. Ich hänge heute auch häufiger am Handy als noch vor fünf Jahren und schaue inzwischen mehr YouTube als Fernsehen.

Aber an diese Selfie-Manie muss ich mich erst noch gewöhnen. Wenn Lennart und ich in der Mensa sitzen, werden links und rechts Selfies gemacht, was das Zeug hält.

Und ständig fotografiert irgendwer sein Essen. Ich wiederhole wohlgemerkt: in der Mensa. Wir reden hier nicht von einem Nobelrestaurant oder sonst einem hippen Schuppen, sondern von belegten Brötchen, Eintopf und Salatbuffet. Aber nun gut, soll jeder fotografieren, was er will, solange er sonst niemandem schadet und moderat bleibt. Letzte Woche packte allerdings eine Studentin eine Narzistenantenne aus, um aus der Vogelperspektive einen Snapshot von sich selbst und ihrem Salatteller zu erhaschen.

Nar|zis|sten|an|ten|ne *f.; Gen. –; Pl. -n;* Selfiestick

Wenn es sie glücklich macht!

Glücklich werde ich in den nächsten anderthalb Stunden sicherlich nicht, denn die zweite Sitzung bei Prof. Dr. Kaltwasser steht an. Da ist es auch nur ein kleiner Trost, dass Sophie tatsächlich denselben Kurs belegt hat. Als Trüppchen gehen wir gemeinsam zu R19, wo ich dann in einem geschickten Manöver dafür sorge, dass Sophie, Hannah, Lennart und ich uns als Vierergruppe absondern und auf vier freie Plätze außen in der dritten Reihe zusteuern. Ich schaffe es allerdings nicht, direkt neben Sophie zu sitzen, weil Lennarts Gehirn sich offensichtlich gerade im Flugmodus befindet und er sich vordrängelt. Ich bin so perplex, dass Hannah als Nächstes Platz nimmt und ich folglich ganz außen sitze. Drei Stühle von meiner künftigen Ehefrau entfernt!

Flug|mo|dus *m.; Gen. –; Pl. -modi;* (auch Offlinemodus genannt) ein Zustand des menschlichen Gehirns, bei dem alle Funktionseigenschaften nur auf das Nötigste beschränkt sind (wie z.B. das Atmen)

Ich werfe Lennart einen bösen Blick zu, den er durchaus zu interpretieren weiß. Er gestikuliert ein betretenes »Sorry« in meine Richtung.

»Hast du die Texte für die Giftspritze gelesen?«, reißt Hannah mich aus meinen Racheplänen, die ich gerade für Lennart schmiede.

»Was?«

»Die Texte für die Kaltwasser. Hast du die gelesen?«

»Ähm, ja, ich hab's versucht. Und du?«

»Auch. Aber ich fand die unheimlich schwer. Vielleicht können wir 'ne Lerngruppe einrichten oder … Och, wenn man vom Teufel spricht. Da ist ja die olle Beißzange!«

Die Kaltwasser betritt den Raum, und augenblicklich wird es still – als ob jemand eine Glocke geläutet hätte, was natürlich nicht der Fall ist. Diese Frau strahlt mit ihrer überkandidelten Art eine derartige Autorität aus, dass selbst ein Rudel Zwergschnauzer, Beagle und Foxterrier augenblicklich still würde, wenn sie eine Hundewiese beträte.

Schon nach wenigen Minuten steht mir wieder der Schweiß auf der Stirn, weil die Kaltwasser eine Frage nach der nächsten raushaut und diese von Studenten aus dem Plenum beantworten lässt. Hierfür ruft sie Namen von ihrer Teilnehmerliste in willkürlicher Reihenfolge auf und überprüft zugleich die Anwesenheit. Wenn jemand eine Antwort nicht weiß, hat sie tadelnde Worte parat, bevor sie denjenigen kurze Zeit später erneut aufruft, um ihm eine andere Frage zu stellen.

Ich wünschte, ich hätte diese dämlichen Texte aufmerksamer gelesen! Stattdessen sehe ich, wie Sophie drei Sitze entfernt einige Blätter aus ihrer Tasche herausholt.

»Was hat sie da?«, frage ich Hannah mit gedämpfter Stimme.

Sie zuckt mit den Schultern. »Keine Ahnung.« Sie wendet sich Lennart zu. »Was hat Sophie da?«

Der flüstert kurz mit Sophie und meldet dann zurück: »Sie hat die Texte zusammengefasst.«

Was für eine Streberin! Gleichzeitig ärgere ich mich, dass ich nicht dasselbe getan habe.

Aus den Augenwinkeln sehe ich, wie die Tür zum Seminarraum nur einen kleinen Spalt geöffnet wird. Mehr ist allerdings nicht zu sehen, bis ich einen Studenten bemerke, der samt Rucksack durch den Spalt in den Raum hineinrobbt und so leise wie möglich auf allen vieren zu einem freien Platz weiter hinten krabbelt. Offensichtlich ist ihm bekannt, wie die Kaltwasser auf Studierende reagiert, die zu spät kommen. Für Außenstehende wäre das hier bestimmt die reinste Comedyshow. Ob ich die Senderechte zu diesem Seminar vielleicht an *Arte* verkaufen könnte? Quasi als Sitcom für Intellektuelle. Das käme bei der entsprechenden Klientel bestimmt ungemein gut an.

»Herr Thillmann.«

Lennart wird aufgerufen. Er bekommt eine relativ einfache Frage. Lennart kann sie allerdings nicht beantworten, was bei der Kaltwasser einen missbilligenden Gesichtsausdruck hervorruft.

Es folgt eine Frage nach der nächsten, während wir in ständiger Alarmbereitschaft darauf warten, genannt zu werden.

»Frau Günstig.«

Sophie blickt auf. Aha, so heißt sie also mit Nachnamen. Sophie Günstig. Sieh an!

Im Gegensatz zu den meisten anderen sieht sie allerdings nicht sehr ehrfürchtig aus. Und tatsächlich. Sie beantwortet ihre Frage äußerst souverän und detailliert, ohne auf ihre

Zusammenfassung schauen zu müssen. Mein linguistisches Herz macht einen Sprung. Ich meine, sogar Anzeichen eines zufriedenen Lächelns im Gesicht der Kaltwasser zu erkennen.

Es dauert nicht lange, bis auch mein Name aufgerufen wird.

»Herr Seidel.«

Ihre Frage bezieht sich auf den ersten Text, den ich glücklicherweise am genausten gelesen habe, weswegen ich ihre Frage beantworten kann. Dennoch gibt es keinerlei Lob. Ein karges »Richtig« ist das höchste der Gefühle. Die Kaltwasser hakt meinen Namen auf der Anwesenheitsliste ab, sodass ich erst einmal nicht zu befürchten brauche, noch einmal aufgerufen zu werden. Denn inzwischen gibt es doch eine Handvoll Studierende, die bei der ersten Frage gepatzt haben und erneut abgefragt werden. Die meisten schaffen es beim zweiten Anlauf. Lediglich Lennart hat nicht so viel Glück. Ich frage mich, ob er die Texte, die er hektisch vor sich ausgebreitet hat, überhaupt gelesen hat. Die Fragen sind zu kompliziert, um ihm die Antworten vorzusagen oder schnell aufzuschreiben.

Bei der dritten Frage schraubt die Kaltwasser das Niveau schließlich stark hinunter. Sie möchte von Lennart einzig und allein wissen, was das generische Maskulinum ist, was er jedoch nicht beantworten kann, weswegen sie ihn gehörig zurechtweist: »Ihnen sollte gewahr werden, wieso Sie hier sitzen. Augenscheinlich haben Sie keinen der Essays gelesen, geschweige denn verstanden oder verfügen über jedwede grundlegende linguistische Allgemeinbildung, auf die Sie zurückgreifen könnten, denn diesen Terminus darf man auch als Nichtakademiker schon gehört haben. Wenn Sie allerdings nicht bereits sind, für dieses und andere Seminare zu arbeiten, sind Sie nicht nur in diesem Kurs, sondern insgemein in diesem Gebäude, sprich in einer Universität falsch. Einen Hochschulabschluss bekommen Sie nämlich nicht über Likes im Internet, und Sie können diesen nicht käuflich erwerben. Die einzige Möglichkeit auf einen Abschluss besteht darin, sich akribisch auf dieses Seminar vorzubereiten – auf jede einzelne Sitzung! Zudem hege ich die Hoffnung, dass Sie im Laufe der Woche die Inhalte aller Seminare differenziert nachbereiten. Sofern Sie hierzu nicht bereit sind, sparen Sie doch mir und Ihnen selbst auch den Aberwitz Ihrer Anwesenheit.«

Oje, der arme Lennart! Er tut mir fast schon ein wenig leid. Völlig zerknirscht sitzt er da. Ich glaube, bisher ist ihm alles im Leben zugeflogen, und wenn die Geschichten mit seinem erschummelten Abitur stimmen, hat er vermutlich angenommen, es würde hier ebenso funktionieren. Dabei hätte er sich das nach der ersten Sitzung bei der Kaltwasser letzte Woche doch denken können.

»Was für eine Gewitterziege!«, regt Hannah sich auf, als wir nach dem Seminar wieder auf dem Korridor vor R19 stehen.

»Boah, ich könnte die Alte klatschen!«, macht nun auch Lennart seinem Ärger Luft.

»Wieso?«, forscht Sophie nach. »Nur weil sie herausgefunden hat, dass du die Texte nicht gelesen hast?«

»Deshalb muss sie mich doch noch lange nicht vor allen so runtermachen!«

»Was heißt denn hier runtermachen?«, empört sich Sophie.

»Ja, Mann, vor allen so darauf rumzureiten, dass ich die Hausaufgaben nicht gemacht habe. Das ist ja fast wie in der Schule. Ey, wir sind erwachsen. Die braucht uns nicht mehr zu erziehen.«

»Braucht sie nicht?«

Zwischen Lennart und Sophie herrscht erst einmal dicke Luft. Dennoch gehen wir gemeinsam in die Mensa, um etwas zu essen, bevor das nächste Seminar beginnt. Dort erwartet uns eine Kakofonie sondergleichen. Überall schnattert (die Studierende), klimpert (die Teller und das Besteck), schmatzt (diesmal *der* Studierende) und piepst (die Kasse) es.

Ka|ko|fo|nie *f.; Gen. –; Pl. -n;* eine Reihe von Lauten und Geräuschen, die äußerst hart und unangenehm klingen

Während Lennart Kaffee, Tee und belegte Brötchen für uns besorgt, gehen die Mädels und ich auf Tischsuche. Hannah schafft es, dass sich zwei Studenten umsetzen, sodass wir tatsächlich zusammen an einem Vierertisch Platz nehmen können.

»Die Runde geht auf mich«, verkündet Lennart, der für die Besorgung des Essens nicht länger gebraucht hat als wir für die Suche nach einem freien Tisch. Insgesamt ist der gute Lennart ohnehin sehr spendabel. Letzte Woche hat er mir bereits zweimal ein Brötchen, einen O-Saft und eine Flasche Wasser ausgegeben. Langsam wird mir das unangenehm, selbst wenn seine Eltern offensichtlich viel Geld haben.

»Hier, für dich«, sagt er und schiebt Sophie den bestellten Latte macchiato zu. »Auch wenn du den eigentlich gar nicht verdient hast, nachdem du Partei für die Wassertante ergriffen hast.«

Sophie verdreht die Augen. »Partei ergriffen? Ist ja wie im Kindergarten. Sag mal, wie alt bist du?«

»Zwanzig«, verkündet Lennart stolz.

»Och, wie süß!«, entfährt es Sophie. »Wie mein kleiner Bruder!«

Hannah und ich müssen lachen.

Die kurze Verschnaufpause in der Mensa gibt uns vieren die Gelegenheit, einander ein wenig besser kennenzulernen. So erfahren wir, dass Sophie zusätzlich Geschichte studiert und Hannahs Zweitfach Biologie ist. Kennengelernt haben sich die beiden letzten Dienstag in einem Deutschseminar. Kurz darauf kommen wir auf die vielen Praktika zu sprechen, die für uns in den kommenden Semestern noch anstehen. Die drei anderen berichten begeistert von ihrem Eignungspraktikum, das sie vor Kurzem absolviert haben.

»Und wie war es bei dir?«, möchte Hannah von mir wissen.

Alle schauen gespannt in meine Richtung.

»Ach so, ja, ich habe das nicht gemacht«, antworte ich.

»Wie? Das war doch Pflicht!«, bemerkt Sophie.

»Ich brauchte das nicht zu machen.«

»Wegen der Abendschule?«, fragt Lennart.

»Yep«, sage ich nickend.

»Ja, der liebe Timo hier ist uns allen nämlich einen Schritt voraus. Der arbeitet schon als Lehrer.«

»Wie? Du arbeitest schon als Lehrer?«, möchte Hannah wissen.

»Na ja, ich unterrichte seit letztem Sommer Englisch an einer Abendschule. Als Aushilfslehrer.«

»Hast du denn schon mal studiert?«

Ich verneine.

»Und dann kannst du da einfach so als Lehrer arbeiten?«, fragt Sophie skeptisch.

»Ja, wie du siehst. Anfangs hatte ich allerdings auch meine Zweifel, ob ich die Stelle wirklich bekommen würde. Aber es ist eben nur aushilfsweise.«

Hannah findet das »toll«, und selbst Sophie scheint immerhin interessiert. Beide stellen Fragen, wie das so ist, als Lehrer zu arbeiten – völlig ohne Studium –, und wie ich mit den Schülern zurechtkomme.

»Und da sind dann nur Erwachsene?«, fragt Sophie weiter.

Ich nicke.

»Alles Versager, oder was?«

Den Spruch finde ich allerdings vollkommen daneben. »Das sind keine Versager«, stelle ich klar.

»Na, Überflieger sind es wohl auch nicht, wenn sie keinen Schulabschluss haben!«

»Es kann viele Gründe dafür geben, dass jemand keinen Abschluss machen konnte.«

»Zum Beispiel?«, fragt sie mit einer leicht überheblichen Art, die vermuten lässt, dass keiner der Gründe, die ich ihr aufzählen könnte, für sie akzeptabel wäre. Schon allein deshalb mache ich es nicht. Obwohl ich ziemlich auf sie stehe, gebe ich ihr Kontra: »Sammle du erst mal noch ein paar Jährchen Lebenserfahrung, und komm von deinem hohen Ross runter, bevor du über andere einfach so urteilst. Dann sprechen wir uns noch mal!« Ich lasse es absichtlich ein bisschen oberlehrerhaft klingen.

Sophie verschlägt es tatsächlich kurz die Sprache, und ich hoffe, meine Chancen bei ihr nicht auf Lebzeiten vertan zu haben. Irgendwie kann ich mir nämlich nicht vorstellen, dass viele Menschen ihr die Stirn bieten. Bei dem Aussehen. Bei dem, was sie alles über die deutsche Sprache weiß. Bei der Menge an Abonnenten auf YouTube. In ihrem Gesicht meine ich allerdings zu erkennen, dass sie meine Ansprache irgendwie gut fand.

»Wie sieht das denn bei euch aus? Arbeitet ihr nebenbei?«, frage ich, um so die Aufmerksamkeit wieder von mir abzuwenden. Außerdem möchte ich ja mehr über Sophie in Erfahrung bringen.

Die erzählt, dass sie freiberuflich hin und wieder als Korrektorin für verschiedene Buchverlage arbeitet. »Just for fun«, sagt sie, da sie sich zum Glück um Geld noch keine Gedanken zu machen braucht, da sie noch bei ihren Eltern wohnt. Ebenso wie Lennart. Klar.

Anders sieht es bei Hannah aus, die mit achtundzwanzig Jahren hier an der Uni auch schon zum reiferen Gemüse zählt. Sie ist examinierte Altenpflegerin, hat aber vor drei Jahren begonnen, ihr Abitur nachzuholen, um doch noch studieren zu können. Währenddessen hat sie nebenbei im Altenheim gearbeitet, was sie jetzt – allerdings nur noch in Teilzeit – immer noch macht, um sich so das Studium finanzieren zu können.

»Respekt«, sage ich.

Auch Lennart und Sophie finden anerkennende Worte.

»Aber wie kommt es denn, dass du überhaupt als Aushilfslehrer arbeitest?«, erkundigt sich Hannah und lenkt so die Aufmerksamkeit auf mich zurück.

»Timo ist Amerikaner!«, posaunt Lennart wieder heraus.

»Ich bin *kein* Amerikaner«, verbessere ich ihn sofort, bevor mir diese Aussage wieder zum Verhängnis wird. »Mein Vater war Amerikaner, und ich bin zweisprachig aufgewachsen.«

»Ach, wie cool«, begeistert sich Hannah.

Sophie hingegen scheint Bedenken zu haben. »So, so, was heißt denn smaragdgrün auf Englisch?«, fragt Sophie.

»Emerald«, antworte ich, ein wenig irritiert über diese Frage aus heiterem Himmel.

»Und rubinrot?«

»Ruby red«, antworte ich wieder, habe aber nach wie vor keine Ahnung, was sie vorhat.

»Und flieder?«

»Was wird das?«, frage ich. »Ein Farbenquiz?«

»Aha! Du weißt es also nicht!«, freut sie sich, als habe sie allen etwas beweisen wollen.

»Doch, *lilac* … aber ich weiß nicht, was du hier veranstaltest?«

»Och, gar nichts. Ich wollte nur testen, ob du wirklich zweisprachig aufgewachsen bist. Eine gute Freundin von mir hat mal jemanden kennengelernt, der sich Corey nannte und meinte, er wäre Amerikaner, was wir ihm alle auch geglaubt haben. Bis sich dann irgendwann einmal herausgestellt hat, dass er in Wirklichkeit Marcel hieß und aus Krefeld kam. Und uns hat er die ganze Zeit irgendwelche Storys aufgetischt.«

»Wer macht denn so was?«, frage ich entgeistert. »Und vor allem wieso?«

Sophie zuckt mit den Schultern. »Um sich interessant zu machen, denke ich. Na, jedenfalls habe ich damals festgestellt, dass man Menschen am besten mit Vokabeln zu solchen Farben testen kann. Wenn jemand eine andere Sprache wirklich gut kann, kennt er auch die Begriffe für solche Farbtöne.«

»Dann habe ich den Test also bestanden?«

Sophie denkt angestrengt nach. Dann schießt es wieder aus ihr heraus: »Bernstein!«

Ich verdrehe die Augen. Offensichtlich ist ihre Vokabelvernehmung noch nicht vorbei.

Vo|ka|bel|ver|neh|mung *f.; Gen. –; Pl. -en;* ausführliches Kreuzverhör in Form von Vokabelabfragen, das von skeptischen Menschen durchgeführt wird, um zu überprüfen, ob man wirklich zweisprachig aufgewachsen ist

»Keine Ahnung«, sage ich, »ich weiß nicht mal, welche Farbe Bernstein hat.«

»Bernstein ist braun«, versucht Hannah mir zu helfen. »Also, so ein helles Gelbbraun.«

»Das heißt *amber* auf Englisch«, triumphiert Sophie. »Das weiß ja sogar ich!«

»Woher? Aus deiner Schmuckkollektion?«, frage ich und hoffe, man hört den Zynismus heraus.

Hannah und Lennart schmunzeln.

Die nächsten Minuten ziehen natürlich wieder die üblichen Fragen nach sich: »Wie heißt du mit Nachnamen?« – »Wieso klingt dein Nachnamen denn deutsch?« – »Woher kam dein Vater?«

Bla, bla, bla. Gerade wenn man auf neue Menschen trifft, ist das eine Geschichte, die ich immer wieder erzählen muss. Irgendwann wird es ermüdend.

Hellwach bin ich allerdings, als ich auf die Uhr schaue.

»Mist! Schon fünf nach zehn!«

Wir springen alle hektisch hoch, doch bevor wir uns verabschieden, möchte Sophie uns noch dringend ein Sprachrätsel stellen.

»Quasi für alle angehenden Deutschlehrerinnen und -lehrer!«, sagt sie und zwinkert in die Runde. »Das muss man aber lesen, deshalb gebt mir mal kurz eure Nummern!«

Dabei sieht sie vor allem Lennart und mich an. Hannahs scheint sie bereits zu haben. Wir diktieren ihr unsere Nummern, die sie blitzschnell in ihr Samsung-Handy tippt, und sendet uns eine Nachricht.

Was für ein cleverer Schachzug, um auf diese Weise meine Nummer abzustauben! Für mich steht somit fest, dass Sophie ebenso Interesse an mir hat wie ich an ihr! Ich meine, sonst hätte sie uns dieses dämliche Sprachrätsel doch auch morgen zeigen können, denn schließlich haben wir uns zu viert für morgen Mittag wieder in der Mensa verabredet.

Lennarts Handy meldet augenblicklich, dass er eine neue Nachricht bekommen hat. Ich schaue mit auf sein Handy, um einen Blick auf das ominös wichtige Sprachrätsel zu werfen.

> In einem Paralleluniversum namens Sommeria gibt es vier Jahreszeiten, die immer gleich sind. Das Jahr beginnt im Januar mit dem Winter, darauf folgen der Frühling und der Sommer. Wie lautet der Name der vierten Jahreszeit in Sommeria.

Lennart und ich schauen uns perplex an.

»*Herbst* ist wohl nicht die richtige Antwort, und ich bin ein Genie, weil ich das Rätsel innerhalb einer Millisekunde geknackt habe?«, fragt Lennart.

»Dann wäre es wohl kaum ein Sprachrätsel, oder? Also, schickt mir eure Antworten! Ich bin gespannt, wer von euch es herausbekommt!«

Sie wirft mir einen vielsagenden Blick zu, und ich nehme mir fest vor, dieses Rätsel zu lösen. Komme, was wolle! Im Notfall muss Google herhalten!

Jetzt müssen wir uns aber zunächst beeilen, um nicht hoffnungslos zu spät zu Dieters relaxtem Linguistikkurs zu kommen.

Dort ist wieder »alles entspannt«, »alles easy« (O-Ton Dieter), und ich bin verwundert, dass der alte Baumschmuser nicht noch ein Tütchen Gras herumreicht, während wir über den Unterschied zwischen Erstspracherwerb und Fremdsprachenlernen philosophieren.

Baum|schmu|ser *m.; Gen. -s; Pl. –;* ein umweltbewusster Mensch

Ich drohe fast schon einzunicken, da ich heute für meine Verhältnisse viel zu früh aufstehen musste, als mich ein Satz Dieters aufschrecken lässt.

»Das werdet ihr ja alle bei eurem Auslandssemester feststellen können.«

Bitte was? Ausland? »Wie Auslandssemester?«, frage ich panisch.

»Timo, was ist dir an dem Wort unklar?«, fragt Dieter völlig ohne Ironie. Wahrscheinlich denkt er sich, dass man dem englischen Native Speaker das Wort gegebenenfalls noch erklären muss.

»Das ist aber doch nicht verpflichtend, oder?«

»Doch, natürlich«, stellt der relaxte Dieter fest.

»Für alle?«

»Ja, natürlich, deshalb ist es ja verpflichtend. Weil alle es machen *müssen*.«

Panik bricht in mir aus. Was heißt hier *natürlich*? Als ich vor fünf Jahren schon einmal studiert habe, war noch nicht von einem verpflichtenden Auslandssemester die Rede.

Da ein paar andere davon auch noch nichts wussten, beantwortet Dieter in Ruhe alle Fragen. Allem Anschein nach muss inzwischen jeder, der Englisch studiert, ein halbes Jahr im Ausland studieren.

»Und wer bezahlt das?«, frage ich peinlich zwischendurch.

Dieter lacht, was wohl so viel heißen soll wie: *Du*.

Ich habe keine Ahnung, wie ich das finanzieren soll! In der Zeit würde ich schließlich auch nicht an der Abendschule arbeiten und daher kein Geld verdienen können. Die Frage ist zudem, ob ich nach einem halben Jahr überhaupt wieder an der Abendschule arbeiten könnte? Gebe ich dann nicht meine Vertretungsstelle frei? Habe ich dann noch Anrecht darauf? Und wovon soll ich den Flug ins Ausland bezahlen?

Oder die Fahrt? Wo soll es überhaupt hingehen? Und die Miete vor Ort? Von welcher Kohle bitte? Arbeite ich dann im Ausland? Shit, was ist mit meiner Wohnung hier? Wer bezahlt die in der Zeit? Muss ich die untervermieten? Muss ich sie kündigen? Was mache ich dann mit meinen Möbeln? Und finde ich danach wieder eine günstige Wohnung? Mit jedem Gedanken wird mir heißer und heißer.

Ich frage noch, ob das eventuell nur ein Greenberg-Ding ist. Vielleicht ist das an der Kölner Uni anders. Dann könnte ich doch noch schnell wechseln. Aber Dieter versichert mir, das sei dort genauso.

Ich schiebe leichte Panik, denn ich weiß nicht, ob ich so weiterstudieren kann. Hat es überhaupt Sinn weiterzumachen? Wenn ich mir dieses Studium in meiner Lebenssituation nicht leisten kann, kann ich genauso gut jetzt die Notbremse ziehen. Noch ist keine Zeit verschwendet.

Die meisten anderen Studenten haben meine Probleme nicht. Die wohnen noch zu Hause und müssen sich solche Gedanken nicht machen. So wie Lennart zum Beispiel.

Ich drehe mich zu Lennart. »Wusstest du davon?«

»Ja, klar«, sagt er. »Deshalb war ich doch in England. Hab ich dir doch erzählt.«

Ja, schon. Von seinem Aufenthalt in London hat er mir erzählt, aber nicht, dass das im Rahmen eines Auslandssemesters war.

Na großartig! Vielleicht wechsle ich einfach noch schnell das Fach? Vielleicht lasse ich Englisch sein und studiere stattdessen etwas anderes? Aber was?

Andererseits wäre es wohl unsinnig, wenn jemand wie ich, der zweisprachig aufgewachsen ist, nicht Englisch studieren und unterrichten würde. Oder vielleicht könnte ich es später einfach fachfremd unterrichten? Wenn die Schulleiter mitbekommen, dass ich mit Englisch aufgewachsen bin, wollen sie bestimmt, dass ich das auch unterrichte. Und fürs Studieren nehme ich jetzt noch schnell ein anderes Fach.

Mein Kopf kreist und kreist und kreist.

Und kreist.

Und kreist.

Und kreist.

9. M und Mademoiselle Abiturielle

Den ganzen Tag, den ganzen Abend und die ganze Nacht habe ich gestern über nichts anderes mehr nachdenken können als über dieses blöde Auslandssemester. Es ist schon komisch, wie die ganze Zukunft durch so eine einzige Kleinigkeit ins Wanken geraten kann. Ich weiß nach wie vor nicht, wie ich das finanziell stemmen soll. Und irgendwen um Hilfe bitten möchte ich erst recht nicht. Am Wochenende werde ich mir einmal richtig Gedanken machen, wie es weitergehen soll. Und vielleicht werde ich heute Abend einmal mit Frau Penner sprechen, ob und wie ein Semester Abwesenheit meinerseits an der Abendschule überhaupt möglich ist. Gestern habe ich sie nur kurz gesehen und wollte dieses Thema nicht zwischen Tür und Angel ansprechen.

Zu meinen Sorgen gesellt sich heute noch der äußerst charmante Professor Krüger alias Professor Lackaffe, von dem ich hoffe, dass er seinen Groll gegen mich inzwischen vergessen hat.

Pünktlich betritt er den Seminarraum. Geschniegelt und gestriegelt wie letzte Woche, mit maßgeschneidertem Anzug, wieder samt Einstecktuch, akkurat sitzender Krawatte, Luxusbrille und Lederaktentasche rolext er sich zu seinem Pult.

ro|lex|en *Verb;* offenes Zurschaustellen von Luxusartikeln

»Guten Morgen, meine Damen und Herren und *good morning ladies and gentlemen …* für den Fall, dass wir auch heute wieder US-Amerikaner unter uns haben sollten.«

Super! So viel dazu, dass der Lackaffe professionell genug ist, seinen Kleinkrieg gegen mich nicht fortzuführen.

»Bitte nehmen Sie doch als Erstes das Lehrwerk zur Hand, welches Sie zu heute mitbringen sollten! Wir beginnen direkt in medias res.«

Ein kollektives Kramen bricht aus. Alle holen schwarzgelbe Bücher hervor, während ich mich wie in einem dieser Albträume fühle, in denen man unvorbereitet in eine Prüfung geht. Mist! Ich habe vollkommen vergessen, mir das Buch für dieses Seminar zu besorgen. Letzte Woche hat der Krüger ganz zum Schluss gesagt, dass wir uns seine PowerPoint-Präsentation von der Seminarseite herunterladen sollten und dort die ISBN zum Lehrwerk fänden. Im ganzen Stress habe ich das völlig vergessen.

Wie es kommen muss, hat der Krüger seinen Blick bereits auf mich gerichtet. Panisch schaue ich nach rechts. Alle holen ihr Buch hervor. Noch panischer schaue ich nach links. Ebenso. Sogar Lennart holt das dämliche Buch aus seiner Tasche. Ausgerechnet Lennart! Letzte Woche musste er sich an zwei Tagen sogar Stift und Papier von mir leihen, weil er selbst das nicht hatte.

»Du hast das Buch dabei?«, flüstere ich.

»Ja, klar. Hier! Willste mit reingucken?«

Aber es nützt nichts. Der Krüger fokussiert mich wie ein Adler.

»Herr Seidel!«, ruft er auch schon laut aus. Natürlich hat er sich meinen Namen gemerkt und freut sich vermutlich gerade kolossal, dass er mir wieder eine reinwürgen kann.

»Ja«, seufze ich.

»Wie ich sehe, hielten Sie es nicht für nötig, sich die verpflichtende Lektüre für diesen Kurs zu besorgen. Wahrscheinlich denken Sie, dass Sie als *Amerikaner* die Phonologie der englischen Sprache sowie das dazu passende theoretische Grundwissen schon beherrschen, nicht wahr?«

»Ähm, nein, entschuldigen Sie«, sage ich mit so viel Höflichkeit in der Stimme wie nur möglich. Viel ist es nicht. Irgendwie sträubt sich alles in mir, vor diesem Lackaffen zu buckeln. »Ich habe vergessen, mir das Buch zu besorgen, werde es aber diese Woche sofort nachholen.«

»Wenn Sie sich einmal rechts und links umsehen, werden Sie feststellen, dass sich alle anderen das Buch besorgt haben. Sehen Sie das?«

»Ich sagte, ich habe es vergessen, es tut mir leid. und ich werde es diese Woche sofort besorgen«, sage ich leicht gereizt. Dass er es nicht einfach gut sein lassen kann!

»Da brauchen Sie gar nicht solch eine Attitüde an den Tag zu legen. Denn ich finde es vermessen, dass Sie hier als Einziger ohne Buch auftreten! Wenn ich wollte, könnte ich Sie auffordern, jetzt mein Seminar zu verlassen.«

Er sieht mich eindringlich an.

Ja, ich habe es verstanden. Du bist hier der Boss! Der Chef! Der Oberhäuptling! Der Abteilungsleiter! M vom MI6! Mein Bernard Lee, mein Edward Fox, mein Robert Brown, meine Judi Dench und mein Ralph Fiennes.

Dabei stimmt es nicht einmal, dass ich der Einzige bin, der kein Buch dabeihat. Zwei Reihen vor mir sehe ich eine Studentin ohne Buch, der wahrscheinlich gerade heiß und kalt zugleich wird. Und vier Sitze weiter hat ebenfalls ein Student keins dabei. Aber natürlich sage ich nichts. Was macht es für einen Sinn, die mit hineinzureißen?

»Im Grunde könnte ich Sie jetzt direkt von der Liste streichen!«, wiederholt der Krüger provokant.

Ich bezweifle, dass er das wirklich dürfte, nur weil ich mein Buch vergessen habe. Dennoch bin ich weiterhin still und nicke leicht, auch wenn es mir schwerfällt. Auf keinen Fall werde ich mich von ihm provozieren lassen – das will er doch nur! Dass ich ihm widerspreche und womöglich noch respektlos werde. Dann hätte er tatsächlich einen Grund, mich aus seinem Seminar zu werfen. Aber den Gefallen werde ich ihm nicht tun.

Also nicke ich weiter, was so viel heißen soll wie: *Ja, Meister, du bestimmt hier die Regeln, und wir sind dir alle untergeben!*

Professor Schnösel scheint mein Schweigen als Ergebenheit zu akzeptieren und beginnt endlich mit seiner Vorlesung. Kurz danach lässt er einen Stapel Fotokopien mit dem Verlaufsplan für sein Seminar herumgehen. Ich muss schmunzeln, denn für den 21. Mai steht dort: *You will write your first test on May 21.* Im Englischen sagt man allerdings nicht *to write a test*, sondern *to take a test.* Von einem Professor der englischen Sprache darf man doch eigentlich erwarten, dass er so etwas weiß. Ich stupse Lennart an und zeige mit dem Finger auf den Fehler. Der kapiert aber nicht, was ich meine. Stattdessen hat der Krüger bereits Witterung aufgenommen.

»Herr Seidel«, trompetet es von vorne. Meine Fresse, der scheint mich ja jede Sekunde zu beobachten! »Gibt es etwas auf dem Seminarplan, das nicht Ihren Zuspruch findet?«

Ich denke: Timo, reiß dich zusammen! Leg dich jetzt nicht schon wieder mit ihm an! Das ist total sinnlos! Sinnlos! Sinnlos! Sinnlos! Doch noch bevor ich die Warnung meines Gehirns verarbeiten kann, öffnet sich auch schon mein Mund, und ein immanentes Klugscheißer-Gen verleitet mich dazu zu sagen: »Da ist ein sprachlicher Fehler auf Ihrem Plan!«

Eine Stimme in mir schreit nur immer wieder: *Sinnlos! Sinnlos! Sinnlos!*

Eine weitere klatscht sich gerade mit der flachen Hand vor die Stirn.

Eine dritte Stimme verdreht die Augen und sagt: *Du bist so ein Bananenbieger!*

Ba|na|nen|bie|ger *m.; Gen. -s; Pl. –;* ein Mensch, der sinnlose Dinge tut (da Bananen bekanntermaßen bereits verbogen sind); vgl. auch *Sandverkäufer in der Sahara* und *Kühlschrankreparateur am Nordpol*

Ob ich es denn niemals lernen werde, dieses Gen auszumerzen?

»Wie bitte?«, schrillt Krügers Stimme bereits eine Oktave höher als vorhin. »Ich bin bekannt für meine Akkuratesse. Welchen Fehler glauben Sie denn, dort gefunden zu haben?«

Meine innere Stimme versucht, mir einen letzten Rettungsanker zuzuwerfen: *Du könntest jetzt noch zurückrudern und sagen, du hättest dich vertan.*

Stattdessen sage ich: »Es müsste korrekterweise heißen: *You will take your first test on May 21st* und nicht *you will write a test.*«

Der Krüger schweigt. Man sieht, wie es in seinem Kopf rattert. Dann raunt er: »Man kann genauso sagen: *to write a test.*«

Ich denke: Leg dich nicht wieder mit ihm an! Ich sage: »Kann man nicht!« Meine inneren Stimmen zetteln derweil einen Kanon an. *Sinnlos! Sinnlos! Sinnlos!*, hallt es in den Fernen meiner Gehirnwindungen.

Der Krüger bekommt wieder seine hektischen Flecken an

Hals und im Gesicht. *Krüger-Kleckse* hat Lennart sie letzte Woche schon getauft.

»Das schaue ich doch direkt einmal nach!« Professor Besserwisser schnappt sich seinen überteuerten Laptop mit Obst-Emblem und beginnt zu recherchieren. Wohlgemerkt direkt hier und jetzt, während circa einhundert Studenten warten und zusehen. Er tippt auf der Tastatur, beginnt zu scrollen, klickt auf etwas, beginnt zu lesen, noch mehr Krüger-Kleckse und ein unzufriedener Gesichtsausdruck. Er klickt wieder auf das Trackpad, zweimal, dann liest er wieder. Was dort steht, scheint ihm allerdings nicht zu gefallen. Währenddessen warten wir allesamt geduldig und schauen dem Krüger beim Googeln zu. Diejenigen, die ebenfalls mit Laptop ausgestattet sind, beginnen *to write a test* in die Suchleiste einzugeben. Ich selbst habe keinen Laptop dabei, kann bei meinem Vordermann aber gut mitlesen. Google geleitet ihn als Erstes zu einem englischsprachigen Forum, in dem genau diese Frage diskutiert wird. Ein britischer Native Speaker schreibt ganz klar, dass *to write a test* impliziert, man sei selbst der Lehrer. Ein User aus Massachusetts bestätigt dasselbe für amerikanisches Englisch.

Es vergehen gefühlte fünf Minuten, in denen der Krüger vorne vor sich hin googelt, aber keine Quelle zu finden scheint, die ihm recht gibt, während alle Anwesenden inzwischen vermehrt ungeduldig warten, bis sich wieder mein Superheld von letzter Woche aus einer der hinteren Reihen zu Wort meldet: »Vielleicht könnten Sie das in Ruhe zu Hause recherchieren? Sie können uns ja dann nächste Woche mitteilen, wer recht hatte. Aber ich würde vorschlagen, Sie fahren jetzt einfach mit Ihrer Vorlesung fort.«

Holla, die Waldfee! Der traut sich was! Aber vielleicht ist sein Nachname einfach nur Greenberg. Jedenfalls scheint auch der Krüger zu verstehen, dass er sich in der Tat ein wenig lächerlich damit macht, mir nun beweisen zu wollen, dass man unter bestimmten Umständen in einer seltenen Sprachvarietät in Gibraltar auch seine Formulierung benutzen könnte. Daher fährt er kommentarlos mit seiner Vorlesung fort, scheint allerdings ein wenig abgelenkt. Öfters verhaspelt er sich, klickt wahllos in seiner Power-Point-Präsentation hin und her und verliert immer wieder den Faden.

Am Ende der Vorlesung – Lennart und ich wollen gerade gehen – wendet der Krüger sich noch einmal an mich: »Herr Seidel, Sie kommen noch zu einem Gespräch unter vier Augen nach vorn!«

Was kommt jetzt wieder? Wahrscheinlich die *Extended Version* seiner Standpauke! Oder vielleicht will er seine Androhung tatsächlich wahr machen und versucht, mich aus seinem Kurs zu schmeißen. Aber beim besten Willen: Ich habe lediglich mein Buch vergessen und ihn auf einen Fehler in seinem Handout hingewiesen. Das dürfte nun wirklich keinen Rauswurf legitimieren.

Ohne dass ich es mitbekomme, ist mir Lennart hinterhergedackelt und steht nun neben mir.

»Ich sagte unter vier Augen!«, protestiert der Krüger gereizt.

Lennart sieht mich an.

»Ist okay«, sage ich.

»Bist du dir sicher? Vielleicht brauchst du einen Zeugen!«

Ich nicke noch einmal, und Lennart verlässt ebenfalls den Seminarraum. Nicht ohne noch einmal zu rufen: »Ich warte draußen!«

»Herr Seidel, Ihr Verhalten ist inakzeptabel!«, beginnt der Krüger sodann. »Solch ein juveniles Treiben sind wir an der Universität nicht gewillt zu tolerieren. Sie kommen hierher, lesen in meinem Seminar mit einem ganz offensichtlich vorgetäuschten Akzent, lügen uns an, dass Sie US-Amerikaner seien, und kommen ohne Lehrwerk zur heutigen Sitzung, was nun wirklich dem Mindestmaß an Bemühungen eines Studierenden entspricht. Obendrein führen Sie mich noch vor, indem Sie mich öffentlich kritisieren!«

Ich bin auf hundertachtzig! Gefälschter Akzent? Lügen? Der Lackaffe hat es immer noch nicht begriffen! Nicht ich, sondern Lennart hat behauptet, ich sei Amerikaner. Es mag ja sein, dass ihm die Tatsache, dass ich zweisprachig aufgewachsen bin, nicht gefällt – das ändert allerdings nichts daran, dass es wahr ist.

»Im Gegensatz zu Ihnen«, sage ich, »habe ich Sie nicht kritisiert, sondern Sie lediglich auf einen Fehler in Ihrem Handout hingewiesen.«

»Was soll das nun wieder heißen? Im Gegensatz zu mir?«

»Na, letzte Stunde zum Beispiel, als wir alle vorlesen mussten. Da haben Sie bei jedem die Aussprache kritisiert.«

»Das ist schließlich mein Job!«, empört sich der Krüger. »Falls es Ihnen entgangen ist, in diesem Seminar geht es um Phonetik und Aussprache. Dieser Kurs ist verpflichtend für alle, gerade *damit* die Studierenden die Gelegenheit haben, Ihre Aussprache zu verbessern. Schließlich wollen Sie später einmal an Schulen unterrichten. Meine Kritik ist stets konstruktiv und rein sachlich.«

»Aber offensichtlich nicht ganz so fundiert. Ob es Ihnen nun gefällt oder nicht, aber mein Vater war Amerikaner, und die ersten dreizehn Jahre meines Lebens habe ich zu Hause fast nur Englisch gesprochen. Dann zu behaupten, ich würde absichtlich einen amerikanischen Akzent fingieren, spricht nicht gerade für Ihre fachliche Kompetenz.«

Krügers Kopf läuft wieder hochrot an: »In all den Jahren, in denen ich an Hochschulen unterrichte, ist mir noch nie ein derart impertinenter und vermessener Student wie Sie begegnet. Was fällt Ihnen ein, meine fachliche Kompetenz anzuzweifeln?« Mit jedem Satz wird seine Stimme lauter. »Was glauben Sie eigentlich, wer Sie sind? Kommen hierher und maßen sich im ersten Semester solch ein Urteil an! Eine Unverschämtheit ist das! Eine Un – ver – schämt – heit!«

Ich frage mich, woher er weiß, dass ich im ersten Semester bin. Ich könnte ja auch im zweiten oder dritten Semester sein, aber wahrscheinlich hat er sich bereits über mich informiert, um zu sehen, ob ich wirklich einen amerikanischen Vater habe. Dabei habe ich die Nationalität meiner Eltern sowieso nirgendwo angeben müssen.

»Verlassen Sie sofort mein Seminar! Solch eine Unverfrorenheit muss ich mir nicht bieten lassen!«, brüllt er nun und zeigt hochdramatisch in Richtung Tür.

Ohne noch etwas zu sagen, drehe ich mich um und gehe. Was für ein Mist! Ich verstehe nicht, wieso ich immer überall anecken muss? In der Schule führt Barbara bereits seit Monaten einen Kleinkrieg gegen mich, und nun habe ich mir hier an der Uni jede Chance verspielt, den Kurs beim Krüger zu bestehen. An meinem Timo-Sympathisierungsverfahren muss ich dringend noch arbeiten!

Ti|mo-Sym|pa|thi|sie|rungs|ver|fah|ren *n.; Gen. -s; Pl. –;* eine Vorgehensweise, um chronische Klugscheißer namens Timo langsam zu sozialisieren

Ich könnte mir natürlich einreden, dass ich an all dem keine Schuld trage und die anderen stets grundlos auf mir herumhacken, aber ich weiß ja, dass dem nicht so ist. Es mag sein, dass letzte Woche alles mit einem Missverständnis anfing, aber nichtsdestotrotz bin ich derjenige, der heute das Buch vergessen hat und der bei diesem Fehler im Handout die Klappe nicht halten konnte.

Ich merke, wie mein Gehirn wieder Überstunden macht. Working overtime. Die eine Hälfte scheint zu sagen: *Du kannst dir aber auch nicht alles gefallen lassen!* Diese Hälfte gehört dem Klugscheißer-Timo, der immer noch viel lernen muss. Die andere Hälfte fragt: *Und, kleiner Timo? Ist jetzt irgendetwas besser dadurch geworden, dass du den Krüger auf seinen Fehler hingewiesen hast?* Ich denke nicht! Diese Hälfte gehört dem reiferen Timo, der irgendwo in mir drinsteckt und der sich irgendwann hoffentlich die Alleinherrschaft über mein Gehirn erkämpfen wird. Was dringend notwendig wäre!

»Was für ein Sackgesicht!«, meint Lennart, als ich ihm draußen von meinem Gespräch mit dem Krüger erzähle.

Da wir nicht mit dem besten Timing gesegnet sind, kommt der Krüger ausgerechnet in dem Moment aus R34, als Lennart das Wort »Sackgesicht« voller Inbrunst über den Flur brüllt. Professor Lackaffe kommt daraufhin ganz nah zu uns und zischt: »Das wird Ihnen noch leidtun!«

»Ach, wir meinen doch nicht Sie!«, entgegnet Lennart. »Wir reden gerade über einen ganz anderen Professor … über so einen Dödel mit Minderwertigkeitskomplexen, der seinen Frust die ganze Zeit an den Studis auslässt.«

Der Krüger rauscht schnaufend davon.

»Spinnst du?«, fahre ich ihn an, als der Krüger außer Hörweite ist. »Jetzt hasst der dich genauso!«

»Das tut der doch eh schon! Meinste, ich habe Bock, mich nächste Woche wieder zu dem ins Seminar zu setzen? Auf keinsten!«

Ich bin etwas perplex hinsichtlich Lennarts uneingeschränkt loyaler Fraternität. Andererseits hat Lennart ohnehin eine völlig andere Einstellung zu seinem Studium als ich. Er geht das Ganze viel lockerer an.

Fra|ter|ni|tät *f.; Gen. –; Pl. -en;* (allgemein) *Verbrüderung;* (hier) bedingungsloser Zusammenhalt zweier männlicher Studenten angesichts der Ungerechtigkeit eines exaltierten Dozenten; siehe auch: *Verschwesterung*

Ohne weitere Worte haben wir hier und jetzt beschlossen, das Krüger-Seminar von unserem Stundenplan zu streichen. Soll mir recht sein! Auf diesen ganzen Stress kann ich getrost verzichten.

»Timo? Bist du das?«, höre ich plötzlich eine Stimme hinter mir.

Als ich mich umdrehe, kann ich es kaum fassen. Vor mir steht Daniela Klinger, mit der ich zusammen Abitur gemacht habe. Damals hatten wir viele gemeinsame Freunde, aber wie das so oft im Leben ist, haben wir uns danach aus den Augen verloren.

»Daniela?«

»Mensch, Timo!«, platzt es aus ihr heraus, während sie mich umarmt. »Dass ich dich noch mal wiedersehe! Wie witzig! Lass dich mal anschauen!« Aus ihrer Umarmung heraus greift sie meine Schulter und schiebt mich ein wenig auf Abstand, um mich besser begutachten zu können. »Gut siehst du aus! Also wirklich. Richtig gut!«

»Ähm, ja, danke, du auch!«, sage ich automatisiert, weil sich das so gehört. Aber auch, weil sie in der Tat gut aussieht. Hat sie damals schon. »Was machst du hier?«

»Ich arbeite hier als Dozentin. Ich promoviere gerade. Und du?«

»Ähm, ich habe gerade angefangen zu studieren«, antworte ich und weiß jetzt schon, dass ich wie der hinterletzte

Loser klingen muss. Während sie gerade ihren Doktortitel macht, habe ich nach zehn Jahren endlich mal mein Leben in den Griff bekommen und mich an der Uni eingeschrieben.

Aber sie scheint das gar nicht schlimm zu finden. »Super! Was studierst du denn?«

»Englisch und Deutsch auf Lehramt.«

»Ach so, Englisch, ja klar! Das macht ja Sinn!«

»Und du? Was unterrichtest du denn hier?«

»Französisch.«

»Bonjour Madmoiselle, je suis très heureux de faire votre connaissance«, mischt sich nun Lennart in unsere Unterhaltung, schnappt sich Danielas Hand und gibt ihr einen Handkuss, als wären wir in einem Hollywoodfilm, der in den 1920er-Jahren spielt. »Je suis Lennart.«

»Oh, quel charmeur intrusif«, entgegnet Daniela.

»Mach dir nichts draus«, sage ich. »Der zieht diese Nummer bei jeder ab!«

»Au contraire«, versucht Lennart, sich weiter seinen Weg in Danielas Kontaktbuch auf ihrem Handy zu schmeicheln. »Nur bei außergewöhnlich reizenden Mademoiselles.«

»Der Plural von *Mademoiselle* lautet *Mesdemoiselles*«, berichtigt Daniela ihn. Dann wendet sie sich wieder mir zu. »Hast du denn noch Kontakt mit ein paar Leuten aus unserem Jahrgang?«

»Nur noch mit Amadeus. Wir sind immer noch beste Freunde. Und du?«

»Auch nicht mehr mit vielen. Ach, das ist ja wirklich nett, dich nach so langer Zeit noch mal wiederzusehen. Sag mal, hast du nicht Lust, heute Abend mit mir und ein paar Mädels wegzugehen. Wir gehen immer ins *Bingos*. Da ist es total nett. Dann können wir noch quatschen.«

»Heute Abend muss ich leider arbeiten.«

»Ach so, ja oder einfach mal wann anders. Gib mir mal dein Handy, dann speicher ich dir meine Nummer ein, okay?«

Gesagt. Getan.

»Ich muss leider weiter. Habe gleich ein Seminar, aber meld dich bei mir, okay?«

Dann ist sie auch wieder weg.

»Alter!«, posaunt Lennart augenblicklich. »Was war das denn?«

»Das war Daniela«, erkläre ich. »Eine alte Schulfreundin.«

»Ey … ja … und voll die Granate!«

»Findest du?«, frage ich unschuldig, obwohl ich natürlich weiß, dass sie nicht von schlechten Eltern ist. Schon früher standen fast alle auf sie.

»Und was ist bitte mit dir los?«, regt Lennart sich auf, als wir uns langsam in Richtung Mensa begeben.

»Heute Abend muss ich arbeiten«, äfft er mich nach. »Alter! Da macht man direkt was anderes aus. So eine wie die lässt man sich doch nicht durch die Lappen gehen!«

»Ach, die möchte doch nur mit mir über alte Zeiten quatschen.«

»Sag mal, hakt's? So naiv kannst du doch nicht wirklich sein. Das war ganz klar Code für: *Lass uns uns heute Abend treffen, wir tun so, als ob wir was mit meinen Freundinnen trinken gehen, die dann aber komischerweise doch nicht können, ach, das ist ja noch nie passiert, aber lass uns stattdessen doch zu mir gehen, und du kannst mir mal den Lörres reinhämmern.*«

»Du und deine perversen Gedanken! Es wird Zeit, dass du die Pubertät endlich beendest!«

»Alter, ich sag's dir. Das war eine Anmache vom Feinsten! Aber immerhin, ist ja beruhigend, dass man in deinem Alter noch Weiber klarmachen kann.«

»In meinem Alter? Was soll das denn bitte heißen? Dir ist schon klar, dass ich nicht mal zehn Jahre älter bin als du?«

»Ja, eben! Voll alt!«, frotzelt er. »Ach, sorry, der Spruch war total daneben, man soll ja höflich zu den älteren Mitmenschen sein.«

Ich gebe ihm einen Klaps auf den Hinterkopf und lege extra etwas mehr Kraft hinein, damit es auch schön klatscht.

Als wir nach wenigen Metern in der Mensa ankommen, brauche ich gar nicht lange Ausschau zu halten. Sophie steht schon im Eingangsbereich und wartet. Augenblicklich singt Lionel Richie wieder in meinem Kopf: *From the first time that I saw you, I knew it was forever.* In einem Film würde sie sich jetzt in Zeitlupe zum Takt bewegen, während sie von einem Scheinwerfer in goldenes Licht getaucht und eine Brise ihre braunen Haare zufällig aufwirbeln würde. Immer noch begleitet vom guten Lionel, versteht sich. Aber hier sind stattdessen nur Gerede, Gelächter, Tabletts, die aufeinandergeknallt werden, das Piepsen der Kassen, grelle Neonröhren, bunte Plastikstühle, Theken aus Edelstahl, einige festgetretene Maiskörner vor dem Salatbuffet und der Geruch von Backfisch mit Fritten. Nicht ganz so romantisch wie in diesen Hollywood-Schnulzen, die ich mit meiner Ex immer anschauen musste. Aber Sophie strahlt auch zwischen Tabletts, Plastikstühlen und Backfisch.

»Alles klar!« Lennart, der mitbekommen hat, wie ich Sophie beobachtet habe, klopft mir brüderlich auf die Schulter und versteht nun wohl, wieso ich kein Interesse an Daniela habe.

10. Unterschriften und Sommeria

Lennart und ich sitzen auf dem Rudolfplatz in einem Eiscafé. Unglaublich, dass wir einfach so beschlossen haben, die restlichen Seminare für heute zu schwänzen. Stattdessen haben wir Hannah und Sophie gefragt, ob sie zumindest im Lyrikseminar für uns auf der Anwesenheitsliste unterschreiben können. Sophie hat sich natürlich geweigert, weil sie das »überhaupt nicht okay« findet, von wegen Urkundenfälschung und so. Aber Hannah meinte, sie würde für uns unterschreiben.

Daher bin ich nicht einmal traurig, meine Zeit jetzt nicht in einem Seminarraum mit Sophie zu verbringen. Ich hatte mich zwar auf sie gefreut, aber eventuell ist es ganz gut, dass ich mit Lennart jetzt einfach verschwunden bin. Dadurch wirke ich nicht ganz so interessiert und bedürftig.

Außerdem kann ich eine Aufmunterung jetzt dringend gebrauchen. Für ein paar Sekunden habe ich mir Sorgen um unsere Seminare gemacht, aber Lennart meinte nur: »Das krieg ich hin!«

Wer weiß, vielleicht ist Lennarts lockere Einstellung ja genau das, was ich momentan brauche? Vielleicht gehe ich das ganze Studium einfach zu verkrampft an? Immerhin hat er auch dafür gesorgt, dass wir in das Lietz-Seminar gekommen sind. Gut, das mag nicht ganz nach Vorschriften verlaufen sein, aber Lennart hat schon recht, wenn er sagt, eigentlich müsse die Uni dafür sorgen, dass man alle Seminare besuchen kann. Ich meine, in der Schule sagt man den Eltern ja auch nicht einfach: *Entschuldigung, aber in Mathematik ist momentan kein freier Platz mehr. Wir haben Ihren Torben-Hendrik stattdessen für Textilgestaltung angemeldet.* Da würden alle Eltern zurecht protestieren – von Studierenden hingegen wird erwartet, dass sie solche Rahmenbedingungen kommentarlos hinnehmen.

Daher habe ich beschlossen, Lennart einfach zu vertrauen. Man hört man ja immer wieder von Studenten, die fast nie eine Vorlesung besucht und trotzdem ihr Studium mit Bestnoten bestanden haben. Die Anwesenheitspflicht an Universitäten wird sowieso immer wieder kurzzeitig eingeführt, dann wieder abgeschafft, dann wieder eingeführt. So what? Es scheint, als wären sich selbst die Universitäten hier nicht einig.

Wer sagt denn, dass meine überambitionierte Einstellung die richtige ist? Momentan habe ich keine Energie mehr, mir um alles Sorgen zu machen. Außerdem hasse ich es, ständig solch ein Ampeldrücker zu sein.

Am|pel|drü|cker *m.; Gen. -s; Pl. –;* eine Person, die zu viel plant und sich ständig an alle Vorschriften hält

»Ich kann nicht verstehen, dass du dermaßen auf Sophie abfährst!«, mault Lennart. »Die ist doch mega anstrengend! Allein das mit den Unterschriften vorhin. Wie kann man sich nur so anpissen wegen einer Unterschrift? Eigentlich sollte es doch selbstverständlich sein, dass wir uns gegenseitig helfen, oder etwa nicht?«

»Ja, stimmt schon«, sage ich, »aber man sucht sich das ja nicht aus, auf wen man steht.«

»Aber so eine Klugscheißerin? Stört dich das nicht?«

Lennart kennt mich noch nicht gut genug, um zu wissen, dass die meisten Menschen mich ebenfalls so bezeichnen, denn in den letzten Wochen habe ich mich ernsthaft bemüht, nicht so oft anzuecken und diese Seite weitestgehend zu unterdrücken – auch wenn das bedeutete, öfter, als es eigentlich gesund wäre, eine Faust in der Tasche zu machen und meine Bemerkungen hinunterzuschlucken. Wie durch ein Wunder habe ich dadurch keine Verstopfung bekommen!

»Nicht wirklich. Ich habe ja auch einige Klugscheißer-Tendenzen.«

»Echt? Ist mir bisher nicht aufgefallen. Na ja, ich finde ja eh, dass Hannah viel besser zu dir passen würde!«

»Wieso? Weil wir im selben Alter sind?«

»Nee, einfach so halt. Ich glaube, die steht auf dich.«

Ich kann nicht einschätzen, ob das wirklich stimmt oder ob Lennart sich das nur einbildet. Von Daniela dachte er schließlich auch, dass sie unbedingt mit mir ins Bett wollte. Wahrscheinlich ist das sein generelles Wunschdenken.

Ein Kellner bringt uns meinen Kaffee und Lennarts Fritz-Kola. Dieser bedankt sich freundlich beim Kellner.

»Wie sieht es denn bei dir so aus an der Frauenfront?«, frage ich.

»Momentan habe ich eigentlich kein Interesse an was Festem. Ich meine, ich bin zwanzig. Für Verpflichtungen habe ich noch ein Leben lang Zeit, oder?«

»Absolut.«

Er erzählt mir von seinen diversen Beziehungen, die er am Gymnasium hatte, und ich erzähle ihm von Cleo. Er berichtet von seinen gut situierten Eltern, die eigentlich gegen ein Lehramtsstudium waren, weil sie finden, er sei zu etwas Höherem geboren wie beispielsweise zum Vorstandschef eines DAX-Unternehmens. Ich erzähle ihm vom Stress an der Abendschule und von meinem Streit mit Barbara. Und bevor wir uns versehen, ist es schon Zeit, mich auf den Weg zur Abendschule zu machen. Lennart findet es »krass«, dass ich jetzt noch bis 22:00 Uhr arbeiten muss, aber ich freue mich eigentlich jeden Abend darauf.

Als ich in der Straßenbahn in Richtung Brühl sitze, meldet sich mein Handy. Eine Nachricht von Sophie.

Du schuldest mir noch eine Antwort (Stichwort: Sprachrätsel)!

Na bitte, wer sagt's denn? Da taucht man einmal nicht zum Seminar auf, und schon meldet sie sich. Das erste Mal wohlgemerkt.

Ich überlege noch gerade, was ich antworten soll – denn ich habe tatsächlich immer noch keine Zeit gefunden, mir das dämliche Rätsel anzuschauen –, als eine weitere Nachricht eintrifft.

Hannah hat übrigens für euch unterschrieben :-)!
Gruß, Sophie

Ich interpretierte ihre Nachricht als eine Art Entschuldigung, dass sie nicht bereit war uns zu helfen.

Da ich ohnehin hier in der Bahn nichts zu tun habe, schaue ich mir das Rätsel noch einmal an.

In einem Paralleluniversum namens Sommeria gibt es vier Jahreszeiten, die immer gleich sind. Das Jahr beginnt im Januar mit dem Winter, darauf folgt der

Frühling und der Sommer. Wie lautet der Name der vierten Jahreszeit in Sommeria.

Herbst ist natürlich die offensichtliche Antwort, von der Sophie aber ja schon sagte, dass sie falsch ist. Ich wechsle zu meinem Browser und gebe Teile des Rätsels bei Google ein. Der Empfang hier in der Bahn ist natürlich katastrophal. Dementsprechend lange dauert es, bis Google mir die ersten Suchergebnisse liefert. Nichts! Zumindest nichts, was mit dem Rätsel in Verbindung stünde. Dabei wäre es schon cool, wenn ich ihr die richtige Antwort liefern könnte. Das würde sie sicherlich beeindrucken.

Ob es irgendeine Bewandtnis hat, dass das Paralleluniversum *Sommeria* heißt? Zumal der Name auch zweimal erwähnt wird. Wenn es hierfür einen Grund gibt, erkenne ich ihn jedenfalls nicht. Laut Google gibt es ein Lied mit diesem Titel, aber das hilft mir auch nicht weiter. Ich stecke mein Handy weg.

Ich muss über diesen komischen Tag nachdenken. Darüber, dass ich einfach so zwei Seminare geschwänzt habe, obwohl ich mir fest vorgenommen hatte, dieses Mal mein Studium ernsthaft und zielstrebig zu verfolgen. Daran hat sich übrigens nichts geändert. Das heute war eine Ausnahme. Und es war notwendig. Der Streit mit dem Krüger geht mir durch den Kopf, und inzwischen bin ich froh, dass ich bei ihm nicht klein beigegeben habe, dass ich nicht meinen Mund gehalten habe, dass ich mich nicht habe einschüchtern lassen und dass Lennart ihm wenigstens noch diesen Spruch reindrücken konnte, obwohl es natürlich cooler gewesen wäre, er wäre von mir gekommen.

Klar, das Studium ist mir wichtig, und ich will es so gut und so schnell schaffen wie nur möglich, aber es ist genauso wichtig, dass ich mich nicht verbiegen lasse. Das muss doch irgendwie beides machbar sein!

Ich nehme wieder mein Handy und überlege, was ich Sophie antworten könnte. Soll ich mich für die Unterschrift bedanken? Aber sie hat ja gar nicht unterschrieben, sondern Hannah.

Sophie hätte sicherlich keine Probleme damit, die richtigen Worte zu finden. Sie scheint immer zu wissen, was man sagen soll – sie redet sowieso ohne Punkt und Komma.

Moment mal, ich scrolle in den Nachrichten etwas hoch und lese mir noch einmal das Rätsel durch.

In einem Paralleluniversum namens Sommeria gibt es vier Jahreszeiten, die immer gleich sind. Das Jahr beginnt im Januar mit dem Winter, darauf folgt der Frühling und der Sommer. Wie lautet der Name der vierten Jahreszeit in Sommeria.

Ja, klar! Der Punkt! Der Punkt ist die Lösung! Der letzte Satz ist gar keine Frage! Wieso habe ich Eumel das nicht vorher gesehen? Also antworte ich Sophie nur:

Der Name der vierten Jahreszeit lautet: Wie.

Mehr nicht.

11. Lauschangriffe und Freunde

Als ich pünktlich um 17 Uhr an der Abendschule ankomme, steht dort bereits meine Oma. Mit einer Tupperdose unterm Arm unterhält sie sich angeregt mit Florian und Cindy aus meiner Klasse.

»Nee, de Timo konnt et immer schon jood met de Sproch. Schon aleen, weil sing Vatter us Amerika kütt. Wösst ehr, der is ja doch vill ze fröh jestorve. Ach nee, wat war dat schlimm.«

Ich fasse es nicht! Wieso erzählt sie ihnen von meinem Vater?

Immerhin hege ich die Hoffnung, dass Florian und Cindy nicht allzu viel verstehen.

»Och, do issa ja«, begrüßt mich meine Oma. »De siss fedisch us.«

Ja, erschöpft bin ich in der Tat – vom Uni-Schwänzen –, sage jedoch nur »Hallo Oma!«, während ich einen ermahnenden Blick auf meine beiden Jedi-Ritter werfe, die mich auch sofort verstehen und zusehen, dass sie sich verdünnisieren.

»Tschüss, Frau Seidel«, verabschieden sie sich allerdings noch brav.

»Nee, wat häs de für manierliche Jungs un Mädche in ding Klass. Also, nee, unjelooge! Hee, ich han dir hück nur flott e ne Jemöszupp jemaat, weil ich ken Zick hat.«

»Das ist doch völlig in Ordnung«, sage ich und nehme dankend die lilafarbene Tupperschüssel mit der Gemüsesuppe entgegen. Selbst wenn meine Oma meint, sie habe nur Zeit für eine schnelle Suppe gehabt, ist die immer noch um Längen besser als alles andere, was man sich sonst zu essen kaufen könnte. Ich bin froh, dass die Zeiten der Fertiggerichte, Tiefkühlkost, Frittenbuden und Lieferdienste endlich vorbei sind. In den letzten Monaten habe ich mich nämlich von nichts anderem ernährt. In den Jahren zuvor, als Cleo und ich noch zusammengewohnt haben, war es nicht sehr viel anders. Sonderlich gut kochen konnte sie nicht, gern getan hat sie es auch nicht, und daher waren weder sie noch ich sonderlich erpicht darauf, Selbstgekochtes à la Cleo zu uns zu nehmen. So gab es auch in diesen fünf Jahren mehr oder weniger nur Fertiggerichte, Restaurantbesuche und Tiefkühlkost. Essen kann man das auf Dauer wirklich nicht nennen. Jetzt endlich wieder Hausmannskost zu genießen ist wie ein Geschenk.

Als ich wenige Minuten später vor dem Lehrerzimmer stehe und gerade die Tür öffnen möchte, meine Hand schon auf halbem Weg zur Klinke, vernehme ich von drinnen Barbaras Stimme.

»Der ist so ein Arsch!«, höre ich sie motzen und nehme sofort an, dass sie über mich spricht. Vermutlich ist sie mit Philomena allein im Lehrerzimmer, sodass sie ihren Lästerattacken und Meckereien ungestüm freien Lauf lassen kann. Barbara leidet nämlich unter chronischer Lamentitis.

La|men|ti|tis *f.; Gen. –; Pl. -titiden; (med.)* zusammengesetzt aus dem Wort *lamentieren* und dem Suffix *-titis*; krankhafter Drang, sich über alles und jeden beschweren zu müssen

Barbara und ich konnten uns von Anfang an nicht leiden. Schon an meinem ersten Tag vor etwa acht Monaten waren wir uns nicht grün. Seitdem hat sich unsere gegenseitige Feindseligkeit nur noch zugespitzt. Zum erklärten Staatsfeind wurde ich in ihren Augen, als ich es wagte, ihr zu widersprechen. Damals kam sie ganz aufgeregt ins Lehrerzimmer gestürmt und verkündete allen, sie werde promovieren. Wofür man das als Lehrer überhaupt braucht, hat sich mir bis heute nicht erschlossen. Jedenfalls setzte sie sich wortreich in Szene und prahlte dermaßen schwachkundig über ihre anstehende Dissertation, dass ich mich spätestens bei ihrer Aussage, Englisch sei eine primitivere Sprache als das Deutsche und bestehe vornehmlich aus aneinandergereihten Hauptsätzen, kurz einmischen musste. Gerade als Englischlehrerin und als jemand, der in diesem Fach promovieren möchte, fand ich diese Aussage doch sehr unreflektiert. Seitdem habe ich in ihrem Leben die Rolle des Antagonisten übernommen.

schwach|kun|dig *(Adj.);* (Kofferwort aus *schwachsinnig* und *fachkundig*); falsche oder unsinnige Kenntnisse in einem bestimmten Fachgebiet besitzend, **Hinweis:** Nicht ausreichende Fachkenntnisse hält vermessene Menschen der Spezies *Suppenbärbel* dennoch nicht davon ab, monumental zu schwadronieren

Ich kann nicht anders: Ich ziehe meine Hand wieder zurück, bleibe vor der Tür stehen und lausche.

»Aber außer uns scheint das hier ja keiner zu merken«, höre ich Barbara durch die geschlossene Tür. »Von der 2a konnte ich mir gestern noch anhören, was für ein ›toller Lehrer der Herr Seidel doch ist‹.« Mit den letzten Worten äfft sie mit hochgepitchter Stimme offensichtlich jemanden nach. »Und die Penner ist ja so begeistert von ihm. Warum auch immer!«

»Ich versteh's auch nicht«, beschwichtigt Philomena, »aber reg dich nicht so auf, in drei Monaten hat sich das Thema doch eh erledigt.«

»Wieso?«

Ich werde hellhörig.

»Die werden ihm den Vertrag doch wohl nicht ein zweites Mal verlängern. Im August kommen doch Claudia und Jessika zurück, oder nicht?«

»Ich will's hoffen!«

»Dann sind wir hier doch wieder voll besetzt!«

In der Tat, momentan vertrete ich zwei Kolleginnen, die sich in Elternzeit befinden, weswegen ich mir öfter Sorgen mache, wie es ab August weitergehen wird. Frau Penner hat mir zwar zugesichert, ich könne in den kommenden Jahren hier aushelfen, aber ein wenig beunruhigt bin ich dennoch. Vier Jahre brauche ich mindestens für mein Studium und ich frage mich, ob man mir hier so lange eine Vertretungsstelle anbieten kann. Vor allem scheinen die beiden Lästertanten noch nichts von Frau Penners Vorhaben zu wissen, mich so lange zu beschäftigen *zu wollen.*

»Ich kann mir gar nicht vorstellen, dass so jemand wie der überhaupt Freunde hat. Ich meine, wer will schon mit so 'nem Klugscheißer befreundet sein?«, reißt Barbara mich aus meinen Gedanken.

»Vielleicht hat er ja gar keine Freunde!«

Schrilles Lachen.

Mir reicht's. Ich gehe hinein. Schon allein deshalb, weil ich keine Lust habe, hier bei meinem Lauschangriff beobachtet zu werden.

Ich betrete das Lehrerzimmer. Am Tisch sitzen, wie erwartet, Barbara und Philomena. Sonst ist noch niemand hier. Immerhin, denn es hätte mich schon getroffen, wenn sonst noch Kolleginnen zugehört und nichts dazu gesagt hätten.

»Wenn man den Esel nennt, kommt er gerennt,« murmelt Barbara. Allerdings nicht so leise, dass ich es nicht mitbekomme, sodass ich mich unweigerlich frage, ob es Absicht war oder ob sie phonatorisch gar nicht mehr in der Lage ist, ihre krakeelige Stimme zu mäßigen.

pho|na|to|risch *(Adj.);* die Stimme betreffend

Und was für eine dämliche Redewendung ist das überhaupt? Müsste es nicht *gerannt* heißen anstatt *gerennt*? Aber jetzt ist wahrscheinlich nicht der beste Augenblick, sie darauf anzusprechen.

»Guten Abend«, sage ich und setze mich demonstrativ zu den beiden an den Vierertisch. Ich weiß, ich sollte eigentlich nicht in dieses Wespennest stechen, aber man kann nur ein gewisses Maß an Bullshit ertragen, und nachdem, was ich gerade gehört habe, kann ich einfach nicht mehr an mich halten. Deshalb frage ich Barbara: »Und? Wie läuft es so mit deiner Klasse in Englisch?«

Barbara schaut mich skeptisch an. »Wieso? Wie soll es denn laufen?«

»Ach, ich habe mich nur gefragt, wie die sich jetzt in Englisch machen.«

»Super!«, antwortet Barbara. Etwas zu schnell, wie ich finde. »Die haben sich seit Februar total verbessert.«

Ich bin immer wieder überrascht, wie schamlos sie einem ins Gesicht lügen kann, ohne auch nur mit der Wimper zu zucken. Denn von Steffi weiß ich ja, dass fast die gesamte Klasse schlechter geworden ist, weswegen sie mich gern als Lehrer zurück hätten. Das kann ich nur leider nicht sagen, weil ich sonst Steffi als meine Informantin verraten würde.

»Wie schön«, sage ich daher nur. »Ich hab die immer gern unterrichtet.« Und das meine ich tatsächlich so.

»Ja, die sind aber froh, dass sie dich jetzt nicht mehr haben!«, behauptet Barbara völlig unverfroren. Dabei hat sie Philomena vor zwei Minuten noch genau das Gegenteil erzählt! Aber selbst das kann ich nicht sagen, weil ich sonst zugeben müsste, gerade an der Tür gelauscht zu haben.

»Aber mach dir nichts daraus«, setzt Barbara dem Ganzen noch die Krone auf, »du bist ja schließlich kein richtiger Lehrer. Wenn du erst einmal zu Ende studiert hast, hast du auch das pädagogische Know-how, um Unterrichtsstunden didaktisch sinnvoll zu planen und durchzuführen. So etwas kann man als Unstudierter nicht einfach aus dem Effeff. Sonst wäre das Lehramtsstudium ja auch überflüssig, nicht wahr?«

Un|stu|dier|ter *m.; Gen. -ten; Pl. -te;* die höchstmögliche Beleidigung der Kollegin Barbara Sorgatz für alle Menschen, die nicht studiert haben (und ihr somit evolutionär unterlegen sind)

Hämisch sieht sie mich an, denn sie weiß, dass ich bei diesem Thema sofort an die Decke springe. Als ich letztes Jahr neu an der Abendschule war, habe ich von Anfang an mit offenen Karten gespielt und allen Kolleginnen gesagt, dass ich kein ausgebildeter Lehrer bin, sondern nur eingestellt wurde, weil ich zweisprachig aufgewachsen bin. Da haben mir alle noch versichert, dies sei überhaupt kein Problem und wie schön es doch wäre, dass ich ihr Kollegium nun bereichere. Bei der ersten Auseinandersetzung allerdings wurde mir zumindest von Barbara und Philomena sofort aufs Brot geschmiert, dass ich eben nicht studiert habe und daher auch keiner eigenen Meinung würdig sei. Seitdem sie weiß, wie sehr mich dieses Thema nervt, reitet Barbara immer wieder darauf herum.

Zum Glück reißt Frau Penner in diesem Moment die Tür auf, brüllt uns dreien ein überschwängliches »Kalispéra« zu und bewahrt mich somit davor, etwas zu sagen, was mir später wieder leidtun würde.

»Herr Seidel«, sagt sie und kommt zu uns an den Tisch. »Kurze Frage: Können Sie sich vorstellen, im kommenden Semester auch einen Kurs in Deutsch zu übernehmen?«

Ich brauche einen Moment, um die ganzen Informationen, die in diesem Satz stecken, zu verarbeiten, denn einerseits hat sie gerade vom *kommenden Semester* gesprochen, was ich erleichtert zur Kenntnis nehme, andererseits dachte ich, man hätte mich nur eingestellt, weil ich die entsprechenden Sprachkenntnisse als Englischlehrer mitbringe. Deshalb bin ich überrascht, dass sie mir zutraut, auch das Fach Deutsch zu unterrichten.

»Ähm, natürlich«, sage ich, denn solch eine Gelegenheit lasse ich mir bestimmt nicht entgehen. Ganz abgesehen davon, dass ich mir mit dieser Stelle mein Studium finanziere, kann ich außerdem schon reichlich Erfahrungen sammeln. Das könnte mir später helfen, wenn ich mir eine Festanstellung suchen muss.

»Ja, super!«, freut sich Frau Penner.

»Was ist denn mit Jessika und Claudia?«, hakt Barbara nach. »Die kommen doch nach den Sommerferien wieder zurück, oder nicht? Dann sind wir doch viel zu viele hier.«

Frau Penner zieht einen Stuhl herbei und setzt sich zu uns an den Vierertisch. Na großartig, meine berufliche Zukunft wollte ich schon immer mit Krawall-Barbara besprechen.

»Nein, so wie es aussieht, kommen beide nächstes Semester nicht zurück«, informiert uns Frau Penner. Barbara entgleisen unmittelbar alle Gesichtszüge. »Frau Krämer hat nämlich darum gebeten, wieder in Leverkusen eingesetzt zu werden. Dort hatte sie ja viele Jahre unterrichtet, bevor sie zu uns kam. Wenn sie darum bittet, möchte ich ihr natürlich nicht im Weg stehen, auch wenn ich es schade finde, dass sie dann nicht mehr Teil unseres Kollegiums hier in Brühl ist. Ich habe ihren Versetzungsantrag schon bei Frau Vogt genehmigen lassen.«

»Davon hat sie uns ja gar nichts erzählt«, wundert sich Philomena und klingt hörbar enttäuscht.

»Und was ist mit Jessika?«, fragt Barbara nun in einem fast schon vorwurfsvollen Ton.

»Frau Kirschbaum hat ihre Elternzeit verlängert. Sie war letzte Woche nachmittags kurz hier und hat ihren Antrag eingereicht.«

»Also, so was!«, erbost sich Philomena. »Da hätte sie doch mal kurz Hallo sagen können.«

»Jedenfalls benötigen wir deshalb im kommenden Semester weiterhin dringend Unterstützung«, fährt Frau Penner fort. »Momentan haben wir nur zwei Kolleginnen, die Deutsch unterrichten, weswegen seit letztem Semester der Erdkundeunterricht zu kurz kommt. Wenn Sie einen Deutschkurs von Frau Klein übernähmen, könnte ich ihr zumindest zwei Erdkundekurse geben. Was meinen Sie, Herr Seidel?«

Ich möchte gerade sagen, dass ich mich geehrt fühle und natürlich einen Kurs übernehmen kann, als mir Barbara wieder in die Parade fährt: »Aber Herr Seidel ist doch gar kein Deutschlehrer!«

»Na und?«, sagt Frau Penner achselzuckend. »Er ist ja auch noch kein ausgebildeter Englischlehrer, aber er macht seine Sache doch super hier!«

Ich strahle, Barbara nicht.

»Also, ich verstehe das immer noch nicht, dass sich Jessika nach Leverkusen abordnen lässt«, ereifert sich Barbara. »Ich werde sie morgen mal anrufen.«

Frau Penner übergeht ihren Kommentar und wendet sich wieder mir zu. »Super, dass Sie uns da unter die Arme greifen. Sie bekommen Ihre eigene Klasse in Deutsch, die sich dann im zweiten Semester befinden. Wenn Sie möchten können Sie Frau Klein oder Frau Amsel schon einmal auf den internen Lehrplan ansprechen, damit Sie sich dementsprechend vorbereiten können.«

»Ja, klar«, sage ich. »Frau Amsel und ich arbeiten sowieso eng im Fach Englisch zusammen.« Jetzt, da Frau Penner schon einmal hier sitzt, möchte ich direkt die Gelegenheit nutzen, sie wegen des Auslandssemesters zu fragen, auch wenn ich es hasse, das in Barbaras Anwesenheit tun zu müssen. »Aber ich habe da noch eine andere Frage. In der Universität habe ich erfahren, dass alle, die Englisch auf Lehramt studieren, ein verpflichtendes Auslandssemester absolvieren müssen. Darüber mache ich mir jetzt ein paar Sorgen.«

»Wieso das denn?«, fragt Frau Penner verwundert. »Das wird doch bestimmt eine aufregende Erfahrung!«

»Na ja, finanziell wird das eng … und wie das dann hier an der Abendschule für mich weitergeht.«

Nun strahlt Barbara wieder. In Gedanken packt sie bestimmt schon meine Koffer.

»In diesem Semester stellen wir Sie einfach hier an der Abendschule frei«, erklärt Frau Penner. »Das wird natürlich nicht bezahlt, aber das ist Ihnen bestimmt klar, oder? Legen Sie das einfach ins dritte oder vierte Semester und zwacken bis dahin jeden Monat ein paar Hundert Euro ab, um den Auslandsaufenthalt finanzieren zu können. Also, machen

Sie sich keine Sorgen, das kriegen Sie schon alles irgendwie hin.«

»Und das geht so einfach? Mit dem Freistellen?«, möchte ich wissen. Immer noch nicht ganz überzeugt.

»Herr Seidel, ich hatte Ihnen doch gesagt, dass ich Ihnen bei Ihrem Studium helfen werde. Solange Sie hier nebenbei arbeiten möchten, werde ich das auch einrichten.«

Als ich Anfang dieses Jahres nach Langem Zögern beschlossen hatte, doch noch einmal ein Studium zu wagen, war Frau Penner tatsächlich eine der Ersten, die mir ihre Unterstützung zusicherte. Damals hat sie mir versprochen, sie werde Himmel und Hölle in Bewegung setzen, um mich als Aushilfslehrer zu behalten.

»Aber geht das denn so einfach?«, fragt nun Barbara scheinheilig nach. »Muss Jessikas Stelle denn nicht in *VERENA* ausgeschrieben werden?«

Frau Penner wirft einen Blick in Barbaras Richtung, den ich schlecht deuten kann. »Wenn ich die Wahl habe zwischen einem Kollegen, den ich bereits kenne und von dem ich weiß, dass er gute Arbeit leistet, ziehe ich den doch einer völlig fremden Lehrkraft vor. Oder nicht?«

Ihr Blick taxiert Barbara.

»Ja, schon«, meldet diese kleinlaut zurück.

»Also, ich höre von den Studierenden nur Gutes über Herrn Seidel. Oder haben Sie da etwas anderes vernommen?«

Erwartungsvoll blickt sie in Barbaras Richtung.

Ich bin nicht minder gespannt.

Barbara überlegt.

Ich befürchte fast schon, dass sie jetzt kein gutes Haar an mir lässt oder, schlimmer noch, das Blaue vom Himmel lügt. Das würde ich ihr durchaus zutrauen. Stattdessen sagt sie lediglich: »Nein.«

»Dann ist ja alles geklärt«, stellt Frau Penner fest, steht auf und verabschiedet sich mit einem »Cheerio« von uns.

Kaum ist sie weg, kann Barbara nicht mehr an sich halten: »Ich wusste nicht, dass wir dich jetzt noch etliche Jahre an der Backe haben sollen. Aber das kannst du dir mal ganz schnell aus dem Kopf schlagen! Dafür werde ich schon sorgen, denn ich habe keine Lust darauf, dass du hier als Unstudierter einen auf Lehrer machst! Ich meine, wo kommen wir da hin, wenn Hinz und Kunz jetzt einfach so ohne Studium unterrichten. Stell dir mal vor, das würden sie in anderen Berufen auch so machen. Dann wirst du demnächst von einem Chirurgen operiert, der sonst Abwasserrohre verlegt. Nein, so etwas dulde ich nicht!«

In diesem Moment öffnet sich die Tür zum Lehrerzimmer, und Helga kommt herein. Barbara verstummt im Nu. Vermutlich kann sie keine Zeugen für ihre Aussage gebrauchen.

Helga blickt in die Stille. »Was ist hier denn los?«

»Nichts«, sagen Barbara, Philomena und ich wie aus einem Munde.

Später bin ich immer noch entsetzt über Barbaras Aussage. Ich kann verstehen, dass man seinen Kollegen nicht mag, man muss schließlich nicht mit jedem auf best friend machen, aber wieso will man einem anderen Menschen unbedingt die Zukunft verbauen? Barbara weiß, dass ich auf diese Stelle angewiesen bin und viel davon abhängt.

Im zweiten Unterrichtsblock habe ich meine eigene Klasse, die sich, wie der Zufall es will, über Barbara beschwert.

»Die kann überhaupt nicht erklären!«, echauffiert sich Djamal. »Und wenn man ihr sagt, dass man etwas nicht verstanden hat, dann sagt die so was wie, dass sie auch nichts dafür kann, dass wir alle zu blöd sind, um das zu kapieren. Ich meine, darf die so was überhaupt zu uns sagen?«

Dass meine Klasse nicht gerade begeistert von Barbaras Unterricht ist, hatte ich bereits mitbekommen. Allerdings hätte ich nicht gedacht, dass sie vor den Schülern genauso zetert, wie sie es immer im Lehrerzimmer tut. Ich finde es schon schlimm genug, dass sie solch ein Bild von den Schülern hat, aber jemandem so etwas ins Gesicht zu sagen ist doch noch einmal eine ganz andere Nummer.

»Ich weiß nicht, ob sie das darf«, entgegne ich daher ganz ehrlich, »zumindest finde ich es aber nicht okay, so etwas zu sagen.«

»Das liegt aber auch oft an euch«, beschwert sich Patrick über seine Klassenkameraden. »Ihr fragt ständig nach Sachen, die wir in der Woche davor schon besprochen haben.«

»Ja und? Dann muss sie es halt noch mal erklären«, findet Djamal.

»Wie oft denn noch?«

»Bis wir es eben alle geschnallt haben!«

»Vor allem«, mischt sich nun Hülya ein, »muss die uns deshalb noch lange nicht als blöd bezeichnen. Also, das finde ich nicht okay. Sie etwa, Herr Seidel?«

Die Klasse schaut mich an.

»Nein, das sagte ich ja gerade. Richtig finde ich das sicher nicht.«

»Siehste!«, freut sich Hülya.

»Trotzdem liegt es auch viel an euch!«, verteidigt Patrick seinen Standpunkt, der offensichtlich mit Barbaras Unterricht recht zufrieden zu sein scheint. »Ihr hört doch nie zu und hängt nur an euren Handys!«

»Das ist natürlich auch nicht okay!«, werfe ich ein.

»Boah, Herr Seidel, was können wir dafür, dass die so

langweiligen Unterricht macht!«, regt Hülya sich weiter auf. »Die hat null Humor, die Frau. Wirklich null Humor!«

»Unterricht kann halt nicht immer Spaß machen«, versuche ich mich noch einmal als Stimme der Vernunft.

»Ja, und was sollen wir jetzt machen?«

»Sprechen Sie doch mal mit Frau Penner. Vielleicht hat die ja eine Idee«, schlage ich vor. »So, jetzt müssen wir aber dringend mit Englisch weitermachen!«

Um kurz nach halb elf sitze ich am Esszimmertisch, habe Omas Gemüsesuppe in der Mikrowelle aufgewärmt und denke über meine Freundschaften nach, die ich im Leben bisher geschlossen habe, denn so ungern ich es zugebe, hängt mir Philomenas Spruch noch nach.

Ich wähle Amadeus' Nummer. Eigentlich sollten mir solche Seitenhiebe egal sein, aber gerade die Sache mit den Freunden hat mich schon ins Grübeln gebracht. Bin ich vielleicht wirklich ein total mieser Freund?

Es tutet.

Was macht einen guten Freund überhaupt aus? Mit Amadeus bin ich jedenfalls schon seit der fünften Klasse befreundet.

Es tutet erneut.

Wir sehen uns zwar nicht jede Woche, aber immerhin haben wir es geschafft, über die letzten fünfzehn Jahre Kontakt zu halten.

Er geht ran: »Timo, altes Haus! Wie geht's? Wie waren die ersten Tage an der Uni?«

Wir quatschen die nächsten fünfzehn Minuten. Ich erzähle ihm von der Uni, sogar von Sophie, und er berichtet von seinem Job beim WDR. Wie beste Freunde eben. Nur den Zoff mit Barbara erwähne ich nicht. Ich finde, je mehr man über eine Sache redet, umso mehr Bedeutung gibt man ihr. Und das ist sie nicht wert.

12. WGFE und FKK

Mit aller Kraft muss ich mich zusammenreißen, Sophie nicht die ganze Zeit über anzustarren, so umwerfend sieht sie wieder aus. Dennoch kann ich mir nicht helfen und wünsche mir zum ersten Mal in meinem Leben, ein Körnerbrötchen zu sein – nämlich das, von dem sie gerade abbeißt. Sie sitzt mir direkt gegenüber, denn diesmal war ich schneller als Lennart, der nun neben mir und gegenüber von Hannah sitzt. Es ist halb eins und wir haben uns zu viert in der Mensa verabredet, um die Mittagspause gemeinsam zu verbringen. Das Vierergrüppchen wieder vereint. Daran könnte ich mich glatt gewöhnen.

Hannah scheint übrigens ein besonderes Talent dafür zu haben, uns vier Plätze an einer der langen Tischreihen zu besorgen. Diesmal sitzen wir außen, wodurch wir nicht ganz so eingepfercht sind wie sonst.

Hannah ist die Einzige, die sich nichts zu essen in der Mensa gekauft, sondern ein Brot von zu Hause mitgebracht hat. Beschmiert ist es mit irgendeiner graubraunen Kotze.

»Was hast du denn da?«, fragt Sophie interessiert.

»Graubrot mit veganer Leberwurst.«

Wenn die so schmeckt, wie sie aussiehst – na, Prost Mahlzeit! Sophie scheint sich von der unattraktiven Farbe des Brotaufstrichs aber nicht abschrecken zu lassen, denn sie fragt: »Vegane Wurst? Oh, cool. Kann ich mal probieren?«

Hannah bricht ein Stück ab und reicht es Sophie, die augenblicklich ein *Mmh!*-Konzert anstimmt, als würde sie hier und jetzt eine Werbesendung für QVC drehen. »Wo hast du die denn her?«

Folglich fragt Lennart, ob er einmal probieren darf. Mir ist das irgendwie zu blöd, deshalb lehne ich ab, obwohl Hannah auch mir ein Stück anbietet. Vor allem hat die Arme sonst kein Brot mehr.

»Die ist selbst gemacht«, berichtet Hannah stolz, »aus Räuchertofu, Kidneybohnen, Majoran und Zwiebeln.«

Lennart bricht zwar nicht wie Sophie in Lobeshymnen aus, findet Hannahs Wurstkotze aber dennoch »lecker«.

»Ach, und übrigens noch mal danke fürs Unterschreiben gestern!«, fügt er hinzu.

»Keine Ursache.«

»Bei manchen ist das mit dem Einfordern von Freundschaftsdiensten ja schwieriger!« Lennart zieht eine Grimasse in Sophies Richtung. Die zieht nur eine Schnute, scheint aber doch ein schlechtes Gewissen zu haben. »Mir geht das mit der ständigen Anwesenheitspflicht sowieso voll auf den Sack«, beschwert sich Lennart. »Euch nicht?«

»Also, ich wäre auch nicht traurig, wenn sie die abschaffen würden«, findet Hannah. »Das mag ja praktikabel sein, wenn man außer dem Studium nichts hat. Aber wenn man nebenher arbeiten geht, muss man sich ganz schön krumm machen, um alles unter einen Hut zu kriegen!«

»Was ich nicht kapiere«, lamentiert Lennart zwischen Pommes und Bifteki, »früher am Gymi haben sie uns ständig gesagt, dass man später an der Uni nicht alles vorgekaut bekommt, sondern man sich um alles selbst kümmern muss. Voll eigenverantwortlich und so. Davon merk ich aber nichts! Stattdessen werden wir hier ständig bevormundet, es gibt Hausaufgaben, Anwesenheitspflicht, die noch strenger ist als in der Oberstufe, und pro Semester schreiben wir zwei Tests. Wo bleibt da die Eigenverantwortung, von der alle Lehrer immer geredet haben?«

»Früher war das ja auch so«, referiert Sophie, »aber das wurde alles im Zuge des Bologna-Prozesses umgestellt.«

Um nicht negativ aufzufallen, tue ich einfach mal so, als wüsste ich, wovon sie spricht. Lennart ist da unbefangener: »Was für 'ne Bolognese?«

»Na, früher war das alles anders. Da hat es keinen interessiert, ob du in die Uni gegangen bist oder nicht, aber vor einigen Jahren haben sie alles auf Credit Points, Bachelor und Master umgestellt. In ganz Europe. Und so eben die Studiengänge vereinheitlicht.«

Oh, holder Frühling, sie *ist* eine Klugscheißerin! Wir sind quasi WGFE. *Wie gemacht füreinander.* Zwei Klugscheißer, wie sie im Buche stehen.

»Im Grunde können wir froh sein«, meint Hannah und nimmt sich eine Papierserviette von Sophies Tablett. »Eine Freundin von mir hat vor circa zehn Jahren studiert, und die musste noch Studiengebühren bezahlen. Das waren noch mal tausend Euro pro Jahr!«

»Ich bin über gar nichts froh!«, schimpft Lennart weiter. »Mir geht das alles tierisch auf die Nerven hier! Das fing ja schon alles mit diesem dämlichen Numerus clausus an. 1,4 Abidurchschnitt, nur um Deutsch zu studieren! Das ist doch irre! Wenn ich mich nicht durchs Abi geschummelt hätte, wäre ich im Leben nicht auf so einen Durchschnitt gekommen.«

»Das ist bestimmt, weil heutzutage jeder an die Uni will«, vermute ich.

»Bestimmt«, bejaht Sophie. »Es machen ja auch immer

mehr Menschen Abitur, die danach alle studieren wollen. Das gehört heute ja fast schon zum guten Ton. Irgendwer sagte letztens im Radio, dass alle Akademiker demnächst monatelang auf einen Termin bei einem Handwerker warten müssen, weil zwar alle ein abgeschlossenes Studium haben, aber keiner mehr einen Herd anschließen oder ein Zimmer tapezieren kann.«

Wir vier gucken uns an. Allesamt als Teil des Problems sozusagen.

»Na super, dann muss ich später wohl wieder ins Altenheim wechseln«, scherzt Hannah.

»Vielleicht sollte ich doch noch Elektriker werden«, überlegt Lennart. »Das würde meine Eltern so richtig zur Weißglut bringen!«

Ich muss grinsen. Allem Anschein nach haben andere es auch nicht gerade leicht mit ihren Erzeugern. Und Lennart scheint da zwei besonders elitäre Prachtexemplare abbekommen zu haben.

»Hey, hast du den Geilomaten da hinten gesehen?«, höre ich Sophie plötzlich in Hannahs Ohr raunen. Jedoch nicht so leise, dass Lennart und ich es nicht mitbekommen hätten.

Unwillkürlich verfolgen wir drei Sophies Blickrichtung, bis wir einen mit Anabolika aufgepumpten Poser erspähen, der sich gerade einige Tische weiter links von uns hinsetzt. Er ist schätzungsweise Anfang zwanzig mit aufwendigem Kinnstreifen-Bart, viel zu engem Hemd, das viel zu weit aufgeknöpft ist, und eigener Fototapete auf dem Unterarm.

Fo|to|ta|pe|te *f.; Gen. –; Pl. -n;* (umgangssprachlich für) Tattoo

Wir sind allerdings nicht die Einzigen, die in seine Richtung starren, denn vor allem die um uns herum sitzenden, größtenteils tuschelnden Studentinnen haben ebenfalls Witterung aufgenommen.

Aha, auf so was steht Sophie also? Wie pietätlos, das hier vor allen am Tisch so herauszuposaunen, zumal mein Gehirn Sophie und mich bereits als Paar für die kommenden Jahre abonniert hat. Lennart und ich hauen ja auch nicht solche Sprüche heraus wie: *Boah, haste die Bazongas von der da hinten gesehen!* Dann würden wir wie die reinsten Chauvinisten dastehen. Aber Frauen dürfen das wohl. Hashtag Doppelmoral!

Ba|zon|ga *f.; Gen. –; Pl. -s;* (Slang, aus dem US-amerikanischen für) eine besonders große weibliche Brust

Lennart scheint ebenso wenig amüsiert wie ich. »Auf so was stehst du? Große Muckis und nix in der Birne?«

»Woher willst du wissen, dass er nichts in der Birne hat?«, verteidigt Sophie sich – oder ihn, je nachdem, wie man es betrachtet. »Schließlich ist er hier an der Uni.«

»Das sind die da auch«, Lennart deutet auf zwei Studentinnen, die eine Tischreihe hinter Sophies Poser sitzen. Die eine blond, die andere brünett. Beide mit aufgemalten Filzstiftstrichen an der Stelle, wo sich bei anderen Menschen die Augenbrauen befinden. Ansonsten sind sie an Plüsch und Glitzer nicht zu übertreffen, weswegen ihre Gesichter aussehen, als wären diverse Discokugeln vor ihnen explodiert.

Ich klatsche Lennart mit einem High five ab und sage nur: »Touché!«

Selbst Sophie muss sich geschlagen geben. »Na gut, hast ja recht. Vielleicht besucht er hier nur irgendwen.«

»Besonders üppig bekleidet sind die auch nicht gerade«, stellt Lennart fest, dessen Blick immer noch auf den Discokugeln ruht.

Für diese Jahreszeit tragen sie tatsächlich wenig.

»Na, komm! Jetzt tu mal nicht so, als ob dich das stören würde!«, mosert Sophie.

»Hab ich ja nicht gesagt!«

»Lass sie doch anziehen, was sie wollen«, meint Hannah indifferent. »Wenn sie das schön finden!«

»Was schön finden?« Sophie scheint sich richtig in Rage zu reden. »Sich halb nackt anzubiedern?«

»Wieso anbiedern? Vielleicht mögen sie sich einfach selbst so. Das muss doch nicht heißen, dass sie das für jemand anderen machen.«

Sophie schüttelt energisch den Kopf, als wolle sie sagen: *Ach, Quatsch!* Dann wendet sie sich Lennart und mir zu: »Jetzt sagt ihr doch auch mal was! Man muss doch nicht jedem zeigen, was man hat, oder?« Erwartungsvoll sieht sie uns an.

»Ich stimme da Hannah zu«, hält Lennart dafür. »Jeder muss selbst wissen, was er anzieht. Und wenn die hier FKK machen wollen, dann lass sie doch!«

»Ja, das würde dir gefallen, was?«

»Und ob!«

Als Nächstes sieht Sophie mich gespannt an.

»Also, ich bin da auch ein wenig nacktoseintolerant«, sage ich. Nicht nur, um Sophie zu gefallen, sondern weil das wirklich meine Meinung ist.

nack|to|se|in|to|le|rant *(Adj.);* eine Unverträglichkeit im Hinblick auf halb nackte Menschen im falschen Umfeld

Allseitiges Gelächter am Tisch.

»Ja, ist klar. Als ob du nicht gerne halb nackte Frauen sehen würdest«, versucht Sophie eine Gegendarstellung von mir zu erzwingen.

»Klar«, sage ich, »aber alles zur richtigen Zeit und am richtigen Ort! Natürlich finde ich eine attraktive, halb nackte Frau sexy, aber nicht in jeder Situation. Ich finde, für jede Kleidung gibt es den richtigen Anlass. Ins Theater gehe ich nicht mit Flipflops und Badehose. Oder eine Bankangestellte muss ich nicht unbedingt in Hotpants sehen. Dasselbe gilt natürlich für einen männlichen Bankangestellten. Den will ich ebenfalls nicht im Tanktop da sitzen haben, während ich eine Finanzierung fürs Haus abschließe. Es muss meinetwegen auch kein Anzug mit Krawatte sein, vor allem nicht im Hochsommer, aber eine Gewisse Etikette sollte schon eingehalten werden. Also, ich sehe das wie Sophie. Ganz abgesehen davon, dass die Kleidung der beiden nicht mal zur Witterung passt. Die erkälten sich womöglich noch. Allerdings hat dein Heini da hinten auch nicht gerade viel mehr an!«

»Na, wenigstens trägt er kein Tanktop«, scherzt Sophie. Ich sage ja: Doppelmoral. Hier und überall.

»Ich frage mich, was die über uns denken«, wundert sich Hannah, wieder in Richtung der beiden Studentinnen blickend.

»Ja, ich weiß nicht«, sagt Lennart. »In welche Kategorie Studententyp gehören wir wohl?«

»Wieso? Welche gibt es denn?«, möchte Hannah wissen.

»Na, die Streber, die Computernerds, die Ökos, die Püppchen, die Faultiere, die Langzeitstudis, …«

»Die Partytypen!«, ergänzt Sophie schmunzelnd und sieht Lennart an.

»Und die Klugscheißerinnen!«, kontert der sofort. Dann schaut er mich an: »Und die Rentner! Vergiss nicht die Rentner!«

13. Exkremente und Ventilatoren

»Nein, also Timo, da muss ich Barbara wirklich recht geben. Das war echt nicht in Ordnung!«, schimpft Ingrid.

Die Kacke dampft gewaltig! Oder wie der Amerikaner zu sagen pflegt: *Now the shit has hit the fan,* was im Deutschen noch weniger galant klingt, aber in etwa übersetzt werden kann mit: *Jetzt hat die Scheiße den Ventilator getroffen.*

Denn offensichtlich haben meine Schüler meinen Ratschlag angenommen und waren Mittwoch tatsächlich bei Frau Penner, um sich über Barbara zu beschweren. Offensichtlich war das nicht die beste Idee meines Lebens. Offensichtlich hat Frau Penner dann gestern mit Barbara gesprochen. Offensichtlich hat Barbara dann gerade in der ersten Pause den richtigen Moment abgepasst, bis alle Kolleginnen, wohl gemerkt nicht Frau Penner, anwesend waren, um eine Szene zu machen. Und offensichtlich hat sie damit genau das erreicht, was sie geplant hatte: das ganze Kollegium gegen mich aufzubringen.

Ich sitze an einem der Vierertische und stehe zugleich im Kreuzfeuer: »Wie kann man nur so unkollegial sein?« – »Man hetzt doch nicht die Schüler gegen seine Kollegen auf!« – »Stell dir mal vor, das würde jeder tun. Da würden wir uns hier ja gegenseitig das Leben schwer machen!« – »Du hättest ja wohl zuerst einmal zu mir kommen können!«

Das ist so ein Moment, in dem ich es schade finde, dass wir uns hier an der Abendschule alle duzen. Aber jetzt ist es wahrscheinlich zu spät, Barbara noch das Sie anzubieten.

Gut, inzwischen sehe ich ein, dass es nicht besonders kollegial war, meine Schüler zur Schulleitung zu schicken. Andererseits habe ich mir dabei gar nichts gedacht – und außerdem, welche Möglichkeit hätte ich denn sonst gehabt? Etwa, zu ihr zu gehen und mit ihr zu reden? Das wäre wohl wenig erfolgreich gewesen, denn seit über acht Monaten ist jede unserer Unterhaltungen ein einziges Streitgespräch.

Dass ich einen großen Fehler gemacht habe, verdeutlichen mir auch Ingrid, Anneliese und, klar, Philomena, die allesamt uneingeschränkt hinter Barbara stehen. Selbst Helga, die in den letzten Monaten fast schon eine Art gute Freundin geworden ist, schweizt sich gerade durch unsere Auseinandersetzung.

schwei|zen *(Verb);* sich neutral verhalten, ohne Partei zu ergreifen

Es ist nicht so, dass sie Barbara direkt recht gibt, obwohl ich ganz genau sehe, dass sie das gern würde, aber sie stellt sich auch nicht bedingungslos auf meine Seite. Was ich verstehen kann, da ich wirklich Mist gebaut habe.

Vor allen Dingen kann Barbara doch ganz gut argumentieren, das muss man ihr lassen. Oder sie hat einfach nur die besseren Argumente.

»Natürlich haben wir unsere Differenzen«, bringt sie theatralisch vor, wenngleich das Wort *Differenzen* schon mal die Untertreibung des Jahrhunderts ist, »aber deshalb laufe ich doch nicht zur Schulleitung oder, schlimmer noch, schicke die Schüler dahin. Letztes Jahr hatten wir doch die umgekehrte Situation. Da hat meine Klasse sich über dich beschwert, wegen des Vokabeltests, erinnerst du dich? Da bin ich auch nicht zur Penner gegangen.«

Da muss ich ihr leider recht geben. Sie macht mir zwar ansonsten bei jeder Gelegenheit das Leben hier zu Hölle, aber bei Frau Penner hat sie tatsächlich noch nie etwas Negatives über mich gesagt. Zumindest nichts, von dem ich wüsste.

»Ich finde es schon ein Unding, dass du mit den Schülern über mich sprichst. Man spricht als Kollegen miteinander und nicht übereinander!«, klagt sie ganz Yoda-like.

Ich bin fassungslos, gerade so etwas aus ihrem Mund zu hören! Wenn es in diesem Kollegium eine gibt, die wirklich ständig über andere redet, dann ist sie es. Und nicht nur mit Philomena. Von Steffi weiß ich, dass sie sich schon mehrfach negativ über mich vor ihrer Klasse geäußert hat.

»Ach ja«, sage ich gereizt, »und das gilt nur für mich, aber nicht für dich?«

»Was soll das denn heißen?«, quietscht Barbara.

»Ich weiß zufälligerweise, dass du vor deinen Schülern schlecht über mich geredet hast.«

»Wer sagt das?«

Mist! Ich kann ihr nicht sagen, dass ich das von Steffi weiß. Die würde ihrer Lebtage nicht mehr froh an dieser Schule. Mir bleibt also nichts anderes übrig, als zu sagen: »Das habe ich gehört.«

»Ach, das ist ja interessant. Los!«, fordert sie. »Dann sag doch, von wem!«

»Ich weiß nicht mehr«, lüge ich.

»Ja, toll! Jetzt verbreitest du auch noch Gerüchte über mich! Das wird ja immer besser!«

Mit diesen Worten verabschiedet sie sich hochdramatisch in den Unterricht. Einen besseren Abgang hätte ich ihr nicht bescheren können.

Später in der zweiten Pause merke ich, dass die Stimmung ganz schön gekippt ist. Barbara und Philomena behandeln mich eiskalt, das ist nichts Neues, aber ich sehe, wie selbst Ingrid mich komisch anschaut. Demonstrativ setzt sie sich zu den beiden an den Tisch, obwohl sie das sonst nie macht. Ehrlich gesagt hatte ich bisher immer den Eindruck, dass sie ebenfalls nicht besonders gut auf Barbara zu sprechen ist. Außer Philomena ist das niemand hier. Und auch in Leverkusen, wo Barbara vorher gearbeitet hat, war es wohl nicht anders. Zumindest wird das herumerzählt.

Nur jetzt scheint Barbara das Ruder herumgerissen zu haben, denn als Nächste kommt Anneliese ins Lehrerzimmer, wirft mir kopfschüttelnd einen enttäuschten Blick zu und setzt sich als Letzte ebenfalls zu den anderen. Wahrscheinlich wollen Ingrid und sie auf diese Weise ihre Solidarität gegenüber Barbara zeigen. Helga ist schlau. Sie kommt gar nicht erst ins Lehrerzimmer, sondern verbringt die Pause anscheinend diplomatisch im Klassenraum.

Was für eine Scheiße! Denn heute ist der letzte Tag vor den Osterferien. Es ist Freitag, der zwölfte, auch wenn es sich mehr wie Freitag, der dreizehnte, anfühlt. Das Blöde ist, dass wir in weniger als neunzig Minuten in die Osterferien gehen, und ich so überhaupt keine Chance habe, irgendetwas zu klären oder geradezubiegen. Mich zu entschuldigen bringe ich nicht über mich. Nicht bei Barbara! Vor allen Dingen weiß ich, dass damit sowieso nichts aus der Welt geschaffen wäre.

Frau Penner betritt unverhofft das Lehrerzimmer. Wenigstens eine, die nicht sauer auf mich ist. Sie kommt sogar direkt auf mich zu: »Herr Seidel, denken Sie noch daran, sich auf die ausgeschriebene Stelle zu bewerben? Also, einmal online, und dann brauche ich noch eine kurze

Bewerbung für die Unterlagen. So wie beim letzten Mal. Nur pro forma.«

»Ja, natürlich«, antworte ich. »Das mache ich gleich sofort nach der Schule!«

»Wie gut, dass Sie gerade davon sprechen«, mischt Barbara sich ein. »Eine Freundin von mir wird sich auch bewerben. Sie hat die Fächer Englisch und Geschichte studiert, so wie ich, hat das zweite Staatsexamen und möchte nun, nachdem sie einige Jahre für die Kinder da war, wieder in den Beruf einsteigen.«

Stille.

Ich schweige. Frau Penner schweigt. Barbara schweigt. Auch Philomena, Ingrid und Anneliese haben ihr Gespräch eingestellt.

Es vergehen einige Sekunden, bis Frau Penner Worte findet: »Eigentlich hatte ich Herrn Seidel für diese Stelle vorgesehen. Das hatte ich doch erwähnt, nicht wahr?«

»Ja, schon, aber ich finde, dass eine studierte Lehrkraft weitaus qualifizierter wäre. Finden Sie nicht?« Barbaras Stimme klingt spitz, fast schon drohend. »Da gibt es doch sicherlich auch Vorgaben. Ist solch eine Lehrkraft nicht einem Unstudierten vorzuziehen?«

Da ist wieder das böse U-Wort!

Frau Penners Miene versteinert sich, und mir wird ganz mulmig, denn vermutlich hat Barbara recht. Wieso sollte ich einer Lehrerin vorgezogen werden, die ihr erstes und zweites Staatsexamen hat? Rein logisch spricht alles gegen mich.

Barbara sieht mich an. Die Genugtuung steht ihr ins Gesicht geschrieben. So, als würde sie sagen: *Siehst du! Ich habe dir doch gesagt, dass ich dafür sorgen werde, dass du hier nicht mehr lange bist!*

»Sagen Sie Ihrer Freundin, dass sie ihre Bewerbung einreichen soll«, sagt Frau Penner dann nur sachlich, dreht sich um und geht. Kurz vor der Tür des Lehrerzimmers dreht sie sich noch einmal um: »Ach, und Frau Sorgatz, vielen Dank, dass Sie mir so detailliert erklären, wie ich meine Arbeit zu machen habe.«

Dann ist sie weg.

Nun steht Barbara mit versteinerter Miene da, denn Frau Penner hat eine spezielle Art an sich. Die meiste Zeit ist sie nett, aufgedreht und fröhlich. Umso mehr fällt es ins Gewicht, wenn sie es eben einmal nicht ist. Wenn ich es richtig interpretiere, war ihr letzter Satz eine implizite Kriegserklärung.

Später, um kurz nach zehn, sind schon alle nach Hause gegangen. Sowohl die Schüler als auch alle Kolleginnen. Anscheinend bin ich der einzige Koffer, der bis zum Schluss Unterricht gemacht hat.

Selbst Steffi, die mich normalerweise nach der Schule mit nach Hause nimmt, hat freitags nur fünf Stunden, weswegen ich mich nun allein auf den Nachhauseweg machen muss.

Ich fühle mich hundsmiserabel! Keine von den Kolleginnen hat mir schöne Ferien gewünscht oder sich sonst von mir verabschiedet. Was für ein Scheiß! Wenn das hier ein Roman wäre, befänden wir uns momentan bestimmt im dreizehnten Kapitel!

Vor allem sind da wieder diese beschissenen Existenzängste, die ich seit meiner Entlassung bei ProTrend immer wieder habe. Als ich die Mühlenstraße entlanggehe, kreist wieder mal mein Kopf. Was ist, wenn ich die Stelle hier tatsächlich verliere? Denn mit Barbaras Frontalangriff scheint Frau Penner auch nicht gerechnet zu haben. Spontan fällt mir kein anderer Job ein, der neben dem Studium machbar wäre und finanziell genug bringen würde. Ich seufze tief, lasse den Kaufhof links hinter mir und beschließe, einfach an etwas anderes zu denken.

14. Optische Kabel und Allzweckreiniger

Mein Handy klingelt. Es ist Cleo. Meine Ex.

Meinetwegen müssten wir jenseits von Treffen bei gemeinsamen Freunden keinen Kontakt mehr haben, aber sie meldet sich hin und wieder telefonisch. Meistens will sie dann irgendetwas wissen oder mir aus ihrem Leben berichten.

Es gab sogar eine Zeit, in der ich nie wieder mit ihr reden wollte, aber wie das manchmal so ist im Leben, glätten sich die Wogen mit der Zeit.

Ich seufze. Klicke aber auf den grünen Knopf.

»Yellow!«, sage ich, weil ich weiß, dass sie das auf die Palme bringt. Sie mag *Modern Family* nicht.

yel|low *(Adj.);* ursprünglich das englische Wort für die Farbe Gelb, das von der Figur Phil Dunphy in der Serie *Modern Family* aufgrund seiner phonologischen Ähnlichkeit, aber auch scherzeshalber als Grußformel verwendet wird

»Was zum Teufel ist ein optisches Kabel?«, fragt sie, ohne auch nur Hallo zu sagen – oder sich über meine Begrüßung aufzuregen.

»Ein Kabel«, sage ich.

»Haha!« Cleo klingt gereizt. »Jetzt sag schon!«

»Was ist denn los?«

»Ich habe mir eine Soundbar für meinen Fernseher gekauft und will die nun anschließen. Das soll ich mit einem optischen Kabel machen. Was zum Teufel ist das?«

Ich seufze. Also scheint der Grund ihres Anrufs diesmal wieder in die Kategorie *Technikberatung* zu gehen. Welche Ironie! Denn als sie damals ausgezogen ist, hat sie mir vorgehalten, ich würde keine Woche ohne sie zurechtkommen. Zumindest bin ich in der Lage, eine popelige Soundbar anzuschließen.

Es klingelt an der Haustür. Das wird bestimmt meine Mutter sein. Wie angedroht, ich meine, wie angekündigt möchte sie jetzt jeden Sonntag in meiner Wohnung klar Schiff machen. Ich drücke auf den Türöffner.

»Kann ich dich später zurückrufen?«, frage ich Cleo.

Die Visite meiner Mutter ist nicht minder anstrengend als die Telefonate mit meiner Ex-Freundin.

»Wo hast du denn das Backofenspray?«, möchte sie umgehend wissen, noch nicht einmal den Fuß über die Türschwelle.

»Im Supermarkt«, antworte ich.

»Und den Badreiniger?«

»Auch.«

»Also, Timo, so geht das nicht! Wie soll ich denn hier sauber machen?«

Am liebsten würde ich ihr sagen, dass sie das überhaupt nicht zu machen braucht, aber ich verkneife es mir. Stattdessen sage ich: »Ich habe doch Allzweckreiniger. Reicht der nicht?«

»Damit kann ich doch nicht den Backofen reinigen!«

»Gut«, gebe ich nach, »ich kaufe nächste Woche was im HIT-Markt.«

»Nee, lass mal, du hast doch kein Auto, dann musst du

die ganzen Sachen schleppen. Ich bringe nächsten Sonntag etwas mit.«

Meine Mutter nimmt sich den blauen Putzeimer und füllt ihn in der Dusche mit Wasser. Unter den Hahn am Spül- und Waschbecken passt er nicht.

»Wie läuft es denn mit dem Studium?«, fragt sie, während das Wasser läuft.

»Gut.«

»Besser als beim letzten Mal?«

Bei meiner Mutter bin ich mir immer noch nicht sicher, ob solche Kommentare kleine Sticheleien sein sollen oder ob es sich um aufrichtige Fürsorge handelt. Allzu oft hat sie darauf herumgehackt, dass ich mein Studium damals vorschnell abgebrochen habe. Andererseits ist sie heute hier und hat ihre Hilfe angeboten.

»Ja«, erwidere ich daher nur.

»Und in der VHS? Wie läuft es da?« Der blaue Eimer ist immer noch nicht voll.

»Das ist keine VHS, sondern eine Abendrealschule.«

»Ist das nicht dasselbe?«

»Nein.«

Meine Mutter dreht den Wasserhahn zu, misst den Allzweckreiniger mit der orangefarbenen Verschlusskappe ab und gießt ihn in den Eimer. »Und wie läuft es da?«

Von meinem Streit mit Barbara werde ich ihr ganz sicherlich nichts erzählen. Abgesehen davon, dass ich keine Lust habe, darüber zu reden, würde sie wahrscheinlich wieder einen Weg finden, mir zu zeigen, dass ich selbst an allem schuld bin.

»Gut«, entgegne ich also wieder einsilbig.

»Junge, jetzt lass dir doch nicht alles aus der Nase ziehen!«

Also erzähle ich ihr so unverfänglich wie möglich zumindest ein wenig über die letzte Woche an der Uni. Die Krüger-Episode lasse ich lieber aus.

Dann widme ich mich wieder meinen Texten für das Seminar der Kaltwasser. Ich sitze am Esszimmertisch, als meine Mutter mich bittet, die Füße zu heben, damit sie unter dem Tisch wischen kann. Sie hält einen Moment inne und sieht mich an: »Ach, Timo, ich bin so stolz auf dich!«

Ein wenig überrascht bin ich angesichts dieses Unikums schon, denn ich weiß nicht, ob sie das jemals zu mir gesagt hat. Papa hat das oft getan. Das weiß ich noch. Bei jeder guten Note, die ich von der Schule mit nach Hause gebracht habe, hat er mich immer feierlich hochgehoben, auch noch als Jugendlicher, und mich herumgewirbelt. »I'm so proud of you«, hat er dann gesagt. So etwas prägt sich ein in eine kleine Kinderseele.

Als er noch gelebt hat, war ich ein guter Schüler. Ein richtiger Musterschüler, würde ich fast schon sagen. Seinetwegen. Denn er hat sich immer so sehr über meine guten Noten gefreut, dass ich ihn unbedingt stolz machen wollte.

Nach seinem Tod ging es notenmäßig bergab in der Schule. Und auch sonst.

15. Freundschaften und Brecht

Unser Lyrikseminar beginnt zwar erst um zwölf Uhr, dennoch stehe ich bereits um 11:30 Uhr vor der Mensa und warte auf Sophie und Hannah. Dann können wir noch zusammen etwas frühstücken. Lennart hat mir vorhin eine Nachricht geschickt, dass er nicht kommt, weil er »Würfelhusten« und »Rüsselseuche« hat. Ich solle bitte nicht vergessen, für ihn zu unterschreiben.

Wür|fel|hus|ten *m.; Gen. -s;* Krankheit, bei der man sich mehrfach übergeben muss, häufig genutzt, um ungeliebte Seminare entschuldigt zu umgehen

Ich tippe gerade eine Antwort an ihn, als Hannah mich begrüßt.

»Wo ist Sophie?«, frage ich.

»Fühlt sich nicht gut.«

»Oh«, sage ich und hoffe, dass man mir die Enttäuschung nicht zu sehr anhört. »Dann sind wohl nur noch wir zwei übrig. Lennart kommt nämlich auch nicht.«

»Was hat er?«

»Angeblich die Kotzeritis. Er wollte gestern aber noch auf irgendeine Party. Wahrscheinlich hat er nur einen Kater! Soll ich uns schnell was zu essen holen, und du besorgst uns schon mal zwei Plätze?«

»Eigentlich brauchst du nur etwas zu trinken zu holen.

Ich habe genug Brote mit, weil Sophie mich gefragt hat, ob ich ihr welche mitbringe. Die können wir gern teilen.«

Ich muss an den graubraunen Kotzaufstrich von letzter Woche denken und bin fast schon geneigt, höflich abzulehnen, aber das wäre doch ziemlich ungesittet.

»Okay«, gebe ich daher zurück. »Was möchtest du trinken?«

Während ich Hannah eine Bionade und mir ein Wasser hole, findet sie zwei Plätze für uns. Ich bin zwar etwas enttäuscht, dass Sophie nicht da ist, aber so kann ich zumindest die Gelegenheit nutzen, etwas mehr über sie in Erfahrung zu bringen.

»Also, du und Sophie«, beginne ich, »ihr seid inzwischen so etwas wie Freundinnen?«

Hannahs Antwort überrascht mich allerdings ein wenig. »Freundschaft würde ich das nicht nennen. Also, versteh mich nicht falsch, ich mag Sophie, aber ich glaube nicht, dass wir über das Studium hinaus später noch Kontakt haben werden. Das ist mehr so etwas wie eine Zweckgemeinschaft, weil wir beide dieselbe Arbeitsmoral haben und uns in den Seminaren gut ergänzen, aber menschlich sind wir doch ziemlich unterschiedlich.«

»Inwiefern?«

»Ah, ist doch egal.«

»Nein«, insistiere ich, »jetzt sag schon!«

»Sie ist halt manchmal etwas spitzfindig.«

»Wirklich? Ist mir noch gar nicht aufgefallen.«

»Wie gesagt, nicht der Rede wert«, winkt Hannah ab und packt ihre Graubrote aus, die sie in einer Frischhaltebox gestapelt hat. Sie reicht mir zwei Scheiben.

»Danke!«, sage ich und beiße ab. Die graubraune Kotze schmeckt überraschend gut. »Also, dann seid ihr gar nicht beste Freundinnen, sondern so etwas wie Freindinnen?«

Frein|din *f.; Gen. –; Pl. -innen;* (analog zum englischen Wort *frenemy*); Kofferwort aus *Freundin* und *Feindin*, um eine Person zu beschreiben, mit der man trotz Animosität augenscheinlich befreundet ist

Hannah schmunzelt. »Ja, könnte man so sagen. Aber, wie gesagt, ich mag Sophie. Nur als Freundin würde ich sie eben nicht bezeichnen.«

»Aber trotzdem verbringt ihr doch viel Zeit hier miteinander, oder?«

»Ja, schon, aber das geht eigentlich von ihr aus. Abgesehen davon ist es ja schon ganz nett, wenn man jemanden hat, mit dem man hier die ganzen Seminare zusammen besuchen kann. Ganz allein wäre das bestimmt ganz schön frustrierend. Ich glaube, Einsamkeit ist sowieso etwas Schlimmes. Das sehe ich ja jeden Tag bei unseren Bewohnern.«

Stimmt. Hannah arbeitet ja nebenbei im Altenheim. Hatte ich schon fast wieder vergessen.

»Wie ist sie so? Die Arbeit dort?«

Hannah überlegt einen Augenblick. »Das ist schon okay. Also, ich mache das gern, aber ich glaube, es ist nicht für jeden der geeignete Beruf. Die Arbeit kann auch ganz schön deprimierend sein. Ich meine, ich habe mich in den Jahren damit arrangiert, dass der Tod zu meinem Beruf dazugehört. Ab und zu muss man sich halt von Menschen verabschieden. Das gehört dazu. Aber viel schlimmer ist eben diese Verwahrlosung.«

»Weil es zu wenig Personal gibt?«, frage ich.

»Ja, das auch. Aber die Menschen können einem vor allem deshalb leidtun, weil sie nichts und niemanden mehr haben. Die werden zum Schluss einfach in so ein Heim abgeschoben, wo sie einhundert Euro Taschengeld im Monat bekommen, von denen sie sich noch Hygieneartikel selbst kaufen müssen. Wenn Sie dann einmal fünf Euro brauchen, weil sie sich irgendetwas kaufen wollen, müssen sie sich das von ihrem Etat für den nächsten Monat leihen. Das ist doch deprimierend, oder? Da gehst du ein Leben lang schuften und musst zum Schluss jemanden um einen Kredit für fünf Euro bitten. Aber das ist noch nicht mal das Schlimmste. Viel trauriger ist, dass die meisten keinen Besuch bekommen, weil entweder schon alle gestorben sind oder weil die Kinder nichts mehr von ihnen wissen wollen. Und selbst wenn, dann gibt's mal einen Besuch am Geburtstag, oder sie werden zu Weihnachten für ein paar Stunden zur Familie geholt. Das ist dann das absolute Highlight, auf das sie sich wochenlang freuen. Und was meinst du, wie die sich fühlen, wenn die Kinder anrufen und sagen, dass sie doch nicht kommen, obwohl sie es versprochen haben. Dann siehst du da eine neunzigjährige Frau in ihrem Zimmer sitzen, völlig aufgelöst, und du kannst nichts dagegen tun. Wochenlang hat sie mir erzählt, wie sehr sie sich auf Weihnachten freut und dann kommt dieser Mistkerl von einem Sohn nicht.« Hannah seufzt.

Ich auch.

»Ach, ich könnte dir Geschichten erzählen!«

»Dann tu's doch«, sage ich. Und das meine ich ernst, denn solche Gespräche rücken viele Dinge in die richtige Perspektive. Und vielleicht tut es Hannah auf gut, darüber zu sprechen.

»Nee, lass mal. Dann sind wir nachher beide total depri. Das muss ja auch nicht sein!«

Sie lächelt mit zugekniffenem Mund.

»Das Brot schmeckt übrigens gut«, versuche ich, sie etwas aufzumuntern.

»Danke.«

Später im Lyrikseminar unterschreibt Hannah wieder für Lennart. Damit es einheitlicher aussieht, da sie das ja auch schon letzte Woche getan hat.

»Jetzt hat er schon zwei Sitzungen verpasst!«, merke ich an.

Hannah reicht mir die Liste: »Na ja, offiziell hat er noch gar keine verpasst.«

Da hat sie irgendwie recht. Ich hoffe derweil, dass ich das letzte Mal aufholen kann.

»Sag mal«, Hannah stupst mich an, »sind das nicht die Studentinnen aus der Mensa von letzter Woche?«

Ich blicke auf. In der Tat, schräg vor uns sitzen die beiden Discokugeln. Flauschig glitzernd. Eine mit rosafarbenem Laptop (ich wusste gar nicht, dass es so etwas überhaupt gibt), die andere mit hellblauem Collegeblock und einem Stift, an dessen Spitze tatsächlich ein Plastikeinhorn in einem Plüschnest hockt.

Auf dem Plan steht heute Brechts *Ballade vom Wasserrad*. Die Dozentin verteilt Fotokopien des Gedichts. »Ich hatte Sie gebeten, sich zu Hause noch einmal formale und sprachliche Aspekte der Lyrikanalyse anzusehen. Heute will ich sehen, ob Sie diese auch schon anwenden können.«

Ich stöhne leise, denn die ganzen Unterlagen, die wir für heute lesen sollten, habe ich nur überflogen. Ich hatte gehofft, dass wir sie heute ausführlich besprechen würden, stattdessen sollen wir wohl selbst aktiv werden.

»Oje«, flüstere ich Hannah zu, »ich bin total schlecht in Lyrik.«

»Ich dachte, du magst Lyrik?«

»Das habe ich doch nur gesagt, um Sophie zu beeindrucken«, platzt es aus mir heraus, bevor ich auch nur nachdenken kann, was ich da preisgebe.

»Du magst sie wohl, was?«

Leugnen bringt jetzt wohl nichts mehr. Daher nicke ich nur schwach.

Die nächsten fünfzehn Minuten bekommen wir Zeit, das Gedicht formal zu analysieren und, wenn wir wollen, auch schon ein paar Gedanken zum Inhalt anzustellen. Da Hannah nicht wesentlich besser vorbereitet ist als ich, schauen wir uns im Raum um. Es scheint, dass die meisten nicht wissen, wie sie vorgehen sollen. Lediglich die beiden Discokugeln tuscheln angeregt und schreiben fleißig. Wahrscheinlich vermuten sie, dass sie die Verse in Schönschrift in ihr Heft übertragen sollen.

Ich schaue mir das Gedicht noch einmal an. Ich schätze, es geht irgendwie um Sozialkritik – wie schwer der Arbeiter es hatte … oder irgendwie so was.

»Gut«, sagt die Dozentin, als die Zeit vorbei ist, »beginnen wir doch mit dem Einfachsten: dem Metrum. Wer möchte es bestimmen?«

Ich werfe Hannah einen vielsagenden Blick zu, der so viel heißt wie: *Bitte was?*

Hannah schiebt mir ihre Notizen von letzter Woche zu. Oben steht: *Metrum: Jambus, Trochäus, Daktylus, Anapäst.*

Stimmt, das hatten wir früher im Deutschunterricht! Damals haben wir den Jambus immer nur *Jamba-Sparabo* genannt und uns darüber ganz zum Leidwesen unseres Deutschlehrers königlich amüsiert. Ach, das waren noch Zeiten! Bis heute hat sich die Werbestimme in mein Gehirn eingebrannt: *Jetzt nur ein Euro je Ton im Jamba Monatspaket – schicke Ton eins, Ton zwei oder Ton drei an fünfmal die Drei!* Herrlich! Der Crazy Frog lässt grüßen, und an die Zeit erinnert sich bestimmt auch Nokia gern zurück!

Ich besinne mich wieder auf die Gegenwart. Die Dozentin blickt ins Plenum, auf der Suche nach jemandem, der ihr das Metrum benennen will. Es meldet sich natürlich niemand. Lennart hat schon recht, wenn er sagt, dass es hier ähnlich wie in der Schule ist. Der Blick der Dozentin bleibt an den beiden Glitzerstudentinnen hängen. Ich meine sogar, ein leichtes Schmunzeln erkennen zu können.

»Sie in der zweiten Reihe? Wie ist Ihr Name?«

Die blonde Discokugel deutet mit ihrem Einhorn-Stift auf sich selbst: »Ich?«

Die Dozentin nickt.

»Ich bin Rafaela Ludwig.«

»Frau Ludwig, können Sie die äußere Form des Gedichts bestimmen?«

Die Studentin blickt etwas unsicher zu ihrer Freundin. Ein leises Kichern dringt durch den Seminarraum.

»Oje, gut, ich kann es probieren. Also, ich würde sagen, die ersten vier Verse bestehen jeweils aus einem vierhebigen Trochäus, der danach fünfhebig wird. In den Versen sieben, elf, dreiundzwanzig und neunundzwanzig kommt sogar noch eine weitere Hebung hinzu. Durch diese Unregelmäßigkeit wird die erste Strophe auch inhaltlich unterteilt. Zunächst sind da die ersten vier Verse, die eine Art Kreuzreim aufweisen, also in Vers eins und drei eher eine Konsonanz, in denen die hohen Herren der Welt thematisiert werden, gefolgt von den vier- beziehungsweise fünfhebigen Trochäen in den Versen fünf bis acht, die die Sichtweise der kleinen Leute darstellen, die dafür sorgen, dass es den Reichen, Adeligen und so weiter so gut geht. Was es mit dem eingerückten Refrain auf sich hat, kann ich noch nicht sagen. So weit bin ich noch nicht gekommen.«

Damit beendet sie ihren Vortrag und hinterlässt eine schweigende, doch sichtlich beeindruckte Dozentin.

Ich sehe Hannah an, sie sieht mich an. Was bitte war das?

»Man sollte ein Buch niemals nach seinem Umschlag bewerten«, flüstere ich ihr zu, und sie nickt zustimmend, als wolle sie sagen: *Wahre Worte!*

Wer weiß, vielleicht ist Sophies Anabolika-Poser in Wirklichkeit auch ein regelrechter Daniel Düsentrieb?

16. Dyskalkulie und Lebensweisheiten

Zwei Wochen später ist die Zeit der Osterferien auch wieder vorbei, frostig hingegen die Stimmung im Lehrerzimmer. Wie schon vermutet. Barbara hat alle auf ihre Seite gezogen und gegen mich aufgebracht, außer Helga, die sich weiterhin diplomatisch zeigt, und Frau Penner, die ohnehin nicht mit in die Wertung einfließt.

Ein großes Drama gab es wohl direkt am ersten Tag nach den Ferien, als Barbara seit der Beschwerde zum ersten Mal wieder meine Klasse im Unterricht hatte. Fast neunzig Minuten lang muss sie gezetert haben, bis Djamal eine Diskussion mit ihr angefangen und ihr vorgehalten hat, dass sie die Schüler als *dumm* bezeichnet, was sie vehement abgestritten hat. Das scheint ja ihre universelle Strategie zu sein.

Meine Klasse wollte zunächst, dass ich mich der Sache noch einmal annehme, aber ich halte mich von nun an da raus!

Nun sitze ich mittags wieder in der Mensa.

»Die Packung enthält sechs Portionen«, liest Hannah laut von der Rückseite ihrer Chipstüte vor. »Na, wenigstens drucken die jetzt auch Witze hinten auf die Verpackung.«

Wir drei schauen indes verwundert, wie sich Hannah, die sonst nur Bio-Graubrot, selbst gezimmerten Fleischersatz und ayurvedischen Tapetenkleister zu sich nimmt (offiziell soll es wohl Haferkleie sein), in Windeseile die ganze

Tüte Chips hineinschaufelt. Sie reicht die Chipstüte einmal kurz in die Runde und fragt »Will jemand?«, aber wir sind alle so paralysiert von ihrem Fress-Flash, dass wir dankend ablehnen.

»Soll ich dir die Haare zurückhalten, falls du gleich noch die Tüte auslecken willst?«, bietet Sophie scherzhaft und ein bisschen angewidert an.

»Geht schon.« Die Tüte ist tatsächlich fast leer. Noch nie habe ich einen Menschen eine Tüte Chips so schnell verdrücken sehen. Vielleicht kann sie damit in einem Revival von *Wetten, dass ..?* auftreten?

»Wie kannst du so was nur essen?«, ereifert sich Sophie. »Und dann gerade du!«

»Wieso? Das sind die gesalzenen von Lay's, die sind sogar vegan. Manchmal habe ich einfach so eine Fressattacke, da muss ich dann irgendwas ganz dringend, ganz schnell und ganz viel essen. Heute waren es eben Kartoffelchips.«

»Na, dann!« Sophie zieht eine Grimasse und widmet sich ihrem Salat, den sie sich, wie fast jeden Mittag, am Buffet zusammenstellt.

Meiner Meinung nach haben beide Damen hier am Tisch ein komisches Essverhalten: Die eine isst ständig nur Salat, die andere ihre Öko-Experimente. Lennart und ich sind da viel pragmatischer. Ich hole mir meistens nur ein Brötchen, weil ich abends nach der Schule noch das Essen von der Oma habe, und Lennart nimmt meistens das Gericht des Tages. Heute stehen wie jeden Donnerstag Gyros- oder Gemüsepfanne zur Wahl.

»Habt ihr eigentlich schon in die Texte von der Kaltwasser geschaut?«, möchte Hannah wissen, während sie die Chipsbrösel mit einem halben Liter Wasser hinunterspült.

»Klar«, meldet Sophie zurück.

»Leckomio«, beschwert sich Lennart, »hast du eigentlich nichts anderes zu tun, als für die Uni zu büffeln?«

»Nö. Hast du denn noch nicht in die Texte reingeschaut?«

»Das bringt bei mir sowieso nichts. Ich verstehe da kein Wort. Ich glaube, ich leide unter Dyslinguistik!«

Dys|lin|gu|is|tik *f.; Gen. –; Pl. –;* eine starke Beeinträchtigung beim Verständnis von linguistischen Fachtexten, die häufig bei männlichen Studenten mit skandinavisch anmutendem Vornamen auftritt

»Du meinst so was wie Dyskalkulie?«, fragt Hannah amüsiert nach.

Lennart grinst. »Exakto!«

»Wenn überhaupt, hast du Dysuniversität«, zieht Sophie ihn auf. »Das ist nämlich genauso ein Schwachsinn wie Dyskalkulie. An so was glaube ich eh nicht. Das wird doch eh meistens von Instituten bescheinigt, die damit einfach Geld verdienen wollen. Ich war selbst auch nie besonders gut in Mathe, aber deshalb gehe ich doch nicht davon aus, dass ich eine Mathelernschwäche habe! Außerdem gab es einmal ein paar Forscher, die hierzu ein Experiment durchgeführt haben. Sie haben die weiblichen Testpersonen in zwei Gruppen unterteilt, die beide dieselben Matheaufgaben bekommen haben. Eine Gruppe hat man ganz in Ruhe die Aufgaben lösen lassen, der anderen Gruppe haben sie vorher gesagt, dass sie ihr Bestes versuchen sollen, aber dass Frauen häufiger Probleme mit diesen Aufgaben haben. Jetzt ratet mal, welche Gruppe besser abgeschnitten hat?« Erwartungsvoll blickt Sophie uns an.

Ach, ich liebe ihre Klugscheißereien einfach! Wie stolz sie aussieht, wenn sie ihr Wissen wieder einmal teilen konnte.

»Ich weiß nicht«, scherzt Lennart, »die dritte Testgruppe, die aus Männern bestand?«

»Sehr witzig«, fährt Sophie fort, »nein, was ich damit nur sagen will, ist, dass man nicht davon ausgehen darf, es sei genetisch, wenn man als Frau nicht so gut in Mathe ist. Das hat immer etwas damit zu tun, wie sehr ich mich selbst anstrenge. Und bei dir ist das genauso. Du musst dich einfach mal anstrengen und mehr für die Uni machen!«

»Nee, ernsthaft, ich verstehe von diesen ganzen Fachtexten echt kein Wort«, wendet Lennart ein. »Vielleicht bin ich einfach zu doof für so ein Studium, wer weiß? Kann ja sein. Ich bin wohl einer von denen, die nur Abitur gemacht haben und jetzt studieren, weil ihre Eltern das so wollen, aber die es eigentlich, so rein vom Intellekt her, gar nicht tun sollten.«

Nun klingt Lennart eine Spur ernster als sonst. Ein Tonfall, den man sonst nur selten in seiner Stimme wahrnimmt. Dann jedoch fängt er sich und ist wieder ganz der Alte. »Ich glaube, ich googel demnächst einfach die Autoren und gucke, ob ich im Netz zumindest eine brauchbare Zusammenfassung finde.«

»Zumindest in Sachen Durchschlawinern macht dir so schnell keiner was vor!«, stellt Hannah mit einem mitfühlenden Lächeln fest.

»Lennart ist eben ein Lebeleicht. Aber vielleicht muss er auch erst noch etwas reifer werden«, haut Sophie allerdings Hannahs lieb gemeinten Kommentar wieder mit einem einzigen Satz nieder.

Hannah wirft ihr einen mahnenden Blick zu.

»Nein, ich meine das jetzt nicht böse«, versucht Sophie, sich herauszureden, »aber Lenny ist ja nun mal der Jüngste hier am Tisch! Danach komme ich mit vierundzwanzig Jahren, dann Hannah mit achtundzwanzig und dann irgendwann Timo mit, wie viel waren es gleich, zweiundvierzig Jahren?«

»Schönen Dank auch, Miss Klugscheißerin«, wehre ich mich, »aber dir ist schon klar, dass ich der Einzige am Tisch bin, der im Grunde der Adoleszenz entwachsen ist?«

»Pardonne-moi?«, hakt Lennart verwundert nach. »Ich denke doch, dass wir hier alle nicht mehr in der Pubertät sind.«

»Wenn du letzte Woche mit mir in unserem EWS-Kurs gewesen wärst«, sage ich und sehe dabei Lennart streng an, der sich letzten Freitag wieder einmal einen Brückentag genommen hat, »wüsstest du, dass *Adoleszenz* und *Pubertät* zweierlei Dinge sind. Da hat der Prof erklärt, dass sich der Begriff *Pubertät* nur auf die körperliche Entwicklung bezieht, die bei Mädchen mit dem achtzehnten und bei Jungen mit dem einundzwanzigsten Lebensjahr abgeschlossen ist, während die *Adoleszenz* die geistige Entwicklung beschreibt, die – Horsch, horsch! – erst mit Ende zwanzig abgeschlossen ist.«

»Hast du gehört, Lennart?«, albert Sophie. »Mit dem einundzwanzigsten Lebensjahr erst abgeschlossen. Es kann also sein, dass bestimmte Körperteile noch wachsen!«

»Glaub mir, bei mir muss da nichts mehr wachsen!«

Hannah und ich sehen uns angesichts der frivolen Richtung, die unser Gespräch auf einmal annimmt, verwundert an.

»Jetzt ist aber gut!«, findet Hannah.

»Sophie hat doch angefangen, über meine Anakonda zu reden!«

»So viel zum Thema Reife!«, konstatiert Sophie. »Aber interessant. Dass die Adoleszenz bis Ende zwanzig geht, wusste ich nicht.«

»Tja, frag einfach Seidelpedia!«, entgegne ich großkotzig.

Sei|del|pe|di|a *f.; meist ohne Artikel;* Timo Seidels umfangreiche mentale Enzyklopädie, die zahlreiche Klugscheißerismen alphabetisch katalogisiert und jederzeit auf Anfrage abrufbar ist

Manchmal habe ich den Eindruck, dass Sophies Verhalten ein wenig auf mich abfärbt und ich in ihrer Gegenwart öfter in alte Muster verfalle, sodass sich meine chronische Klugscheißeritis wieder öfter zurückmeldet.

Klug|schei|ßer|i|tis *f.; Gen. -s; Pl. -ten;* angeborene Entwicklungsstörung, die dazu führt, andere Menschen mit teils überflüssigen Informationen (auch ungefragt) zu versorgen

Dabei habe ich mich in den letzten Monaten so sehr angestrengt, diese Eigenart zu unterdrücken. Inzwischen ecke ich auch immer weniger bei Menschen an. Na ja, außer bei Barbara in der Abendschule. Und dem Krüger. Aber ansonsten habe ich das in den letzten Wochen wirklich gut hinbekommen.

Doch auf Sophie zu treffen ist für mich wohl vergleichbar mit der Begegnung eines frisch gebackenen Nichtrauchers mit Helmut Schmidt.

Vielleicht sollte ich einmal einen Entzug in Betracht ziehen? Ob es eine Art Klugscheißer-Rehabilitationszentrum gibt? Eine Einrichtung, in der sie einem beibringen, seinen Sarkasmus und seine bissigen Kommentare stufenweise hinunterzudosieren? Möglich wäre auch eine Substitutionstherapie, in der ich, anstatt andere immer zu verbessern, einfach nur einen lustigen Kalauer zum Besten gebe. Dann würde ich so lustige Dinge sagen wie: *Palim-Palim! Kennen Sie den schon?*

Ach, glücklich würde ich damit bestimmt auch nicht! Vielleicht kann man sich einfach nicht verstellen. Eine Katze lässt das Mausen nicht. Und ein Timo lässt das Klugherumscheißen nicht. Alte Gewohnheiten kann man eben nur schwer ablegen.

Jetzt scheine ich zumindest meine Truppe gefunden zu haben, die mir das nicht übel nimmt.

»Zumindest hätte die Kaltwasser dich nicht so auf dem Kieker, wenn du wenigstens ein bisschen in die Texte gucken würdest«, versucht Sophie es wieder sachlich.

»Hätte, hätte, Perlenkette«, wehrt Lennart ab.

Ich stutze. »Heißt dieser Aphorismus nicht *Hätte, hätte, Fahrradkette*?«, frage ich.

Apho|ris|mus *n.; Gen. –; Pl. ...men;* eine geistreiche Lebensweisheit

»Nicht bei uns!«, kontert Lennart. »Da siehst du mal, wie reich meine Eltern sind! Na, jedenfalls habe ich bei der Kaltwasser sowieso verkackt!«

Damit könnte er durchaus recht haben, denn jeden Montag löchert sie Lennart mit mehreren Fragen, auf die er meistens keine Antwort weiß, wenn Sophie, Hannah oder ich ihm diese nicht zuflüstern oder schnell aufschreiben können.

»Ich sitze das einfach aus! Wieso unterrichtet die überhaupt noch? Ich meine, die ist doch so alt, die war bestimmt beim Richtfest der Pyramiden live dabei. Also, lange kann das ja nicht mehr dauern, bis die in den Ruhestand geht. Dann versuche ich es in ein bis zwei Semestern einfach noch mal bei ihrem Nachfolger!«

Nicht umsonst nennt man die Kaltwasser auch die Exmatrikulatorin, denke ich mir.

Ex|ma|tri|ku|la|to|rin *f.; Gen. –; Pl. -nen;* weibliche Lehrkraft an Universitäten, die Studierende aufgrund ihres Anspruchs dazu bringt, sich zu exmatrikulieren (sich abzumelden)

»Oder so!«, stelle ich fest. Löblich ist trotz Lennarts Fehlzeiten immerhin, dass er sich jeden Montag pünktlich aus dem Bett wirft und in die Uni kommt.

»Sagt mal, sollen wir uns am Wochenende nicht treffen und uns zusammen die Texte anschauen?«, schlägt Hannah vor.

»Nee, lass mal«, winkt Sophie ab.

»Nein, danke«, stimme ich mit ein. Ich muss meinen Sonntag nicht ebenfalls noch mit einem Termin zuknallen. Und wenn Sophie schon keine Lust hat, muss ich nicht unbedingt dabei sein.

Nur Lennart meint immerhin: »Ja, mal sehen. Ich überleg's mir.«

»Oh, okay«, erwidert Hannah ein wenig enttäuscht.

Auf dem Weg zu unserem nächsten Seminar bekomme ich von Lennart hierfür die Quittung: »Sag mal, was warst du denn eben so abweisend zu Hannah?«

»Wieso? Wegen des Lerntermins am Sonntag?«

»Ja, nicht nur deswegen. Ich hatte den Eindruck, dass du sie kaum beachtet hast. Du hast wohl nur noch Augen und Ohren für Sophie, was?«

»Das musst *du* gerade sagen«, entgegne ich. »Wer hat sich denn die ganze Zeit gegenseitig aufgezogen? Was sollte das überhaupt?«

»Wie? Sie hat doch damit angefangen«, verteidigt Lennart sich. »Jedenfalls sah Hannah irgendwie traurig aus, fandst du nicht?«

Ich zucke mit den Schultern. Mir ist nichts aufgefallen, aber vielleicht war ich tatsächlich zu sehr auf Sophie konzentriert.

17. Drei und eine

Lennart schien recht gehabt zu haben mit seinem Eindruck bezüglich Hannah, denn die fängt mich am nächsten Tag auf dem Weg zur Mensa ab und fragt, ob sie mich kurz allein sprechen könne. Wir gehen etwas abseits in Richtung der hinteren Seminarräume durch einen Gang mit riesigen Rundbögenfenstern, durch die man auf den Campus blicken kann. Hier ist es ein wenig ruhiger, weil die meisten draußen, in der Mensa oder auf den Toiletten sind.

»Schau«, beginnt sie, »ich habe schon kapiert, dass du eigentlich total auf Sophie stehst. Deshalb werfe ich jetzt auch einfach meinen Hut sozusagen in den Ring, bevor es zu spät ist, und sag es einfach, wie es ist: Ich stehe auf dich! Irgendwie.«

Wow, ich habe ja mit vielem gerechnet, aber nicht damit! Daher bin ich einen Moment sprachlos.

»Also, das klang jetzt total peinlich«, unterbricht Hannah mein Schweigen. »Eigentlich hatte ich das anders in meinem Kopf vorformuliert. Aber weißt du was? Eigentlich muss mir so was nicht peinlich sein. Ich bin Ende zwanzig und kein Teenager mehr, der erst irgendwelche Zettelchen schreiben muss à la: *Willst du mit mir gehen? Ja. Nein. Vielleicht.* Wenn man jemanden mag, kann man ihm das einfach sagen, oder? Und das tue ich hiermit.« Hannah sieht mich an.

Ich bin immer noch platt, vor allem, weil sie mir das so

locker und unverkrampft mitteilt. Das finde ich irgendwie gut. Und geschmeichelt bin ich natürlich auch, aber das Problem ist: Ich weiß nicht, was ich sagen soll.

»Nun sag schon was dazu!«, fordert sie mich auf.

»Ähm, ja, was soll ich sagen? Also, ich bin geschmeichelt, wirklich …«

Dann sagen wir beide »aber« – ich als Konjunktion und sie als Frage.

»Aber«, wiederhole ich, »ich befürchte, dass ich nicht so fühle wie du. Ich meine, wie du schon sagst, ich habe mich vollkommen in Sophie verguckt und deshalb …«

»Ist schon gut«, schneidet sie mir das Wort ab. »Du musst das nicht erklären. Du kannst ja nichts für deine Gefühle. Genauso wenig, wie ich etwas für meine kann. Ich dachte nur, du solltest es wissen.«

»Ich fühle mich wirklich geehrt und ich schätze deine offene Art«, sage ich noch mal. »Aber …«

»Ist okay. Wirklich.« Dann dreht sie sich um und geht einfach.

Und ich stehe hier und sehe ihr nach, wie sie jetzt irgendwohin geht. Wahrscheinlich doch sehr enttäuscht, auch wenn sie etwas anderes sagt. Dabei wollte ich sie gar nicht verletzen.

Ob ich ihr noch mehr hätte sagen sollen? Aber was?

Am liebsten würde ich ihr hinterherrufen, wie leid es mir tut und dass sie ein ganz toller Mensch ist; dass sie jemanden verdient hat, der sie genauso liebt, wie sie ihn. Und das bin ich leider nicht. Aber das wäre wohl zu pathetisch.

Als ich später Sophie und Lennart in der Mensa treffe, ist diese ein wenig verwirrt. Offensichtlich hat Hannah schon mit ihr geredet.

»Hannah kommt heute nicht«, sagt sie ein wenig irritiert.

»Wieso? Ist sie krank?«, fragt Lennart.

»Nein. Ich weiß auch nicht, sie meinte irgendwie, dass sie erst einmal ein bisschen Zeit für sich brauche und über ein paar Dinge nachdenken müsse. Habt ihr eine Ahnung, was da los ist?«

»Keine Ahnung!«, schießt es aus mir heraus.

Nur Lennart sieht mich vorwurfsvoll mit einem *Ich habe es dir doch gesagt*-Blick an.

Nachdem wir unser Essen bezahlt haben, stehen wir ein wenig hilflos mit unseren Tabletts hinter der Kasse und schauen uns nach drei freien Plätzen um. Die Platzsuche hat sonst immer Hannah für uns übernommen.

Es ist wieder rappelvoll, aber irgendwann haben wir Glück, und eine Vierergruppe steht auf. Beim Essen denke ich, dass es mutig von Hannah war, einfach so zu ihren Gefühlen zu stehen. Ich finde das cool und bin der Meinung, Menschen sollten das viel öfter machen. Wer weiß, wie viele Beziehungen nie zustande gekommen sind, weil der eine oder der andere oder gar beide einfach zu schüchtern waren, dem anderen zu sagen, was sie fühlen?

Deshalb kann es eigentlich nur eine logische Schlussfolgerung für mich geben: Ich werde Sophie um ein Date bitten!

Denn ich weiß schon seit ein paar Wochen, dass ich mich in sie verguckt habe. So richtig. Ich weiß gar nicht, wann es mich das letzte Mal derart erwischt hat. Ich überlege. Eigentlich war es bei Cleo das letzte Mal so. Das ist zwar schon Ewigkeiten her, und heutzutage würde ich lieber die meiste Zeit nicht mit ihr sprechen müssen, aber damals habe ich sie schon geliebt. Doch, das muss ich zugeben.

Deshalb: *Mach Nägel mit Köpfen, Timo. Bei der nächstbesten Gelegenheit wirst du Sophie fragen!*

18. Zitrusfrüchte und Rendezvous-Gesuche

Die nächste Gelegenheit, Sophie um ein Date zu bitten, ergibt sich am folgenden Montag. Lennart hat sich wieder einmal kurzerhand per Nachricht entschuldigt. Ihm gehe es nicht gut.

Sophie und ich sitzen in der ersten Reihe außen, während wir auf die Kaltwasser und den Beginn des Seminars warten. Wir sehen, wie Hannah den Seminarraum betritt, uns kurz grüßt, sich dann aber weiter nach hinten auf einen einzelnen noch freien Platz setzt.

»Tja, das war es dann wohl mit unserem Vierergrüppchen«, stellt Sophie konsterniert fest. »Ich wüsste nur zu gern, was mit ihr los ist. Ich habe ihr am Freitag noch getextet, aber so wirklich wollte sie mit der Sprache nicht rausrücken. Sie meinte, sie hätte andere Leute kennengelernt, mit denen sie jetzt lieber ihre Zeit verbringen wolle. Aber wann und wo will sie die denn kennengelernt haben? Die meiste Zeit haben wir doch zusammen verbracht. Und fast alle Deutsch- und EWS-Seminare haben wir auch zusammen. Ich versteh das nicht!«

Ich seufze. Es hat ja keinen Sinn, weiter so zu tun, als wüsste ich nicht, was los ist. »Ich befürchte, das ist meinetwegen«, sage ich daher.

»Wie?«

»Hannah hat mir am Freitag gesagt, dass sie auf mich

steht und, na ja, leider beruht das nicht auf Gegenseitigkeit.«

»Oh«, Sophie sieht überrascht aus.

»Ja.«

»Und jetzt will sie erst einmal nichts mit dir zu tun haben?«

»Scheint so.«

»Und wieso will sie mit mir nichts mehr zu tun haben?«

»Ich weiß es … nicht.«

Weiter können wir uns nicht unterhalten, weil in dem Moment die Exmatrikulatorin den Raum betritt und es bereits durch ihre bloße Anwesenheit still wird.

Das übliche Prozedere nimmt seinen Lauf. Die Kaltwasser beginnt mit ihrer berüchtigten Fragerunde und überprüft somit zugleich die Anwesenheit. Daher kann ich für Lennart auch nicht unterschreiben.

Der wird als Erster aufgerufen.

»Er ist nicht hier«, meldet Sophie zurück.

Frau Kaltwassers Gesicht verzieht sich wieder wie nach einem Zitrusfruchtverzehr. Mit ihrem Stift macht sie ein dickes Kreuz in das Feld, in dem sie Lennarts Anwesenheit heute dokumentiert hätte. Oder wie er sagen würde: *Hätte, hätte, Perlenkette!*

Als Nächste wird Hannah aufgerufen: »Frau Stetter!«

Sophie und ich drehen uns nach hinten, um Hannah sehen zu können.

»Hier!«, gibt sie sich zu erkennen.

»Würden Sie mir bitte beantworten, welche Besonderheit die Wörter *Meer* und *mehr* aufweisen?«

Hannah muss nicht überlegen. »Diese beiden Wörter sind Homofone, das heißt, sie werden gleich ausgesprochen, aber unterschiedlich geschrieben.«

Die Kaltwasser verzieht keine Miene. Glücklich scheint sie mit dieser Antwort nicht zu sein, andererseits weiß ich nicht, ob ihr Gesichtsausdruck dieses Adjektiv überhaupt kennt.

»Inwiefern ist es kein Homonym?«, bohrt sie nach.

Hannah muss wieder nicht nachdenken. »Es ist kein Homonym, weil es sonst auch gleich geschrieben würde. Das Wort *Bank* ist beispielsweise ein Homonym.«

»Ich hatte eher gehofft, Sie würden in Ihrer Antwort auf sämtliche Termini des entsprechenden Fachartikels eingehen«, resümiert die Kaltwasser.

»Wenn ich darf …«, meldet sich Hannah von hinten.

»Aber sicher.«

In den kommenden schätzungsweise fünf Minuten spricht Hannah über Äquivokation, die sich in Homonymie und Polysemie unterteilen lässt. Über Homographe und Homofone. Über Fehlerlinguistik, respektive über phonetische, orthografische, morphologische, syntaktische und lexikalische Fehler und lässt uns und sogar die Kaltwasser staunend zurück.

Erstmals ringt diese sich ein Kompliment ab: »Das, meine Damen und Herren, ist die Beflissenheit, die ich von Ihnen alle erwarte. Gut gemacht, Frau Stetter.«

Die Kaltwasser hakt Hannahs Namen auf ihrer Liste ab und macht sich noch eine Bemerkung daneben, die ich von meinem Platz aus allerdings nicht lesen kann.

Der Rest des Seminars verläuft ohne weitere Vorkommnisse. Mir wird zweimal eine Frage gestellt. Beide kann ich einigermaßen beantworten. Nicht so zufriedenstellend, dass ich gelobt werde, aber doch immerhin so weit, dass ich keine Zitrusfruchtmimik auslöse.

Zi|t|rus|frucht|mi|mik *f.; Gen. –; Pl. –;* eine bestimmte Art der Gesichtsmimik, die üblicherweise nur durch den Verzehr von zu saurem Obst ausgelöst wird, aber bei anspruchsvollen Dozentinnen auch durch unzufriedenstellende Antworten verursacht werden kann

»Abschließend habe ich noch eine gute Nachricht für Sie. Für unsere Sitzung nächsten Montag müssen Sie ausnahmsweise keine Fachtexte lesen«, gibt Frau Kaltwasser kurz vor Ende des heutigen Seminars noch bekannt. Ich möchte schon gerade innerlich jubeln, als sie hinzufügt: »Stattdessen erwarte ich von Ihnen eine schriftliche drei- bis fünfseitige Stellungnahme zum geschlechtergerechten Sprachgebrauch. Hierbei gibt es kein *richtig* oder *falsch*, sondern ich möchte Ihre eigene begründete Meinung hören. Ihre Kursessays werden von mir bewertet und fließen mit in Ihre Seminarnote ein.«

Wie famos! Ich frage mich, inwiefern das eine gute Nachricht gewesen sein soll.

In der Mensa sitzen Sophie und ich anschließend zu zweit und frühstücken. Von Hannah keine Spur. Aber es dauert nicht lange, bis wir Besuch bekommen. Zwei Studentinnen unterbrechen unsere Unterhaltung.

»Entschuldigung!«, sagt eine von ihnen. »Bist du nicht Sophie? Von YouTube? Von *Sophilologie*?«

»Ja«, bestätigt Sophie. »Das bin ich.«

»Hey, wir finden dich superklasse! Wirklich! Wir gucken alle deine Videos!«

»Daaanke«, flötet Sophie und zieht das A dabei besonders lang.

»Können wir vielleicht ein Selfie mit dir machen?«

»Ja, klar.«

Sophie steht auf und positioniert sich zwischen den beiden Groupies. Ich stehe ebenfalls auf und biete an, das Foto für sie zu machen. Danach sind die beiden auch sofort weg.

Als wir wieder sitzen, sieht Sophie mich fragend an, weil ich sie beeindruckt, aber auch ein wenig amüsiert mustere: »Was?«

»Ich wusste ja gar nicht, dass ich hier mit einer Berühmtheit sitze!«, spaße ich.

»Ach!«, winkt sie ab, sichtlich gebauchpinselt.

In meinem Hinterkopf schwirrt die ganze Zeit eine Erinnerung herum, dass ich Sophie unbedingt heute noch wegen des Dates fragen muss. Eine bessere Gelegenheit wird sich nicht mehr ergeben. Außerdem ist es längst an der Zeit.

Und so warte ich den richtigen Moment ab, kurz bevor sich unsere Wege trennen – ich muss in Dieters Seminar, sie hat einen Geschichtskurs. Sie will sich gerade verabschieden, da sage ich: »Warte! Da ist noch etwas wegen Hannah, das ich dir nicht gesagt habe! Der Grund, weswegen ich an ihr nicht interessiert bin, ist, dass ich … Tja, wie soll ich sagen? Ich würde gern mit dir ausgehen. Auf ein Date. So richtig. Mit allem Drum und Dran.«

Nun sieht mich Sophie sprachlos an und hat vermutlich denselben Gesichtsausdruck, den ich vor drei Tagen noch hatte.

Sophie schweigt. Klar, kann ich verstehen. Ging mir genauso.

Ich drängele Sophie allerdings nicht zu einer unmittelbaren Antwort. Soll sie sich das erst einmal in Ruhe durch den Kopf gehen lassen!

»Du brauchst jetzt nichts zu sagen«, meine ich daher. »Überleg es dir und schick mir eine Nachricht, oder sag es mir morgen, wenn wir uns sehen, oder einfach dann, wenn du zu Ende überlegt hast. Wann immer das auch ist. Okay?«

Sie nickt nur, sagt immer noch nichts.

»Also, bis dann!« Ich drehe mich um und mache mich auf zu Ro2, wohl wissend, dass ihr Blick gerade auf mir ruht.

19. Handynachrichten und Kurzvideos

Während ich in der Uni bin, sehe ich prinzipiell nie auf mein Handy. Ich wüsste nicht, was es dort Wichtiges zu begutachten gäbe. Um die Uhrzeit zu lesen, brauche ich – im Gegensatz zu vielen anderen – mein Handy nicht. Dafür habe ich eine Armbanduhr, eine Tudor, die früher meinem Vater gehört hat. Meine Mutter wollte, dass ich sie nehme.

Heute gäbe es natürlich Anlass, zwischendurch aufs Handy zu schauen, denn es könnte ja sein, dass Sophie geschrieben hat. Andererseits ist sie selbst in einem Seminar und zählt nicht zu denjenigen, die während eines Kurses eine Nachricht schreiben würden. Mein Handy ist stumm geschaltet, und ich beschließe absichtlich, es in der Uni nicht aus der Hosentasche zu nehmen. Auch nicht auf dem Weg zur Bahn. Es wäre mir selbst gegenüber viel zu peinlich, alle paar Sekunden aufs Display zu sehen. Dadurch kommen Nachrichten auch nicht schneller an!

Erst an der Haltestelle auf der Luxemburger Straße nehme ich zum ersten Mal mein Handy aus der Hosentasche. Keine neuen Nachrichten. Ich schalte den Ton wieder ein und stecke es zurück.

Genau in diesem Moment gibt mein Smartphone einen Ton von sich, der mich wissen lässt, dass ich eine Nachricht bekommen habe. Wow, das ging ja schneller als gedacht. Ich hoffe nur, es sind gute Nachrichten. Etwas zu hastig hole ich mein Handy wieder hervor. Die Bahn fährt ein. Noch bevor ich einsteige, werfe ich einen kurzen Blick aufs Display. Die Nachricht ist von Hannah, nicht von Sophie.

Zum Glück ist es mittags nicht so voll, dass ich keinen Sitzplatz bekäme. Ich setze mich ans Fenster und öffne die Nachricht.

tut mir leid, dass ich heute nur gegrüßt habe und nicht zu euch gestoßen bin. aber ich glaube, ich ziehe mich erst einmal ein wenig aus unserem grüppchen zurück. ich hoffe, das ist okay und du kannst es verstehen. es ist nicht deine schuld.
hannah

Ich nehme es ihr natürlich nicht übel. Unweigerlich frage ich mich, wie ich mich verhalten werde, wenn Sophie mir eine Abfuhr erteilt. Aber darüber denke ich nach, wenn es so weit ist. Denn ich bin fest entschlossen, es gar nicht dazu kommen zu lassen. Egal wie, ich muss es schaffen, dass sie mit mir ausgeht!

Zu Hause angekommen denke ich, dass es vielleicht doch etwas schlicht war, Sophie einfach nur nach einem Date zu fragen. In der Uni. Eigentlich ziemlich platt. Da hätte ich mir ruhig etwas Kreativeres einfallen lassen können. Noch hat sie allerdings nicht geantwortet. Ich könnte also noch nachbessern.

Ich überlege, was gut ankäme. Hier und jetzt? Viele Möglichkeiten gibt es nicht. Ich könnte sie anrufen, aber das wäre zu aufdringlich, denn dann müsste sie reagieren. Ich könnte ihr eine Textnachricht schicken oder eine Mail. Aber der begabteste Schreiberling auf diesem Planeten bin ich nicht. Ich konnte eigentlich schon immer besser reden. gut. Leute überzeugen. Das ist im Grunde mein Ding.

Ich hab's! Ich schicke ihr eine Sprachnachricht, die sie davon überzeugt, wieso sie mit mir ausgehen sollte. Oder besser noch! Ich schicke ihr ein Video.

Also verbringe ich ernsthaft die nächsten anderthalb Stunden zu Hause damit, verschiedene Videos mit meinem Handy aufzunehmen, diese alle auf meinen Laptop zu laden und dort zusammenzuschneiden. Zum Glück habe ich ein wenig Erfahrung mit solchen Dingen. Für Freunde haben Cleo und ich früher manchmal solche Videos gemacht. Glückwunschvideos, in denen jeder Tom, Dick und Harry gratuliert.

Tom, Dick und Harry; das amerikanische Pendant zur deutschen Redewendung *Hinz und Kunz*; (umgangssprachlich für) alle möglichen Leute

Ich schneide, editiere, hinterlege Musik, blende Texte ein und bin schließlich endlich fertig und mit dem Resultat halbwegs zufrieden. Ich schaue mir das Video noch ein letztes Mal an.

Es beginnt mit mir in der Waschküche. Ich schaue in die Handykamera, die ich auf einer Packung Waschpulver der Nachbarn platziert hatte, und sage: »Oh, hallo, da hast du mich aber zu einem ungünstigen Zeitpunkt erwischt, denn momentan versuche ich ein wenig zu entspannen. Immer, wenn ich einen Moment zum Nachdenken brauche, komme ich an diesen schönen Ort.«

Schnitt.

Die Kamera filmt den versifften Abfluss des Gemeinschaftsbeckens der Waschküche, dann ein paar Spinnweben und schließlich die staubige Oberfläche meiner eigenen

Waschmaschine, die ich letztes Weihnachten von meinen Freunden geschenkt bekommen habe. Dann bin ich wieder im Bild, diesmal hinter unserem Haus bei den Mülltonnen. Ich wohne in einem von zwei Mehrfamilienhäusern mit je zwölf Wohneinheiten. Dementsprechend sieht es hinter dem Haus wie in einem Mülltonnen-Verkaufscenter aus, zumal wir nicht diese großen Container haben, sondern haufenweise von diesen kleinen schwarzen 240-Liter-Tonnen. Man hört mich sagen: »Wenn ich meditiere, komme ich an diesen idyllischen Ort, der mir auch olfaktorisch den nötigen Ausgleich zu meinem stressigen Alltag in der Universität beschert.«

ol|fak|to|risch *(Adj.);* den Geruchssinn betreffend

Dann atme ich tief ein und mache eine dieser Handbewegungen, die man beim Meditieren vollführt.

Schnitt.

Als Nächstes sieht man mich, wie ich in meiner viel zu kleinen Küche stehe und ein Fertiggericht aus der Verpackung nehme und die Plastikschale mit Aludeckel in die Mikrowelle stecke. Dabei sage ich: »Siebenmal täglich stehe ich in meiner opulent ausgestatteten Küche und bereite eine Kleinigkeit für mich selbst zu. Alles ganz frisch!«

Schnitt.

Die Kamera zeigt eine Nahaufnahme der Mikrowelle, die – drei, zwei, eins – gerade klingelt, um zu signalisieren, dass sie fertig ist.

Schnitt.

Wieder ich, wie ich das Fertiggericht nun auf einem Teller demonstrativ in Richtung Handykamera halte. Dann rieche ich am Teller und sage schwelgend: »Mmh … Seehechtfilet!«

Schnitt.

Ich stehe in meinem Schlafzimmer vorm Fenster, an dem es weder Gardinen noch Rollläden gibt. Stattdessen habe ich dort ein Spannbetttuch eingeklemmt, das zumindest einen ähnlichen Effekt erzielt. Als ich hier vor fast sechs Jahren mit meiner Ex-Freundin eingezogen bin, hatten wir immer vor, ein paar Jalousien anzubringen. Das Betttuch war eigentlich nur eine provisorische, vorübergehende Lösung gewesen, aber wie das manchmal so ist, hängt dasselbe Betttuch immer noch da. »Auch als Innenausstatter mache ich in meiner knapp bemessenen Freizeit eine vorzügliche Figur. Hier das Modell: Ikea-Bettwäsche an Fensterrahmen.«

Schnitt.

Eine Totale auf mein Gesicht. »Ebenso zielsicher wie ich Orte zum Entspannen für mich auswähle, kulinarische Speisen zubereite oder mich kreativ in meiner Freizeit betätige, wähle ich die Menschen aus, die ich bei einem ebenso entspannten, kulinarischen und kreativen Date besser kennenlernen möchte. Also, liebe Sophie, wenn dich das alles nicht überzeugen konnte, dann weiß ich auch nicht mehr weiter! Mehr habe ich nicht zu bieten. Aber das ist doch schon einiges, nicht wahr?«

Fade-out.

Ich könnte jetzt noch stundenlang herumrätseln, ob alles okay ist, ob es zu albern ist oder ob ich lieber doch etwas anderes probiere. Ich kann es aber auch einfach abschicken.

Gedacht. Getan.

Manchmal muss man einfach machen.

Die verbleibende Zeit bis zur Abendschule verbringe ich damit, etwas für die Uni zu machen. Der dämliche Essay für die Kaltwasser macht mir Stress. Wie gesagt, in schriftlichen Sachen bin ich nicht so gut.

Mir fällt ein, dass dies die erste schriftliche Arbeit ist, die ich für die Uni abgeben muss. Da werden sicherlich noch viele kommen.

Wenn man sich online einmal einliest, was es da so alles beim wissenschaftlichen Schreiben zu beachten gibt, kommt man vom Hölzchen aufs Stöckchen. Also lade ich mir das Style Sheet der Greenberg herunter, das beschreibt, wie schriftliche Arbeiten auszusehen haben. Darin ist alles festgelegt, von Schriftarten über Schriftgröße bis hin zu den Seitenrändern. Das *MLA Handbook for Writers of Research Papers* zum richtigen Zitieren notiere ich mir ebenfalls direkt.

Bevor ich mich versehe, ist es schon Zeit, zur Abendschule aufzubrechen. Ich ziehe mir die Schuhe an, nehme meine Lehrertasche und haste runter zu Steffis Wohnung. Ich klingele und Noah, Steffis siebenjähriger Sohn, macht mir auf.

»Hallo, Timo!«, grüßt er.

In dem Moment kommt auch schon Steffi aus dem Wohnzimmer. »Hallo, Timo!« Dann wendet sie sich Noah zu und beugt sich zu ihm hinunter. »So, der Papa kommt jetzt gleich. Du weißt Bescheid: Keinem die Tür aufmachen, und wenn etwas ist, rufst du mich auf dem Handy an, okay? Weißt du noch, wie das geht?«

Noah nickt.

»Gut«, dann gibt sie ihm einen Kuss auf die Stirn, »aber der Papa kommt auch in zehn oder fünfzehn Minuten. Ich habe gerade noch mit ihm telefoniert.«

Noah nickt brav.

»Also, mach's gut, und schlaf schön. Wir sehen uns morgen!«

Dann brechen wir auf.

»Alles klar mit Matthias?«, frage ich, als wir in Steffis Corsa einsteigen.

»Ja, ja, er hatte noch einen unerwarteten Termin, aber er ist gleich da. Ich lasse das Handy einfach im Unterricht an, bis er mir schreibt, dass er zu Hause ist.«

»Wen hast du denn in der ersten Stunde?«

»Frau Peters.«

»Dann sag ihr lieber Bescheid wegen des Handys«, warne ich sie vor. Philomena ist in solchen Sachen recht streng.

»Mache ich.«

Wir fahren schleppend die Römerstraße entlang. Um diese Zeit staut es sich hier immer ein wenig.

»Bist du mit den Englischaufgaben zurechtgekommen, die ich dir erklärt habe?«, frage ich.

»Ja, ich glaube, ich habe es jetzt verstanden. Danke noch mal fürs Helfen!«

»Keine Ursache.«

Mein Handy meldet sich mit einer Nachricht. Gespannt ziehe ich es aus meiner Hosentasche. Von Sophie!

Ich klicke die Pushnachricht an, um den Inhalt vollständig zu lesen.

Tja, was soll man dazu sagen? Rustikalem Spinnweben-Style und Mülltonnenaroma kann selbst ich nicht widerstehen. Also, gut. Ich stimme einem Date zu, aber zu MEINEN Konditionen. Es soll bei dir zu Hause stattfinden, und ich möchte, dass du für uns kochst. Sag wann. Gruß, Sophie

Ich strahle wohl wie der hinterletzte Patient, denn Steffi fragt sofort: »Eine gute Nachricht?«

»In der Tat«, nicke ich.

Später in der Schule kann mich nichts mehr herunterziehen. Auch nicht die eisige Stimmung im Lehrerzimmer, die sich unmittelbar nach meinem Eintreten ausbreitet. Die liebe Barbara hat ihre Kolleginnen ganz schön gut konditioniert, was das betrifft. Als examinierte Psychopathin weiß sie natürlich, wie man so etwas macht.

Aber selbst das geht mir heute zweispurig am Arsch vorbei.

20. Sonnenbank und Gesichtsöl

Wie eine Rennmaus auf Crack habe ich den ganzen Tag meine Wohnung auf Vordermann gebracht, denn heute ist der Tag der Tage! Für 19:00 Uhr habe ich Sophie zu mir nach Hause eingeladen.

Also habe ich aufgeräumt, Staub gewischt, gesaugt, das Klo geputzt wie noch nie in meinem Leben und zum Schluss noch den Boden gewischt. Es ist ja nicht so, dass ich das alles nicht könnte, nur mache ich es nicht gern. Ich glaube, ich habe, was Schmutz anbelangt, auch eine weitaus höhere Toleranzgrenze als die meisten anderen Menschen. Sogar noch höher als die meiner Ex-Freundin Cleo – und die war schon nicht gerade die Reinlichste. Was sie natürlich nicht davon abgehalten hat, mir permanent vorzuwerfen, wie wenig ich im Haushalt mache, auch wenn sie nicht viel aktiver war.

Das Essen, das mir meine Oma gestern in der Schule vorbeigebracht hat, habe ich extra aufgehoben und fülle es um kurz nach sechs in zwei Töpfe und eine Pfanne um, die ich auf den Herd stelle. Es gibt Kartoffeln mit Kohlrabigemüse und Bratwurst. Nicht gerade das hippste Essen, aber dafür schmeckt es umwerfend.

Um halb sieben decke ich den Esszimmertisch mit dem guten Ikea-Geschirr (etwas anderes habe ich nicht) und ziehe mich dann um. Ich entscheide mich für ein weißes Hemd von HUGO und eine dunkelblaue Diesel-Jeans. Das Hemd stecke ich in die Jeans und betrachte mich im Spiegel des Kleiderschranks. Irgendwie sieht mir das zu chic aus. Viel zu bemüht! Also mache ich die ersten drei Knöpfe des Hemds auf. Besser. Ein bisschen spießig ist es aber immer noch, also löse ich die Knöpfe an den Manschetten und kremple die Ärmel bis zu den Ellbogen hoch. Yep! So ist gut. Vorher sah es doch zu sehr nach Gala-Dinner aus. Vielleicht auch, weil die Jeans so dunkel ist, dass sie von Weitem fast schon einer Anzughose gleicht.

Ich gehe ins Bad und haue mir ein wenig Wachs in die Haare. Vorgestern war ich noch beim Friseur. Zum Glück habe ich mich heute Morgen nicht rasiert, sonst hätte ich zu gestriegelt ausgesehen. Ein Dreitagebart steht mir zudem besser. War also die richtige Entscheidung! Ich putze mir noch schnell die Zähne, bin aber vorsichtig, damit die Zahnpasta nicht aufs Hemd spritzt. Hätte ich vielleicht besser mal in umgekehrter Reihenfolge gemacht.

Es klingelt. Meine Armbanduhr zeigt Punkt sieben Uhr. Da ist aber jemand pünktlich! So was mag ich. Chronische Zuspätkommer finde ich sehr anstrengend. Ein weiterer Pluspunkt für Sophie.

Die Gegensprechanlage hängt direkt an dem schmalen Wandstreifen zwischen Badezimmer- und Wohnungstür. Daher brauche ich nur einmal um die Ecke zu greifen, um den Türöffner zu betätigen. Auf fünfundvierzig Quadratmetern ist nun mal alles eng beieinander. Schnell sprühe ich mir im Bad noch etwas *1 Million* auf. Ich selbst hasse solches Duftzeugs, ich weiß aber, dass es bei der Damenwelt gut ankommt. Vor allem der gute Paco Rabanne.

Dann warte ich Gentleman-like im Türrahmen, bis Sophie die vier Stockwerke nach oben gekraxelt ist. Ich höre

Schritte. Entweder hallt es hier im Treppenhaus so sehr, oder sie hat wirklich Schuhe mit Absätzen an. Hat sie sonst in der Uni nicht.

Dann sehe ich sie, wie sie die letzten Stufen hochkommt, und mich trifft fast der Schlag: Sie trägt einen zweiteiligen schwarzen Hosenanzug mit einem tief ausgeschnittenen, ärmellosen Oberteil. Nur ihre Schultern sind bedeckt. Ihre Haare sind voller und wuscheliger als sonst. Entweder hat sie die absichtlich so gestylt oder sie ist mit einem Cabriolet nach Brühl gekommen. Jedenfalls sehen ihre Haare toll aus! So wie der Rest! Sie ist kaum geschminkt – oder sie ist es, aber man sieht es kaum. Sie hat es meiner Meinung nach auch nicht nötig, sich auffällig anzumalen. Und sie trägt tatsächlich passende schwarze High Heels. Es ist wahrscheinlich überflüssig zu erwähnen, dass ich so etwas mag. Welcher Mann tut das nicht?

So toll, wie sie aussieht, hat sie bestimmt allein auf dem kurzen Weg zu ihrem Auto eine wahre Erektionspandemie ausgelöst!

Erek|ti|ons|pan|de|mie *f.; Gen. –; Pl. -n;* ein sich häufig und weit ausbreitendes Auftreten von Versteifungen der Geschlechtsorgane männlicher Passanten

»Guten Abend!«, begrüße ich sie. »Wow, du siehst toll aus!«

Bei Sophie muss ich mich nicht einmal bemühen, nach einem Kompliment zu suchen. Ich muss mich viel eher beherrschen, diese nicht permanent hinauszuposaunen.

Sie kommt auf mich zu, umarmt mich tatsächlich, deutet ein höfliches Küsschen rechts, Küsschen links an, was sie sonst nie bei mir macht, und begrüßt mich ebenfalls. »Hallo! Vielen Dank!« Sie scheint sich wirklich über das Kompliment zu freuen.

»Komm rein!«, sage ich. Mit dem Arm deute ich ihr den Weg ins Wohnzimmer. Ansonsten käme man von der Mini-Diele aus ohnehin nur in die winzige Küche oder in das noch winzigere Badezimmer. Eine Jacke, die ich ihr abnehmen könnte, hat sie nicht dabei, was schon mal sehr praktisch ist, da ich sowieso keinen Garderobenständer habe.

Im Wohnzimmer entdeckt sie als Erstes mein Bücherregal, welches aufgrund seiner Größe auch kaum zu übersehen ist. Außerdem stehen hier ansonsten nur noch ein Esszimmertisch, ein Sofa, eine kleine Musikanlage mit wenigen CDs und ein Fernseher.

»Sieh an, der Timo liest!«

»Ja, natürlich lese ich. Ich studiere Sprachen. Wie sollte man da nicht lesen?«

»Ja«, stellt sie klar, während sie ein Buch von Dan Brown aus dem Regal zieht, »aber die Bücher hier sind ja wohl kaum für die Uni, oder?«

»Nein.«

»Siehst du! Du liest! Mit Lesen meine ich natürlich privat Lesen und nicht irgendetwas, das man für die Arbeit oder für die Uni durchackern muss.«

»Hast du denn gedacht, dass ich nicht lesen würde?«

Sie zuckt mit den Schultern, stellt das Buch wieder zurück. »Darüber habe ich mir keine Gedanken gemacht.«

Na super! Sollte das ein Hinweis sein, dass sie nicht so viel über mich nachdenkt wie ich über sie?

»Es gibt ja Menschen, die keine Bücher lesen«, meint sie. »Vor allem viele Männer. Das finde ich schade. Ich meine, ein Buch entführt dich für einige Stunden in eine völlig andere Welt, öffnet dir neue Perspektiven, neue Denkweisen, lässt dich mit den Figuren mitfühlen. Wo erlebt man das sonst schon? Höchstens wenn man einen

Film guckt, aber der geht nur über neunzig Minuten, und außerdem ist alles schon vorgegeben. Das ist ja gerade das Tolle an Büchern, dass deine eigene Vorstellungskraft aktiv wird!«

»Mich brauchst du nicht zu bekehren«, sage ich, ein wenig amüsiert über Sophies passionierten Vortrag.

»Was ist denn dein Lieblingsbuch?«, will sie wissen.

Mir ist schon klar, dass bei einem buchaffinen Menschen wie Sophie dies wahrscheinlich die Gretchenfrage ist. Zum Glück muss ich sie in dieser Hinsicht nicht anlügen.

»The Time Machine«, sage ich, »von H. G. Wells.« Das ist immerhin ein Klassiker der englischsprachigen Literatur. Dagegen kann sie wohl kaum etwas sagen.

»Okay«, meint sie und zumindest bereitet ihr meine Antwort keinen enttäuschten Gesichtsausdruck.

»Und deines?«, möchte ich natürlich ebenso wissen. Jetzt bin ich gespannt – wobei ich mir sicher bin, dass auch sie irgendetwas Namenhaftes benennt.

»The Color Purple von Alice Walker.«

Na, bingo! Hatte ich also recht. Gab es dafür nicht sogar den Pulitzerpreis?

»Aber«, schiebt sie immerhin ehrlich hinterher, »ich habe es nur in der deutschen Übersetzung gelesen. Mein Englisch ist zwar nicht schlecht, aber doch nicht so gut, dass ich solche Bücher unbedingt auf Englisch lesen muss.«

»Verstehe.«

»Hast du es gelesen?«

»Ja, ist aber schon etwas her.« Ich gehe zu meinem Bücherregal, schaue kurz, wo ich es habe – es steht auf dem untersten Brett – und überreiche es Sophie.

Die ist sichtlich beeindruckt, denn damit hat sie wohl nicht gerechnet. Ich vermute, nun direkt in mehrfacher Hinsicht bei ihr gepunktet zu haben. Besser konnte der Abend nicht starten!

»Welcher Charakter hat dir am meisten gefallen?«, möchte Sophie wissen und blättert durch die englischsprachige Ausgabe.

Ich überlege kurz, ob ich Sophie berichtigen soll, denn das Wort *Charakter* ist falsch. Da sie selbst auch eine Klugscheißerin ist, beschließe ich, es einfach zu wagen: »Das heißt *Figur*, nicht *Charakter*.«

»Wie bitte?« Sophie blickt überrascht vom Buch auf.

»Das Wort *Charakter* ist im Deutschen falsch, wenn man damit eine Figur meint.«

»Bist du dir sicher? Aber jeder spricht doch von Charakteren in einem Buch!«

»Mag sein. Dadurch wird es nicht richtig. Das Wort ist ein Fauxami, ein false friend, denn im Englischen heißt es richtigerweise *character*. Das hat dann wohl irgendwie Einzug in die deutsche Sprache gefunden.«

Faux|ami *m.; Gen. –; Pl. -s;* Wortpaare aus verschiedenen Sprachen, die gleich klingen oder ähnlich geschrieben werden, aber dennoch unterschiedliche Bedeutungen haben (daher werden sie im Deutschen oft *falsche Freunde* oder im Englischen *false friend* genannt)

Sophie sieht mich skeptisch an. Ich überlege, ob ich noch kurz erklären soll, was ein Fauxami ist, beschließe aber, es mit der Klugscheißerei nun gut sein zu lassen.

»Das glaube ich nicht!«, meint sie schließlich. »Hast du einen Duden hier?«

Und genau deshalb hat Sophie es mir so angetan, denn ich würde genau gleich reagieren. Auch ich würde mich nun erst einmal vergewissern wollen.

Ich gehe kurz ins Schlafzimmer, um ihr das riesige *Uni-*

versalwörterbuch zu holen, das ich dort heute ausnahmsweise zusammen mit meinen anderen Arbeitsmaterialien verstaut habe, die sonst immer auf dem Esszimmertisch liegen.

Sie schlägt nach, liest den entsprechenden Wörterbucheintrag sehr aufmerksam. Als sie sieht, dass ich ihr keinen Bären aufgebunden habe, hebt sie anerkennend die Augenbrauen. »Wieder etwas dazugelernt!«

Und auch diese Reaktion an ihr weiß ich zu schätzen. Ich würde sagen, ich habe direkt den nächsten Punktsieg bei ihr gelandet! Sie bei mir übrigens auch.

»Ich sage ja: Ein belesener Mann ist ein gebildeter Mann!«, stellt sie fest.

Ding, ding, ding! Ein Punktesieg nach dem nächsten. Ein Dämpfer folgt jedoch sofort. Nachdem sie sich noch ein wenig in meiner bescheidenen Wohnung umgesehen hat, stellt sie fest: »Du hast ja gar keine Pflanzen!«

Das habe ich gern! Kaum wenige Minuten hier und schon anfangen zu mosern. Ich finde ja, dass Menschen, die noch bei ihren Eltern wohnen, prinzipiell kein Anrecht haben, andere Menschen bezüglich ihrer Wohnsituation zu kritisieren. Das können sie von mir aus, wenn sie ebenfalls auf eigenen Beinen stehen und alles eigenständig finanzieren müssen.

»Ach, hast du bei Mutti und Vati ganz viele Pflanzen, ja? Um die sich die beiden kümmern?«, kontere ich grinsend.

»Gut reagiert«, schmunzelt sie, während sie sich an einen der zwei gedeckten Plätze setzt. »Und du hast ernsthaft gekocht?«

»Yep!«, flunkere ich. »Hausmannskost!«

Sophie sieht mich gespannt an. »Du hast doch bestimmt nur was aus dem Supermarkt geholt und verkaufst mir das jetzt als selbst gekocht. Gib's zu!«

»Na, probier erst mal, und dann kannst du mir immer noch sagen, ob du glaubst, dass es Essen aus der Konserve ist. Sollen wir schon anfangen?«

»Von mir aus gern. Ich habe Hunger mitgebracht!«

»Was möchtest du trinken?«

»Was hast du denn da?«

»Fast alles.« Ich war extra noch im HIT-Markt heute und habe Wein, Bier, zwei Säfte, Bitter Lemon und Cola gekauft. Kann ja eh nicht schaden, so etwas im Haus zu haben. Ich zähle meine Errungenschaften auf.

»Hm, dann ein Bitter Lemon, bitte.«

»Kommt sofort.«

Ich entschwinde in die Küche und stelle die Herdplatten an. Dann schnappe ich mir das Bitter Lemon und gehe zurück ins Wohnzimmer. »Soll ich etwas Musik anmachen?«

»Klar. Wieso nicht?«

»Was hörst du gern?«, frage ich interessiert und hoffe, sie liegt nicht mit Cleo und ihrem Freundeskreis auf einer Wellenlänge. Die hatten nämlich ein Faible für unglaublich laut singende Frauen, die mit ihrem Gejaule Menschen in die Pampa jagen konnten.

»Na, so George Ezra, Charlie Puth, Miley Cyrus, Paloma Faith, Meghan Trainor, was halt jeder so hört.«

Ah ja! Es ist im Grunde noch schlimmer als befürchtet, denn die Hälfte derer, die sie aufgezählt hat, kenne ich nicht einmal. Was fünf Jahre Altersunterschied direkt ausmachen! Oder vielleicht ist mein Musikgeschmack einfach nur zu altbacken.

»Und du?«, will Sophie wissen. »Was hörst du gern?«

»Ach, ich höre fast nur ältere Sachen. Durch meinen Vater. Der hat mich darauf gebracht, und ich denke, ich habe seinen Musikgeschmack irgendwie adaptiert.«

Sophie stellt keine weiteren Fragen zu meinem Vater, und dafür bin ich dankbar.

»Ja, dann mach doch mal was rein!«

Ich gehe zur Musikanlage und lege die CD *The Man and his Music* von Sam Cooke ein, die schon meinem Vater gehört hat. Das war sein Lieblingssänger. Und meiner ist es auch. Ich programmiere den CD-Spieler auf *Shuffle*-Modus. Heutzutage scheinen alle ihre Musik digital zu hören, über irgendeinen Streamingdienst, aber ich finde es befremdlich, Musik gar nicht mehr zu kaufen. Wenn man sein Abo kündigt, hat man gar nichts mehr! Diese CD hingegen hat mein Vater irgendwann in den 80ern gekauft. Seitdem wird sie immer wieder gehört, ohne dass irgendwer dafür bezahlen muss.

Ich bin gespannt, wie Sophie auf Sam Cooke reagiert. Das ist quasi wie ein kleiner Test! Klar, ich stehe total auf sie, aber wenn sie wahre Musik nicht genießen kann, wäre das schon ein herber Rückschlag.

Das Pianointro von *Bring It on Home to Me* ertönt, gefolgt von Sam Cookes Stimme. Das ist für mich Musik, nicht das Geschreie und Gepiepse, das man heute in den Charts findet.

»Klingt schön«, sagt Sophie.

Puuh! Glücklich begebe ich mich in die Küche. »Bin gleich wieder da.«

Das Essen ist schnell erwärmt. So gut es geht, versuche ich es ansprechend auf zwei Tellern anzurichten. Besonders gut kann ich so etwas nicht.

»Ich habe heute Nachmittag schon gekocht, damit du jetzt nicht so lange warten musstest«, fabuliere ich und setze mich zu ihr über Eck an den Tisch.

Sophie sieht mich etwas skeptisch an. Als sie probiert,

muss sie aber feststellen, dass es sich um kein Fertiggericht handelt. Was soll man sagen? Die Oma kann eben kochen!

»Also, Timo«, beginnt Sophie die Dinnerkonversation. »Wie viele Freundinnen hattest du denn schon?«

»Uiuiui, wir kommen also direkt zur Sache?« Wobei mir diese Frage ganz recht kommt, denn sie legitimiert mich, ihr dieselbe zu stellen, und auf die Antwort bin ich durchaus gespannt. Außerdem scheint sie echtes Interesse zu haben, sonst stellt man doch nicht solch eine Frage.

»Ernsthafte Beziehungen nur drei«, sage ich.

»Aha, und was war die längste Beziehung?«

»Meine letzte. Wir waren fünf Jahre zusammen.«

Sophie zieht beeindruckt die Augenbrauen hoch. »Sieh an! Und warst du immer treu?«

Ich schmunzle. »Glaubst du, wenn ich es nicht gewesen wäre, würde ich dir das jetzt sagen?«

»Ich weiß nicht.«

»Aber, wenn es dich beruhigt, ich war tatsächlich immer treu.« Das stimmt sogar.

»Und wer hat Schluss gemacht?«

»Ich.« Und das stimmt auch fast, denn ich habe es mir so lange eingeredet, bis ich es selbst geglaubt habe. Im Leben werde ich nicht zugeben, von meiner Ex-Freundin verlassen worden zu sein!

»Wieso?«

»Och, es hat einfach nicht mehr gepasst. Und wie sieht es bei dir aus mit Ex-Freunden?«

Sie überlegt. Ob es so viele sind? Vielleicht muss sie erst zählen? Oder sie überlegt, ob sie mir die Wahrheit sagen soll.

»So richtig ernste Beziehung hatte ich noch nicht«, antwortet sie schließlich. »Also, zumindest mit niemandem, mit dem ich fünf Jahre zusammen war.«

»Was war denn deine längste Beziehung?«

»Ein paar Wochen nur. Ich sage ja, etwas wirklich Ernstes hatte ich noch nie.«

»Dann wird es ja Zeit«, sage ich und versuche ihr, mein charmantestes Timo-Lächeln zuzuwerfen.

Sophie nimmt einen Schluck von ihrem Bitter Lemon. »Na, ein Hingucker bist du ja schon!«, sagt sie dann.

Moment, was war das? Ein Kompliment? Geradewegs heraus? Ich sage ja: Der Abend könnte nicht besser laufen!

Dann schiebt sie allerdings hinterher: »Aber, sag mal, was soll denn dieser Sonnenbankscheiß. Das ist doch so retro! Das macht doch keiner mehr!«

»Wie? Sonnenbank?«

»Na, so braun, wie du bist«, versucht Sophie zu argumentieren.

»Ich gehe nicht auf die Sonnenbank«, sage ich hörbar erheitert.

»Ja, ist schon klar!«

»Ernsthaft«, sage ich.

»Du bist bestimmt auch so einer, der unter der Sonnenbank die Unterhose anlässt, damit man die Bräunungsstreifen sieht.«

Ach so, in diese Richtung geht die Unterhaltung jetzt! Na, da mache ich doch gern mit!

»Ja, du kannst gern nachschauen!«

Und tatsächlich greift sie mir unmittelbar an die Hose, zieht mein Hemd hoch und den Bund der Jeans samt Unterhose ein Stück herunter.

»War ja klar, dass du Calvin Klein trägst!«, seufzt sie.

Ich grinse. Schöner Vorwand, um mir mal gerade an die Wäsche zu gehen.

»Und?«, amüsiere ich mich. »Bräunungsstreifen gefunden?«

»Na, dann ziehst du sie anscheinend im Solarium aus.«

Macht das nicht jeder? »Ich war in meinem ganzen Leben noch nie auf einer Sonnenbank«, sage ich. »Ehrenwort.«

»Und wieso bist du dann so braun?«, bohrt sie weiter. Sie klingt fast ein wenig neidisch.

»Keine Ahnung! Weil ich so auf die Welt gekommen bin?«

Das Thema scheint sie ja substanziell zu beschäftigen. Bisher bin ich noch nie wegen meines Teints so ausgequetscht worden, aber im Sommer nehme ich wirklich sehr schnell Farbe an. Oder eben in der letzten Aprilwoche, als es so heiß war. Ich bekomme auch nicht so schnell einen Sonnenbrand wie andere. Meine Mutter meint, das kommt bestimmt von den Eltern meines Vaters, die Italo-Amerikaner waren. Kennengelernt habe ich die allerdings nie. So wie fast niemanden aus der Familie väterlicherseits. Abgesehen von der Schwester meines Vaters. Der Rest wollte nie etwas mit mir zu tun haben, da mein Vater seine Frau und sein Kind in den USA sitzen gelassen hat.

»Gehst du ins Solarium?«, frage ich mit leichten Hintergedanken. »Hast du eventuell Bräunungsstreifen?« Man kann ja mal einen Versuch wagen.

»Ab und zu nur.«

Ach ja – so viel also zum Thema *Solarium ist voll retro.* Ich sage aber nichts.

»Was schaust du denn gern im Fernsehen?«, wechselt Sophie das Thema.

»Ich schaue nicht allzu viel. Vor allem nicht seit Februar, seitdem ich Vollzeit an der Abendschule arbeite. Und jetzt noch mit dem Studium nebenher. Und du?«

»Och, ich schaue schon manchmal gern was. Um abzuschalten. *Germany's Next Topmodel* oder so.«

»Joah, du könntest aber stattdessen auch einfach in deinem Zimmer im Kreis laufen und dir mit einer Pfanne gegen den Kopf hauen, bis genauso viele Gehirnzellen draufgegangen sind«, sage ich. »Ich kann nicht fassen, dass du dir so was anschaust! Ich dachte, du wärst eher der intellektuelle Typ.«

»Nö, da muss man halt nicht nachdenken. Finde ich von Zeit zu Zeit auch ganz angenehm«, rechtfertigt sie sich.

Bevor wir uns hier verfranzen, lenke ich das Gespräch schnell um. »Und deine Tätigkeit als Korrektorin? Wie lange machst du das schon?«

»Ach«, Sophie scheint ebenfalls froh über den erneuten Themenwechsel, »schon ein paar Jährchen. Eine Freundin meiner Mutter hat mir damals den ersten Auftrag vermittelt, und seitdem mache ich das regelmäßig.«

»Ist das nicht wahnsinnig schwierig?«

»Nicht, wenn man so sprachverliebt ist wie ich. Das war ich schon immer. Und seitdem ich diesen ersten Auftrag bekommen habe, kniee ich mich noch mal besonders hinein. Ich bin, glaube ich, einer der wenigen Freaks in Deutschland, die digitale Wörterbücher im Wert von fast 400 Euro auf ihrem Rechner haben.«

»Es gibt so viele Wörterbücher?«

»Ja, ich habe den zehnbändigen Duden *Das große Wörterbuch der deutschen Sprache*, dann natürlich das Rechtschreib-, Fremdwörter-, Bedeutungs-, Herkunfts-, Stil- und Synonymwörterbuch. Ach ja, und *Das Wörterbuch der sprachlichen Zweifelsfälle*.«

»Herrje, brauchst du die denn alle?«

»Was heißt brauchen? Es vereinfacht halt die Arbeit.«

Die kommenden dreißig Minuten unterhalten wir uns über Sophies Arbeit als Korrektorin, über Sprache und leider auch ein wenig über die Uni. Das Thema wollte ich heute

Abend eigentlich außen vor lassen, damit wir uns besser kennenlernen können.

»Hast du eventuell irgendwas Süßes da?«, fragt Sophie auf einmal.

Mist! Wie unhöflich von mir, sie nicht zu fragen, ob sie ein Dessert möchte. Leider habe ich das aber auch beim Einkaufen vergessen.

»Ich befürchte, ich habe nicht extra etwas gekauft.«

»Wenn du nichts im Haus hast, ist das nicht schlimm!«

Ich habe tatsächlich nie Süßigkeiten da, weil ich die nicht oft esse.

»Ich kann schnell einen Obstsalat machen!«, sage ich. »Das hab ich im Haus.«

»Ja, gern.«

»Bin sofort zurück.«

In der Küche schnipple ich schnell eine Banane, einen Apfel und eine Nektarine klein. Dann gebe ich etwas Zitronensaft und Zucker darüber. Richtige Dessertschalen habe ich nicht, daher fülle ich jedem von uns etwas in eine Kaffeetasse.

Als ich ins Wohnzimmer komme, klopft sich Sophie mit den Handflächen ins Gesicht.

»Was machst du?«, frage ich neugierig, während ich mich hinsetze und die beiden Tassen auf den Tisch stelle.

»Nur etwas Gesichtsöl auftragen, weil meine Haut so trocken ist. Hagebuttenöl.« Sie zeigt auf ein kleines Glasfläschchen, das vor ihr steht. »Willst du auch?«

»Nee, danke«, gebe ich zurück. Ich wusste nicht einmal, dass es überhaupt Öl fürs Gesicht gibt. Meine Ex hatte zwar auch immer Hunderte Fläschchen im Bad, aber da war nur immer so etwas wie Gesichtscreme oder irgendwelches Serum dabei.

»Ach, komm! Das ist super!«

Ohne eine Antwort abzuwarten, steht sie auf und träufelt sich mit einer Pipette einige Tropfen in die Handfläche. Dann stellt sie sich hinter meinen Stuhl und berührt mich mit ihren Händen im Gesicht. Diese Berührung reicht, um sofort ein Prickeln durch meinen Körper zu senden. Das läuft wirklich großartig, denke ich mir. Jetzt haben wir schon Körperkontakt! Ihre Hände auf meinem Gesicht fühlen sich wunderschön an. Ganz weich. Und warm. Ganz Sophie eben.

Doch während sie das Öl einklopft, gibt sie mir auf einmal weitere Beauty-Tipps. Moment mal, eigentlich läuft das doch nicht so toll, denke ich. Das sieht mir hier zu sehr nach Mädelsabend anstatt nach einem feurigem Date aus! Beeil dich, Timo, lass dir etwas einfallen, bevor sie gleich noch fragt, ob du ihr die Haare flechten kannst!

Schnell schaffe ich es wieder, die Unterhaltung zurück zur Literatur zu bringen. Das ist offensichtlich ihr liebstes Thema.

Der restliche Abend verläuft … okay. Nicht besonders romantisch, aber auch nicht völlig katastrophal. Sophie verabschiedet sich um kurz nach zehn, bedankt sich für den Abend und ist dann mit denselben Küsschen links, Küsschen rechts, die es schon zur Begrüßung gab, wieder durch die Tür. Und ich frage mich unweigerlich: War der Abend jetzt ein Erfolg oder nicht?

Immerhin hat sie einem Date zugestimmt. Also bin ich optimistisch. Ich werde den morgigen Tag abwarten und sehen, ob sie sich meldet. Dessen ungeachtet ist der nächste Schritt, dass ich sie fragen werde, ob sie diesen Abend wiederholen möchte.

21. Mamasöhnchen und Hausarbeiten

»Hier ist ja fast alles sauber!«, sagt meine Mutter verwundert am nächsten Tag und macht ein Gesicht, als sei ihr gerade der Messias erschienen. »Hast du etwa geputzt?«

»Ja, wer soll das sonst gewesen sein? Die Heinzelmännchen?« Letzteres ist ein Spruch, den meine Ex immer gebracht hat. Immer in Verbindung mit einer anklagenden Ansprache, dass ich zu wenig im Haushalt mache.

»Da gibt's ja kaum was für mich zu tun«, sagt meine Mutter und sieht sich etwas enttäuscht im Wohnzimmer um. »Na, vielleicht wische ich mal den Kühlschrank aus.«

»Hör mal«, sage ich, »du brauchst das wirklich nicht zu machen. Also jeden Sonntag hier die Bude wienern, meine ich. Irgendwie komme ich mir auch blöd dabei vor, dass ich wie ein Mamasöhnchen die Wohnung von dir geputzt bekomme.« Dass es genauso unselbstständig ist, sich von der Großmutter das Essen kochen zu lassen, erwähne ich nicht, denn darauf möchte ich nicht unbedingt verzichten.

Meine Mutter setzt sich zu mir an den Esszimmertisch, wo ich wieder einmal meine Unterlagen für die Uni ausgebreitet habe. Sonntag ist irgendwie der einzige Tag, an dem ich dazu komme, mich auf die Abendschule und die Uni vorzubereiten.

»Das hat doch nichts mit Mamasöhnchen zu tun«, sagt sie. »Wenn überhaupt warst du eh immer ein Papakind.

Guck mal, Vollzeit an der VHS zu arbeiten und nebenbei zu studieren ist doch bestimmt 'ne Menge Arbeit, oder etwa nicht? Was spricht denn dagegen, wenn die Oma und ich dir da unter die Arme greifen? Weißt du, so etwas machen Eltern schon mal. Und ich brauche dir ja nicht zu sagen, dass ich damit ohnehin ganz schön spät dran bin.«

Das ist wohl wahr, aber dass sie das einmal zugibt, hätte ich nicht erwartet. Denn während meiner gesamten Kindheit war meine Mutter nicht viel für mich da. Solange mein Vater noch gelebt hat, war das auch okay für mich. So war das halt. Die Rollenverteilung war anders bei uns: Sie hat das meiste Geld und war daher kaum da, während mein Vater zu Hause war. Damals hatte sie noch ihr eigenes Fotostudio in Köln, das ziemlich gut lief. Sie wurde von vielen Plattenfirmen gebucht und hatte ständig irgendwelche Musik-Acts zu fotografieren. Auch viele bekannte. Aber das ist eben kein Job von 8:00 bis 17:00 Uhr. Die Shootings gingen oft bis in die Nacht hinein. Mein Vater war Musiker. So haben sie sich kennengelernt. Sie hatte Papas alte Band fotografiert, die sich aber nach einem Album schon wieder aufgelöst hat. Bei diesem Shooting sind sie sich wohl nähergekommen und ein Jahr später, tätärätä, war ich da. Das Blöde ist nur, dass Papa eigentlich schon eine Frau und einen Sohn hatte, die beide in den USA auf ihn warteten. Aber mein Vater war so verrückt nach meiner Mutter, dass er für sie alles aufgegeben hat. Sowohl seine Familie in den USA als auch seine Musikkarriere. Ihretwegen ist er hier in Deutschland geblieben. Und meinetwegen. Das weiß ich. Deshalb war er in den Jahren nach meiner Geburt erst einmal nur als Studiomusiker tätig. Hat gelegentlich Jobs angenommen für maximal ein bis zwei Tage. In der Zeit war ich dann bei der Oma. Als ich langsam älter wurde, hat er wieder ein bisschen mehr gearbeitet und manchmal Live-Gigs angenommen.

Aber nach seinem Tod hat meine Mutter einfach weitergemacht wie immer. Ein Shooting nach dem nächsten. Im Grunde jeden Tag, außer Samstag und Sonntag. Da hat sie mich dann einfach zur Oma abgeschoben. Sie musste ja »Geld verdienen«. Komisch nur, dass sie inzwischen einen Fotoladen hier in Brühl hat. Kein Studio für die Stars wie das in Köln. Die Aufträge der Plattenfirmen blieben irgendwann weg. Da war ich aber schon mit dem Gymnasium fast fertig. Auf einmal ist das möglich, was damals nicht möglich war. Ein ganz normales Fotostudio in einer Kleinstadt. In der Stadt, in der ich auch wohne. Und auch damals gewohnt habe.

Meine Mutter sieht mich an.

Ich weiß nicht, was ich antworten soll. Vielleicht: *Stimmt! Damals hättest du dich mal um mich kümmern sollen, als ich Papa verloren habe und damit nicht klarkam. Aber du hattest ja Besseres zu tun und musstest Karriere machen.* Aber Vorwürfe mache ich ihr bereits seit mehr als fünfzehn Jahre. Irgendwann muss auch mal Schluss sein. Vielleicht ist heute dieser Tag.

»Na gut«, sage ich schließlich nach einer wahrscheinlich viel zu langen Pause.

Bevor ich aber mehr sagen kann, unterbricht sie mich: »Timo, es tut mir leid. Weißt du, ich habe heute viel über uns beide nachgedacht, über unser Verhältnis, und ich weiß, das war nie besonders großartig. Und ich weiß auch, dass das meine Schuld ist, weil ich damals nicht für dich da war.«

Ich habe einen Kloß im Hals.

»Ist okay«, würge ich hervor, bemüht, nicht wieder solch eine Pause entstehen zu lassen.

Aber da sie auch nichts mehr sagt, schweigen wir uns wieder an.

»Ich kümmere mich dann mal um den Kühlschrank«, sagt sie schließlich und geht in die Küche.

Als sie später weg ist, versuche ich mich an dem Essay für die Kaltwasser. Aber so wirklich konzentrieren kann ich mich nicht. Ich muss über das nachdenken, was meine Mutter gesagt hat. Und dann wandern meine Gedanken viel zu oft zum gestrigen Abend. Ich hatte schon bessere Dates. Und sie wahrscheinlich ebenso. Geschrieben hat sie bisher noch nicht. Ich allerdings auch nicht. Vielleicht wartet sie, dass ich mich zuerst melde. Als emanzipierte Frau könnte sie den Anfang machen, andererseits schaut sie *Germany's Next Topmodel* – vielleicht ist es dann mit der Emanzipation doch nicht so weit her?

Ach, was soll's? Ich nehme mein Handy und schreibe:

schön war's gestern. ich würde mich freuen, wenn wir das wiederholen.

Jetzt ist sie am Zug!

Ich widme mich wieder meinem Paper. Muss allerdings immer wieder recherchieren. Vor allem kann ich mich nicht zu einer eindeutigen Meinung durchringen. Ein kleiner Ton reißt mich aus meinen Gedanken. Mein Handy meldet eine Nachricht. Ich greife hin. Sophie hat geschrieben.

Ich fand es ebenfalls ganz nett. So als Freunde. Mehr allerdings auch nicht. Ich dachte, ich bin so fair und sage das ohne Umschweife. Schon wegen des Altersunterschieds. Außerdem gibt es da noch jemand anderen. Sorry, das hätte ich vielleicht vorher sagen sollen.

Gruß, Sophie

Fassungslos lege ich das Handy wieder auf den Tisch. Was für eine Abfuhr! Und dann einfach so per Handy. Hätte sie nicht gestern etwas sagen können? Und wieso hat sie dem Date überhaupt zugestimmt, wenn sie sich mit jemand anderem trifft? Ich verstehe das nicht! Es war doch klar, dass das ein Date war und keine Lerngruppe oder sonst was.

Da soll noch mal einer die Frauen verstehen!

Und was soll das mit dem Altersunterschied? Ich bin gerade einmal fünf Jahre älter als sie. Es ist ja nicht so, als wäre ich Michael Douglas und sie Catherine Zeta-Jones.

Mein Handy klingelt. Aha, wenigstens ein paar persönliche Worte. Das ist ja wohl auch das Mindeste. Es ist allerdings Amadeus, der anruft.

Ich gehe dran.

»Timo, altes Haus! Alles klar?«

»Alles bestens«, lüge ich.

»Was macht die Uni?«

»Ich muss noch so einen blöden Aufsatz schreiben, der morgen fällig ist. Ansonsten aber okay.«

»Ah, gut! Dann will ich dich auch nicht lange abhalten, aber ich habe mir jetzt mal deine Sophie auf YouTube angesehen. Mensch, die sieht ja wirklich Hammer aus!«

»Ja, ähm, so toll finde ich sie inzwischen nicht mehr.«

»Wieso? War was?«

»Nee«, sage ich, »einfach nur so. Die ist etwas oberflächlich.«

»Na, immerhin scheint sie belesen zu sein. Ich habe mir zwei Videos von ihr angeschaut. Die macht das schon ganz gut.«

»Ja, stimmt.«

»Ist wirklich alles okay?«, will Amadeus wissen.

»Ähm, klar, ich mache mir nur ein wenig Sorgen wegen des Aufsatzes, den ich noch fertigstellen muss.«

»Na, dann will ich dich nicht länger aufhalten! Meld dich, wenn du wieder was mehr Luft hast.«

»Mach ich.«

»Ach, und Timo. Vergiss nicht, deine Mutter anzurufen. Heute ist Muttertag.«

22. Sport und Onlinestatus

Montagmorgen. Wieder mal.

Es ist jetzt zwei Wochen her, dass Sophie mich abserviert hat. Seitdem funktioniere ich nur noch. Neben Uni, Lernen und Abendschule bleibt da zum Glück ohnehin nicht viel Zeit übrig. Die restliche Zeit, die noch frei war, habe ich seitdem mit Sport gefüllt. Noch an dem Sonntag, als Sophie mir ihre *Mehr allerdings auch nicht*-Nachricht geschickt hat, habe ich mich im Fitnessstudio angemeldet. Zum Glück ist eines nur einen Kilometer von hier entfernt. Den Weg bis dahin verbuche ich schon mal unter Cardio. Und dort kann ich mich dann richtig auspowern, bis aller Frust weggepumpt ist.

Ich wollte mich ohnehin schon immer im Fitnessstudio anmelden. Als ich noch mit Cleo zusammen war, habe ich immer versucht, dass wir das zusammen machen. Wollte sie dann aber doch nie. Allein hatte ich keine Lust. Jetzt frage ich mich, wieso nicht. Aber vielleicht gibt es für alles die richtige Zeit. Und momentan bewahrt mich der Sport davor, nicht durchzudrehen. Da kann ich so richtig abschalten und denke nicht an die Schule und an die nervige Barbara. Da mache ich mir keine Sorgen, wie es finanziell weitergeht. Da denke ich nicht darüber nach, ob ich gegebenenfalls nächstes Semester noch an der Abendschule arbeiten kann, weil Barbaras Freundin die Aushilfsstelle bekommt. Da rennen mir keine Fachbegriffe im Kopf herum, die ich möglicherweise wieder vergessen könnte. Da mache ich mir keine Sorgen um das dämliche Auslandssemester, das mir noch bevorsteht. Da denke ich nicht darüber nach, wieso Lennart in den letzten zwei Wochen so komisch ist, dass er ständig blau macht und mich allein in der Uni sitzen lässt. Und da denke ich nicht an Sophie und diesen ominösen Jemand, den sie angeblich datet. Immerhin hat sie sich von uns losgesagt, sodass ich ihr gar nicht erst aus dem Weg gehen musste. Lennart hat auch keine großen Fragen gestellt.

Im Studio kann ich mich voll und ganz auf das Training konzentrieren. Auf die Wiederholungen. Zähle die Sätze. Achte auf meine Haltung. Und höre Musik über mein Handy, denn die Mucke im Studio kann ich nicht ertragen.

Mein Handy piepst. Klar, wieder eine Nachricht von Lennart. Ich brauche fast gar nicht draufklicken. Ich weiß jetzt schon, dass er sich wieder ›krankmeldet‹.

ey. fühle mich irgendwie funky. komme heute nicht.
unterschreibste für mich bei dieter?

In den letzten Wochen nimmt seine Fehlerei wirklich Überhand. Ich antworte:

du denkst dran, dass nächste woche midterms sind?
wie willst du das packen, wenn du so viel fehlst?

Da die Greenberg sehr amerikanisiert ist, gibt es dort Midterms, also eine Woche, in der in allen Seminaren Zwischentests geschrieben werden, die aber teilweise bis zu vierzig Prozent in die Endnote einfließen. Ironischerweise sind sie nicht mitten im Semester. Die Mitte ist nämlich schon längst überschritten.

ey, du lässt mich doch nicht hängen, oda?

Ich seufze. Und tippe:

nein. natürlich nicht. ich weiß aber nicht, ob das mit dem unterschreiben bei dieter klappt. du weißt, wie wenige wir da sind.

Immerhin hat Lennart bisher erst einmal montags gefehlt. Bei der Kaltwasser ist Unterschreiben eh nicht möglich. Wenn er jetzt nicht mehr fehlt, könnte er das Semester immer noch schaffen. Vorausgesetzt, er besteht die beiden Tests. Ich weiß ja nicht mal, ob ich das alles schaffen werde.

In manchen Kursen hat er schon so oft gefehlt, dass ihm nur noch der Weg zu Doctor Holiday übrig blieb.

Doc|tor Ho|li|day *m.; Gen. -s;* eine Ärztin oder ein Arzt, die/der bekannt dafür ist, schnell Krankmeldungen auszustellen

Den Dozenten hat er irgendetwas von chronischer Krankheit verzapft, und damit war es gut.

Da die Bahn wieder mal kurz hinter Efferen hängen bleibt, bin ich knapp dran. Um bloß nicht nach der Kaltwasser einzutreffen, renne ich das letzte Stück den Gottesweg entlang.

Abgehetzt komme ich in R19 an und muss feststellen, dass fast alle Plätze besetzt sind. Ich möchte mich gerade irgendwo hinsetzen, als die Studentin daneben sagt: »Sorry, ich halte hier frei.«

Fast möchte ich schon sagen: *Ja, tut mir auch leid, aber ich habe hier letzten Freitag schon mein Handtuch ausgebreitet, und du weißt ja: Handtuch trumpft Studentin.* Aber ich lasse es einfach. Ich drehe mich um und sehe Hannah drei Reihen weiter hinten sitzen. Neben ihr ist noch ein Platz frei.

Sie wirft mir ein zugekniffenes Lächeln zu. Ich lächle zurück und gehe zu ihr.

»Darf ich?«, frage ich.

»Klar.«

Während des Seminars reden wir nicht wirklich viel. Dafür bekommen wir unsere Aufsätze zurück. Das Urteil für meinen fällt katastrophal aus. Was Hannah für ihren Aufsatz bekommen hat, kann ich nicht sehen, da sie nur kurz hineinschaut und ihn direkt wegpackt.

Als das Seminar vorbei ist, zögere ich kurz, ob ich sie fragen soll, dass wir zusammen in die Mensa gehen. Ich bin mir aber nicht sicher, ob ihr das recht ist.

Bevor ich zu Ende überlegt habe, fragt sie allerdings schon: »Sollen wir zusammen etwas frühstücken?«

»Gern«, sage ich und sehe, wie sich ein Lächeln auf ihrem Gesicht ausbreitet.

Sie hat wieder irgendwelche Wraps dabei, in die sie Kresse, Kohl und Sprossen gewickelt hat. Es könnten aber auch Teppichfasern sein. Zum Glück hat sie nicht genug Fremdproviant eingepackt, sodass ich mir ruhigen Gewissens ein Brötchen kaufen kann.

»Wie läuft das Studium?«, frage ich, als wir schließlich sitzen.

»Ganz okay. Und bei dir?«

»Auch.«

Eine Pause entsteht. Zum Glück ist es in der Mensa so laut, dass eine Pause noch lange nicht so ins Gewicht fällt wie vielleicht an anderen Orten.

»Ist Lennart heute nicht da?«

Ich schüttele den Kopf.

»Krank?«, fragt sie mit einem ironischen Tonfall. Wir beide wissen, dass man dieses Wort in Lennarts Fall auf zwei Weisen aussprechen kann. *Krank* wie in *wirklich krank* und *krank* wie in *Och, heute nehme ich mir mal frei.*

Ich lache. »Yep, genau.«

»Klappt das denn zwischen euch noch?«, will sie wissen.

»Ja, schon«, sage ich. Natürlich finde ich es blöd, dass er in letzter Zeit so oft blaumacht und ich dann hier allein hocke, aber ich kann ihn ja nicht zwingen, in die Uni zu kommen. Er muss selbst wissen, was er macht.

»Du kennst ihn ja«, füge ich hinzu. »Ich muss öfter für ihn unterschreiben, aber es ist schon was wert, wenn man jemanden hat, mit dem man den Irrsinn hier zusammen durchstehen kann.«

»Und die Sache mit Sophie steht nicht zwischen euch?«

»Welche Sache?«, frage ich verwundert.

Hannah sieht aus, als habe sie gerade gemerkt, dass sie zu Hause den Herd angelassen hat.

»Öhm, nichts. Ich meine … öhm … dass du sie magst und so«, stammelt Hannah.

»Wieso sollte das zwischen uns stehen?«

»Ach, nichts. Ich rede gerade Quatsch. Vergiss es einfach!«

Ich lege mein Brötchen aus der Hand und schaue sie an. »Hannah, was ist los?«

»Nichts. Ich dachte nur, dass Lennart und Sophie jetzt zusammen sind«, sagt sie. Dann fügt sie noch leise hinzu: »Und ich dachte, dass du das weißt.«

»Wie kommst du denn darauf?«

»Weil ich sie gesehen habe«, gibt Hannah kleinlaut zurück. Man sieht, dass ihr die Unterhaltung unangenehm ist.

»Was hast du gesehen?«

»Lennart und Sophie. Zusammen.«

»In der Uni oder was?«

»In der Stadt.«

»Ja, kann ja sein, dass sie sich da getroffen haben. Durch Zufall oder so.«

»Ja, stimmt. Das war bestimmt Zufall«, stimmt Hannah mir sarkastisch zu. »Also seine Zunge in ihrem Mund. Bestimmt Zufall. Seine Hände auf ihrem Hintern. Bestimmt Zufall. So *50 Shades of Gray*-mäßig. Bestimmt Zufall.«

Was sagt sie da?

»Bist du dir sicher?«, frage ich noch einmal nach.

Sie nickt.

»Wie sicher?«

»Sehr sicher. Tut mir leid, ich dachte, du wüsstest von den beiden.«

Mir ist sofort klar, dass Hannah die Wahrheit sagt. Sie ist nicht der Typ Mensch, der sich so etwas ausdenken würde, um mir wehzutun oder so. Ich sehe in ihrem Gesicht, dass sie mir das wirklich nicht sagen wollte.

»Wann war das?«

»Ich weiß nicht mehr. Ist schon etwas her.«

Ich stehe auf.

»Ich muss weg«, sage ich hektisch.

Dann laufe ich erst einmal raus auf den Campus. Und weiter den Gottesweg entlang. Aber nicht in Richtung Bahnhaltestelle. Einfach den Kopf freikriegen.

Irgendwann nehme ich mein Handy und rufe Lennart an. Er hebt nicht ab. Dann texte ich ihm über WhatsApp.

habe gerade mit hannah gesprochen, die gesagt hat,
dass sie dich und sophie in der stadt gesehen hat.
küssend. das ist ein joke, oder?

Nach wenigen Sekunden verwandelt sich Lennarts Status in online. Die Nachricht erhält einen zweiten Haken. Dann ändert sich sein Status wieder in zul. online heute um 10:58.

Ich fasse es nicht! Was für ein mieser Verräter – und rückgratlos dazu!

Ich weiß nicht einmal, auf wen ich wütender sein soll: auf Lennart oder auf Sophie? Beide haben mir verschwiegen, dass sie zusammen sind. Wenn sie das denn tatsächlich sind, aber Lennarts Schweigen spricht Bände. Und selbst wenn sie nicht wirklich ein Paar sind, scheint doch immerhin irgendetwas zwischen den beiden zu laufen.

Ich frage mich, was Sophie bitte an diesem minderbemittelten Vogel findet, der nicht einmal in der Lage ist, ein paar simple Fachtexte zu verstehen? Vor allem verstehe ich nicht, wieso Sophie einem Date mit mir zugestimmt hat, wenn sie da bereits etwas mit Lennart laufen hatte – meinem besten Kumpel an der Uni! Das ist doch einfach nur krank! Krank, krank, krank!

23. Dreizehn und zweiundvierzig

Meine Laune ist im Keller. Ach, was sage ich: Meine Laune ist in der Tiefgarage, in der Kanalisation, in der … Was liegt eigentlich noch unterhalb der Kanalisation?

Na, egal, jedenfalls bin ich ganz schön versalzen.

ver|sal|zen *(Adj.);* (Jargon) schlecht gelaunt

Lennart, die alte Memme, hat auf meine Nachricht nicht reagiert. Braucht er auch nicht. Seit Montag war er nicht mehr an der Uni. Vielleicht greift mein Schicksal in den Glückstopf, und er kommt gar nicht mehr.

Da heute Christi Himmelfahrt ist, beschließe ich, die Extrazeit zu nutzen, und mache mich schon direkt früh morgens auf ins Fitnessstudio. Dort laufe ich zuerst dreißig Minuten, mache Kniebeugen und Reverse Flys mit Kurzhanteln, dann Klimmzüge, später ausführlich Bankdrücken, zuerst ganz normal mit Langhanteln, dann mit angewinkelter Bank. Ganz zum Schluss geht es noch an die Beinpresse.

Natürlich weiß ich, welcher Tag heute ist, aber das versuche ich, so lange es geht, zu verdrängen, und das funktioniert beim Sport ausgesprochen gut.

Heute ist Vatertag. Daran braucht mich niemand zu erinnern. Weder meine Mutter, was sie im Übrigen sowieso nie tut, noch meine Oma oder sonst wer. Schon allein, weil

Vatertag hier in Nordrhein-Westfalen unmittelbar mit Christi Himmelfahrt verknüpft ist.

Deshalb gibt es keine Möglichkeit, meine Gedanken von diesem Tag abzulenken. Und so habe ich mir schon früh angewöhnt, hieraus ein Ritual für mich zu machen. Denn ich habe festgestellt, dass Verdrängen keinen Sinn macht. Und deshalb setze ich mich am Vatertag, meist abends, ganz bewusst mit meinem Dad auseinander. Mit dem Schmerz, der in all den Jahren immer weniger geworden, aber nie ganz weggegangen ist. Und ich weiß, das wird er auch nicht. Soll er auch nicht.

Einmal im Jahr möchte ich mich an meinen Vater ganz bewusst erinnern. Den Rest des Jahres verdränge ich das alles recht erfolgreich. Ich spreche selten über ihn, erzähle so gut wie nie und niemandem etwas. Meine Ex-Freundin Cleo zum Beispiel weiß im Grunde fast nichts über meinen Vater, außer dass er 2003 nach einem Auftritt in den Alpen bei einem Autounfall gestorben ist. Ich denke, sie könnte nicht einmal beantworten, wie alt ich war, als er starb, oder wie alt er war. Die Antwort wäre dreizehn und zweiundvierzig.

Mein Ritual sieht so aus, dass ich abends irgendwann die CD einlege, auf der sich das Lieblingslied meines Vaters befindet. Ein Lied, das außer mir niemand kennt. Zumindest niemand, den ich kenne. Daher ist es nur unser Lied. Ich habe letztens einmal recherchiert: Selbst bei Spotify, Apple Music oder Amazon bekommt man es nicht. Zumindest bei YouTube hat es aber jemand hochgeladen. Ich jedoch habe die CD hier. Papas CD.

The Best I Ever Was … so heißt das Lied. Von John Pagano. Ich weiß nicht, wie mein Vater auf diese CD gekommen ist. Wahrscheinlich kannte er irgendwen, der auf der Platte mitgewirkt hat.

Ich lege die CD ein und wähle Lied Nummer 11. Mein Vater hat dieses Lied geliebt. Abgöttisch geliebt! Er hat es immer mitgesungen, und ich fand, er konnte super singen. Er stritt das immer ab. Vielleicht, weil er das mehr aus Sicht eines Profimusikers sah, der schon mit vielen talentierten Menschen zusammengearbeitet hat.

Ich weiß nicht, was der Text für ihn bedeutet hat, aber ich weiß, was er mir bedeutet. Im Grunde könnte er das Verhältnis, das ich zu meinem Vater hatte, nicht besser beschreiben. Und vor allem die Zeit danach. Die Zeit ohne ihn. »Guess I gave up trying to be the best I can be« heißt es da. *Ich vermute, ich habe aufgehört zu versuchen, der Beste zu sein, der ich sein kann.* Nach dem Tod meines Vaters konnte ich einfach nicht mehr. Ich konnte nicht mehr für die Schule lernen. Es ging einfach nicht mehr. Weil es so sehr mit meinem Vater verknüpft war, der immer wollte, dass ich mich in der Schule anstrenge. Was ich schon gemacht habe. Für ihn. Es ist fast so, als ob ich seine Bestätigung gebraucht hätte. Vielleicht habe ich das auch.

Das schöne Instrumental mit der E-Gitarre in der Mitte des Songs ertönt. Gefolgt von der Zeile: »All that I was good for, was being good to you« – *das Einzige, für das ich gut war, war gut zu dir zu sein.* Ich stoße einen lauten Seufzer aus, und dann breche ich ab. Ich kann nicht mehr. So, wie ich damals nicht mehr konnte. Nach seinem Tod. Ich konnte nicht für die Schule lernen. Konnte nicht nett zu Leuten sein. Nicht zu meiner Mutter. Nicht zu meinen Lehrern. Nur zur Oma, denn die war immer da. Diese eine Zeile fasst mein ganzes Leben so präzise zusammen. Und auch jetzt, mehr als fünfzehn Jahre nach seinem Tod, glaube ich, dass ich so viele Dinge geschafft hätte, wenn er noch da wäre. Wenn er noch an mich glauben würde.

Dann wäre ich in der Schule nicht so abgesackt. Dann wäre ich in der neunten Klasse nicht sitzen geblieben. Dann hätte ich die meisten meiner Freunde nicht verloren, weil die auf einmal eine Stufe über mir waren. Dann hätte ich ein besseres Abitur gemacht. Nicht nur mit Ach und Krach bestanden. Dann hätte ich nicht etliche Jahre warten müssen, bis ich endlich mit diesen beschissenen Noten studieren konnte. Dann hätte ich nach dem Abi nicht drei Jahre lang herumgegammelt, außer Nachhilfe in Englisch zu geben. Dann hätte ich mein Studium vielleicht beim ersten Anlauf schon erfolgreich geschafft. Dann hätte ich nicht fünf Jahre lang in diesem dämlichen Callcenter gearbeitet. Dann würde ich jetzt eventuell schon als Lehrer arbeiten und hätte eine Familie. Dann hätte ich seiner Zeit nicht versucht, Kontakt zu meinem Halbbruder in den USA aufzunehmen, und hätte mir nicht anhören müssen, was für ein fucking bastard ich bin. Dass meinetwegen seine ganze Familie in die Brüche gegangen ist und dass ich mich niemals mehr melden soll. In meinem ganzen Leben habe ich nie wieder so viel Hass gespürt wie in diesem Telefonat.

Stattdessen bin ich Einzelkind, neunundzwanzig Jahre alt und habe gerade erst mein erstes Semester begonnen. Und das schon jetzt wenig erfolgreich. Das Seminar beim Krüger habe ich versemmelt, und von der Kaltwasser habe ich es rot auf weiß, wie »dilettantisch« meine schriftliche Ausarbeitung war. Ich bin Single. Habe eine schlechte Beziehung zu meiner Mutter. Habe an der Uni kaum Anschluss gefunden und weiß nicht, wie es finanziell in den kommenden Monaten und Jahren weitergehen soll.

Wäre er nicht verstorben, wäre mein Leben anders verlaufen. Dessen bin ich mir sicher.

Die ersten Jahre direkt nach seinem Tod waren die

schlimmsten. Irgendwann wurde es besser. Ein bisschen. Außer an Weihnachten. Und am Geburtstag. Und am Vatertag natürlich.

Aber jetzt ist das schon viele Jahre her. Jetzt überwiegen die schönen Erinnerungen und kaum noch der Schmerz. Jetzt erinnere ich mich zum Beispiel daran, wie er mich einmal überraschend von der Schule abgeholt hat und wir zwei Tage ins Eurodisney gefahren sind. Einfach so übers Wochenende. Oder wie wir in der Videothek waren und ich mir immer aussuchen durfte, welchen Film wir abends geguckt haben, wenn meine Mutter länger arbeiten musste. Oder wie wir zusammen Musik gehört haben. Das konnten wir stundenlang. Oder Dr. Seuss-Bücher gelesen haben, meistens *Fox in Socks* – und dann haben wir geschaut, wer die ganzen Zungenbrecher schneller aufsagen kann. Oder wie er mit mir Hausaufgaben gemacht hat. Oder mit zum Elternsprechtag zu meiner Englischlehrerin Frau Schmitz gekommen ist und sie Englisch mit ihm reden musste. Er hat mir danach gesagt, er verstehe jetzt endlich, was ich meine. Denn ihre Aussprache war ganz schön gruselig.

Immer hat er an mich geglaubt. Daran, dass ich alles schaffe. Auch wenn dem nicht so war. Aber schon zu wissen, dass er hinter mir stand, hat schon ausgereicht.

Und während ich so hier sitze und mich an meinen Vater erinnere, ist mir völlig klar, wie es für mich weitergeht. Wieso musste erst wieder Vatertag kommen, bis mir das klar ist? Ich werde dieses Studium natürlich schaffen! Für ihn. Und für mich. So schnell und so gut wie nur möglich!

Ich werde mich so sehr anstrengen, wie ich mich in meinem ganzen Leben noch nicht angestrengt habe. Die Kaltwasser soll später einmal meinen Namen kennen. Und sie soll sagen: *So jemanden wie den Herrn Seidel hatten wir hier nicht oft.* Und ich werde meinen Abschluss machen. Und er wird besser sein als der von Sophie. Und besser als der von Lennart.

Anfangen werde ich damit, dass ich meinen Stolz herunterschlucke und am Dienstag zum Krüger gehe. Für dieses Semester ist die Sache zwar gelaufen, aber ich möchte, dass im nächsten Semester nichts mehr zwischen uns steht. Und wenn das bedeutet, ihm in den Allerwertesten zu kriechen, dann ist das so.

Denn für Papa würde ich alles machen.

24. Deckenstuck und Lüttich

Ich blättere durch die Kontakte meines Handys. Es wird Zeit, hier einmal aufzuräumen. Sophies Nummer lösche ich. Ebenso Lennarts. Ich scrolle wieder nach oben. Da! Da steht sie wirklich: *Daniela Klinger.*

Ob ich sie wirklich anrufen soll? Wieso eigentlich nicht? Wenn ich von Anfang an mit offenen Karten spiele, spricht doch nichts dagegen.

Also klicke ich auf ihre Nummer. Es tutet zwei- oder dreimal, dann geht sie dran.

»Klinger?«, meldet sie sich, und in ihrer Stimmte schwingt ein deutliches Fragezeichen mit. Logisch, sie hat ja auch meine Nummer nicht und daher keine Ahnung, wer anruft.

»Ja, hallo. Hier ist Timo. Timo Seidel.« Ich will noch gerade hinzufügen *vom Gymnasium*, da unterbricht sie mich auch schon.

»Timo!«, ruft sie hörbar erfreut. »Wie schön, dass du dich meldest!«

»Ähm, ja, also«, sage ich, »du hattest ja gefragt, ob wir uns mal treffen können, und dazu hätte ich echt Lust.«

Ich bin mir immer noch nicht ganz sicher, ob Lennart mit seiner Vermutung recht hatte und Daniela tatsächlich auf eine Bettgeschichte aus ist. Ich hätte jedenfalls nichts dagegen.

»Ja, cool. Ich freu mich!«

Wir vereinbaren direkt für heute Abend etwas. Sie fragt, ob ich sie in Köln abholen kann. Ich sage, das sei kein Problem, da ich allerdings unbeautot bin, müssen wir von dort aus zu Fuß irgendwohin gehen. Da sie in der Innenstadt wohnt, dürfte das kein Thema sein. Sie bietet zwar noch an, zu mir zu kommen, beziehungsweise mich abzuholen, aber die Erinnerungen an Dates bei mir zu Hause sind mir doch etwas zu frisch.

un|be|au|tot *(Adj.);* ohne Auto

Um kurz nach acht – ich habe extra nicht sieben Uhr gewählt, denn auch diese Uhrzeit ist für mich datemäßig derzeit verhext – stehe ich fast pünktlich, das heißt, ein paar Minuten zu früh, vor dem doch beeindruckenden Mehrfamilienhaus auf der Lütticher Straße, in dem sie wohnt.

Freudestrahlend empfängt sie mich im zweiten Stock. Irgendwie verläuft alles gegensätzlich zu meinem Date mit Sophie. Daniela begrüßt mich mit einem Kompliment, das ich selbstverständlich erwidere (sie trägt ein weißes Sommerkleid). Ich bestaune ihre Wohnung (die wirklich toll eingerichtet ist), bevor wir aufbrechen, um auswärts zu essen.

»Ich habe in keinem Restaurant reserviert«, sagt sie, als wir die Lütticher Straße entlangschlendern, »aber es gibt hier in der Umgebung ja genügend Restaurants zur Auswahl. Schon allein hier im Belgischen Viertel. Schauen wir einfach mal, wo es uns hin verschlägt, oder?«

»Ich vertraue da ganz auf dein Urteil. Du kennst dich hier besser aus«, entgegne ich.

Es sind gute neunundzwanzig Grad draußen, und die Stadt sieht herrlich aus.

»Mensch, schön, dass wir uns nach so langer Zeit wiedersehen. Damals war ich ja mit Markus zusammen. Erinnerst du dich noch an den?«

»Markus Heinrich, ja, klar. Was macht der eigentlich?«

»Was weiß ich!«, winkt sie ab. »Wir haben uns kurz nach der Abizeit getrennt.«

Okay, wieso bringt sie ihn dann zur Sprache? Ich interpretiere ihren letzten Satz so, dass sie mir im Grunde nur sagen wollte, dass sie damals in festen Händen war. Daher lasse ich einfach waghalsig anklingen: »Also, weißt du, ein Kommilitone von mir hatte ja den Verdacht, dass du mich nur für eine Bettgeschichte treffen wolltest. Aber du hast ihn ja kennengelernt. Der lebt, was das angeht, ein bisschen in seiner eigenen Welt.«

»Nö, da hatte der schon recht«, entgegnet sie frei von der Leber.

»Okay«, sage ich ein wenig überrascht und bleibe stehen. »Aber ich will dir da nichts vormachen, also ich bin momentan nicht auf der Suche nach einer Beziehung oder so, sondern …«

»Ich auch nicht«, unterbricht sie mich.

»Wie? Du meinst, du möchtest einfach nur Sex. Einfach so?«

»Genau. Einfach so.«

»Einfach so«, wiederhole ich ein wenig sprachlos.

»Was meinst du? Müssen wir dann überhaupt noch etwas essen gehen?«, fragt sie kess.

Ich packe sie an den Schultern und drehe sie um hundertachtzig Grad.

»Meinetwegen nicht!«

Später liegen wir erschöpft in Danielas Bett. Wie gesagt, alles ist doch ein wenig anders als letzten Samstag. Wer braucht schon diese dämliche Sophie?

»Das können wir gern wiederholen«, schlägt Daniela vor.

»Ich habe auch nichts dagegen!«, sekundiere ich.

se|kun|die|ren *(Verb);* (bildungssprachl.) zustimmend wiederholen, besonders wenn einem situationsbedingt keine kreative Kommunikation möglich ist

Wer hätte das schon?

»Und wenn einer von uns beiden irgendwann jemanden treffen sollte, bei dem oder bei der es ernster wird, sagen wir dem anderen einfach Bescheid. Was meinst du?«

»Okay!«, sage ich begeistert, während ich immer noch in Danielas Bett liege und an die hohe Zimmerdecke mit Stuck blicke. Über dem Bett hängt eine moderne Lampe mit LEDs, die nicht ganz in die ansonsten antik anmutende Wohnung passt. So wie ich. Und trotzdem bin ich hier. Und die Lampe auch.

25. Midterms und Ergebnisse

Die Midterms beginnen. Es ist Montagmorgen.

Ich bin wahnsinnig nervös, weil ich nicht genug Zeit hatte, alles zu lernen. Es macht sich leider bemerkbar, dass ich zeitweise wegen Sophie und Lennart abgelenkt war. Oder es ist einfach nur zu viel gewesen. Jedenfalls muss ich Mut zur Lücke beweisen!

Als Erstes steht der Test bei der Kaltwasser an. Schlimmer könnte es also gar nicht losgehen.

Ich sitze in der Linie 18 und versuche, noch ein wenig zu lernen, soweit das bei der um mich herum stattfindenden Sprachapokalypse überhaupt möglich ist.

Sprach|apo|ka|lyp|se *f.; Gen. –; Pl. -n;* das Ende bzw. der Untergang einer Sprache in der Form, wie Menschen, die mit grammatischen Grundprinzipien vertraut sind, sie bisher gekannt haben

Prinzipiell habe ich mein Gehirn so akzeptiert, wie es ist, aber es wäre doch hilfreich, wenn ich es auch einfach mal abstellen könnte. Aber jedes Mal, wenn jemand *wegen mir* sagt, denke ich automatisch, dass es eigentlich *meinetwegen* heißen müsste. Sagt irgendwer *insofern, dass* … meldet mein Gehirn, dass es standardsprachlich eigentlich *insofern, als* … heißt. Ich kann es einfach nicht ausschalten. Der Knopf scheint an meinem Gehirn defekt zu sein.

Die letzten Meter zur Greenberg gehe ich im Kopf noch einmal durch, was möglicherweise im Test alles abgefragt werden könnte. Heute Morgen scheinen meine Gedanken immerhin ein bisschen sortierter als gestern Abend. Da hatte ich nur noch Matsch in der Birne.

Heute habe ich eine Bahn früher genommen, um ja nicht zu spät zu kommen. Deshalb komme ich überpünktlich in R19 an, der sich jedoch bereits gut füllt. Ich möchte mir gerade einen Sitzplatz suchen, als ich Lennart erblicke. Mister Teilzeitstudent himself.

Teil|zeit|stu|dent *m.; Gen. -en; Pl. -en;* jemand, der eine Hochschule nur gelegentlich besucht und sich ansonsten durch gefälschte Unterschriften oder Krankmeldungen vertreten lässt

Was will der hier? Gibt es nicht irgendein Arschlochsymposium, auf dem er momentan als Experte einen Vortrag halten sollte?

Unsere Blicke treffen sich. Er trägt eine Weste und Cordhose, die beide lächerlich aussehen. Damit will er wohl intellektueller erscheinen. Tut er nicht. Er sieht immer noch wie ein zwanzigjähriger Halbstarker aus, der sich heimlich mit der Angebeteten seines Kumpels trifft. Seitdem ich von ihm und Sophie weiß, haben wir uns nicht mehr gesehen. Freundschaft interruptus sozusagen. Ich mache schnell kehrt und suche mir einen Platz weiter hinten, bevor die alte Arschtrompete auch nur die Gelegenheit hat, mich vollzustottern. Das brauche ich jetzt am allerwenigsten.

Freund|schaft in|ter|rup|tus *f.; Gen. –;* eine Männerfreundschaft, die blitzartig und ohne Vorwarnung durch niederträchtigen Verrat beendet wird

Kurz darauf betritt auch Sophie den Raum. Sie blickt sich um, sieht Lennart und setzt sich neben ihn. Die beiden sind einander wahrhaftig ebenbürtig.

Der Test selbst ist schwer wie erwartet. Immerhin muss ich nur eine Frage unbeantwortet lassen, und bei den restlichen hoffe ich aufs Beste. Von hinten kann ich sehen, wie Lennart fleißig bei Sophie abschreibt.

Nach dem Test warte ich draußen auf dem Gang auf Hannah, die irgendwo weiter vorne saß.

»Hey!«, grüße ich sie.

Sie sieht gestresst aus.

»Hallo!«, grüßt sie zurück. »Wie lief es bei dir?«

»Ich kann's dir nicht sagen«, antworte ich ehrlich. »Und bei dir?«

»Genauso. Ich habe so viel für diesen Test gelernt und bin mir trotzdem nur bei maximal fünfzig Prozent der Antworten sicher, dass sie richtig sind. Ich hoffe einfach, dass es reicht. Ich muss diesen Kurs unbedingt bestehen!«

»Es gibt ja noch den Abschlusstest«, versuche ich ein paar tröstende Worte zu finden.

Hannah verdreht die Augen. »Der wird bestimmt noch schwieriger!«

»Mensa?«, frage ich.

In Dieters Seminar hält Lennart sich an eines seiner Groupies. Bevor es losgeht, schmiert er der Lady ordentlich Honig ums Maul und macht ihr jedes *hassenichgesehene* Kompliment, beispielsweise, wie »sexy« sie in diesen Hotpants aussieht. Ich könnte im Strahl kotzen!

Während des Tests hängt er dann halb über ihren Blättern, sodass selbst Dieter sich dazu hinreißen lässt zu erwähnen, dass dies »keine Gruppenarbeit« ist. Aber Lennart lässt sich davon nicht beirren und schreibt weiterhin dreist ab. Dieter scheint es nicht zu kümmern, wie das eben so ist bei ihm. Alles ganz chillig. Chilli Cheese chillig.

Dienstagmorgen.

Auch wenn es mir schwerfällt, suche ich um 11:30 Uhr R34 auf. Der Krüger steht vorne am Pult und sammelt gerade die letzten Tests ein. Es dauert eine Weile, bis alle Studenten weg sind und er mich erblickt. Sein Gesicht verfinstert sich sofort.

»Herr Seidel!«, ruft er, fast schon ermahnend.

»Guten Morgen, Herr Doktor Krüger«, bringe ich, wie einstudiert, hervor. »Haben Sie kurz Zeit?«

Er mustert mich von Kopf bis Fuß. Dann atmet er laut und tief ein. »Ich glaube kaum, dass wir noch etwas zu besprechen haben.«

Mit dieser Aussage packt er die Tests in eine Tasche und macht Anstalten zu gehen.

»Ich wollte mich bei Ihnen entschuldigen!«, sage ich schnell.

Er hält inne, und ein Lächeln voller Genugtuung breitet sich auf seinem Gesicht aus.

Reiß dich zusammen, Timo. Du weißt, für wen du das alles hier machst!

Das restliche Gespräch verläuft ähnlich anstrengend, dennoch versichert er mir »Tabula rasa« (seine Worte).

Wegen des Gesprächs mit dem Krüger komme ich fast zu spät zum Lyrikseminar. Lennart und Sophie hocken bereits irgendwo hinten in der Ecke. Da erhofft er sich wahrscheinlich, am ungestörtesten schummeln zu können. Zu meiner Überraschung hat Hannah mir einen Platz freigehalten. Ich würde mich freuen, wenn das bedeutet, dass wir künftig wieder mehr Zeit zusammen verbringen können.

Das Glück steht zumindest bei diesem Test auf meiner Seite, denn wir sollen *Terzinen über Vergänglichkeit* von Hugo von Hofmannsthal analysieren. Das Gedicht hatte ich am Sonntag noch vor mir und habe mir kurz eine Interpretation angesehen. Deshalb weiß ich zumindest inhaltlich, worum es geht.

Da Hannah recht verzweifelt auf ihr Blatt schaut, schiebe ich meine Notizen ein wenig in ihre Richtung. Dankbar zieht sie es etwas näher an sich heran und schreibt einige meiner Stichwörter ab. Froh scheint sie vor allem über den Hinweis, dass eine Terzine eine italienische Gedichtform mit drei Versen ist. Hätte ich das gestern nicht zufälligerweise gelesen, wüsste ich das auch im Leben nicht.

Ich werfe einen kurzen Blick nach hinten und sehe, wie Sophie fleißig schreibt. Ich wüsste ja nur zu gern, ob sie mit dem Gedicht zurechtkommt. Lennart hingegen scheint sich wieder voll und ganz auf Sophies Ausarbeitung zu verlassen.

Ähnlich geht es im nächsten Seminar weiter, in dem er kurz vor Beginn mit einer Studentin flirtet, mit der er bislang noch nie gesprochen hat. Ich weiß nicht, wie er es schafft, ständig alle um den Finger zu wickeln, aber irgendwie gelingt es ihm erneut, dass er bei ihr abschreiben darf.

Der Knüller erwartet mich aber nicht bei den Midterms, sondern in der Abendschule.

Als ich am Sekretariat vorbeikomme, höre ich jemanden brüllen.

»In all den Jahren habe ich noch nie solch ein illoyales Verhalten erlebt!«

Ich kann die Stimme jedoch nicht zuordnen. Da es mich auch nichts angeht, gehe ich weiter in Richtung Lehrerzimmer, wo Helga regungslos im Türrahmen steht.

»Was ist los?«, frage ich.

»Psst!«, ermahnt sie mich, still zu sein.

Ach so, sie belauscht gerade die Auseinandersetzung im Sekretariat.

»Was ist denn los?«, flüstere ich.

»Psst!«, ermahnt Helga mich erneut.

Dabei hört man aus dem Sekretariat gar keine Stimmen mehr. Stattdessen wird dort offenbar die Tür aufgerissen, denn Helga zieht mich samt meinen drei Tupperdosen ins Lehrerzimmer. Dann hastet sie zu einem der Vierertische, nimmt sich einen Duden, der dort liegt, und tut so, als würde sie ganz konzentriert etwas nachschlagen. Derweil stehe ich immer noch völlig perplex vor der Tür des Lehrerzimmers.

»Komm da weg!«, raunzt Helga mir zu.

Von draußen hört man allerdings keinerlei Schritte.

»Da kommt niemand«, flüstere ich nun ebenfalls.

Auch Helga spitzt die Ohren, um zu hören, ob irgendwer naht. Aber es bleibt still. Also setze ich mich zu ihr.

»Kannst du mir jetzt endlich verraten, was los ist?«, frage ich erneut und fühle mich so langsam wie der ultimative Nixblicker.

Nix|blick|er *m.; Gen. -s; Pl. –;* jemand, der nicht in aktuelle dramatische Entwicklungen an seiner Arbeitsstelle eingeweiht ist

»Das waren Barbara und Frau Penner«, erklärt Helga mit gedämpfter Stimme.

Frau Penner? War sie diejenige, die gerade laut geworden ist? Seit fast einem Jahr arbeite ich jetzt hier, aber in all dieser Zeit habe ich Frau Penner fast noch nie schlecht gelaunt erlebt, geschweige denn, dass sie irgendwann einmal laut geworden wäre.

»Worum ging es?«, frage ich völlig verwundert.

»Ich habe auch nicht alles mitbekommen, aber so, wie es aussieht, hat Barbara wohl eine Dienstaufsichtsbeschwerde gegen Frau Penner eingereicht. Oder sich zumindest bei der Schulleitung in Leverkusen beschwert.«

»Bitte was?«

Die Frau macht wirklich vor nichts und niemandem halt.

»Weswegen?«

»Ich weiß nicht. Ich konnte ja nicht so nah hin. Und als ich dann deine Schritte gehört habe, bin ich wieder schnell hierher zurück. Es geht wohl auch irgendwie um dich.«

Ich bin fassungslos! »Dann geht es bestimmt um die Vertretungsstelle, die ihre Bekannte haben soll!«, mutmaße ich.

»Ja, kann sein, aber es hat auch irgendwas mit deinem Tampon-Spruch von damals zu tun.«

Oje, die Geschichte schon wieder! Das war irgendwann im August oder September letztes Jahr. Damals waren Barbara und ich schon aneinandergeraten, und Philomena hatte versucht, mich in meine Schranken zu weisen. Beziehungsweise offiziell wollte sie den Streit zwischen Barbara und mir schlichten, aber ich fand, sie wollte eigentlich noch einmal in dieselbe Kerbe hauen und mir zu verstehen geben, dass ich den Ball hier flach halten sollte. Dabei ist mir dann dieser blöde Spruch herausgerutscht, dass sie doch mal ihren Tampon wechseln gehen soll. Ich weiß, dass das total sexistisch war. Aus diesem Grund hat Frau Penner damals ziemlich eindringlich mit mir geredet und mir die Leviten gelesen. Nur hat sie das eben auf ihre Art gemacht, nämlich indem sie mich zu einer Lesung von Alice Schwarzer mitgenommen und mir anschließend bei McDonald's einen dreißigminütigen Vortrag über Frauenrechte gehalten hat. Wahrscheinlich eine viel effektivere Art und Weise, als einen Mitarbeiter einfach nur zurechtzuweisen. Denn dabei habe ich wirklich etwas gelernt, und inzwischen schäme ich mich wirklich für diesen dämlichen Kommentar.

»So ein Mist!«, sage ich konsterniert. Es stört mich, dass Frau Penner nun Ärger bekommen soll wegen einer Sache, die ich ausgefressen habe. »Hört das denn nie auf?«

»Was genau meinst du?«

»Barbaras Anfeindungen.«

Helga seufzt laut. »Ich weiß es auch nicht. Was diese Frau uns hier alle auf Trab hält, ist fast schon unzumutbar.«

Die restliche Woche sehe ich Frau Penner nur einmal kurz auf dem Gang, ansonsten meidet sie offensichtlich das Lehrerzimmer.

Barbara macht indessen einen zufriedenen Eindruck, aber weder Helga noch ich trauen uns, irgendwen zu fragen, ob sie wissen, was genau los ist.

Aufgrund des Prüfungsstresses an der Uni habe ich nicht einmal Zeit, mir groß Sorgen darüber zu machen, was es mit Barbaras Beschwerde auf sich hat. Die wenige Restzeit, die mir bleibt, verbringe ich damit, mich auf die Tests vorzubereiten.

Es ist ein wenig lästig, Captain Plagiat auf einmal in allen Seminaren sehen zu müssen. Aber klar, für die Midterms muss er sich natürlich her bewegen. Ob die Dozenten sich nicht fragen, wer der neue Student ist?

Cap|tain Pla|gi|at *m.; Gen. -s;* ein Superheld, der übermenschliche Eigenschaften im Bereich des Abschreibens bei Klausuren und Tests besitzt

Es ist Wochenende.

Die Ergebnisse der Tests trudeln nach und nach ein. Mit unserer Matrikelnummer können wir uns auf der Website der Greenberg einloggen und unsere Prozentwerte einsehen.

In den meisten Kursen habe ich nicht gerade mit Glanzleistungen abgeschnitten. Bei der Kaltwasser komme ich gerade einmal auf dreiundfünfzig Prozent – so gerade noch bestanden. Ironischerweise ist das auch die Zahl an Studierenden, die durchgefallen sind. Wahnsinn! Über die Hälfte.

Ich frage mich, wie die anderen abgeschnitten haben, bis mir einfällt, dass Lennart, Sophie, Hannah und ich unsere Matrikelnummern vor ein paar Wochen einmal ausgetauscht haben. Für den Fall, dass wir die Nummer der anderen einmal brauchen sollten. So ganz konnte ich mir damals zwar kein Szenario vorstellen, bei dem das einmal nötig sein sollte, aber Lennart meinte, es könnte nicht schaden.

In meinen Unterlagen suche ich den Zettel, auf dem ich die Nummern notiert habe. Es dauert gute fünf Minuten, aber schließlich finde ich ihn. Als Erstes versuche ich mich mit Lennarts Nummer einzuloggen. Ich fasse es nicht! Das funktioniert ja wirklich! Er hat vierundsechzig Prozent bei der Kaltwasser. Mehr als ich! Danach gebe ich Sophies Nummer ein. Unfassbar, sie hat zweiundneunzig Prozent. Sie scheint in diesen Sachen wirklich eine Überfliegerin zu sein. Auch in allen anderen Seminaren hat sie mit Bestnoten abgeschnitten.

Als Nächstes möchte ich Hannahs Nummer eingeben, habe dann aber doch ein paar Skrupel. Schließlich haben wir noch Kontakt und sehen uns fast jeden Tag in der Uni. Wenn sie mir sagen möchte, wie sie abgeschnitten hat, wird sie das schon tun.

Ich nehme mein Handy und schicke ihr eine Nachricht.

ergebnisse schon gecheckt? timo

Doch sie antwortet nicht.

Also begebe ich mich erst einmal zum Sport. Später fahre ich zu Daniela, die sich währenddessen gemeldet hat. Die Sache mit ihr ist wirklich unkompliziert. Sie meldet sich, wir treffen uns, haben Spaß, und das war's. Wieso kann nicht alles im Leben so einfach sein?

Erst als ich abends wieder zu Hause bin, meldet sich Hannah.

Sorry, ich war heute arbeiten und habe deine Nachricht jetzt erst gelesen. Ja, die Ergebnisse habe ich heute früh vor der Arbeit schon gesehen. Puh, wie aufregend! Zum Glück alles bestanden. Das ist die Hauptsache! Wie sieht es bei dir aus?

Da hat sie durchaus recht. Das Wichtigste ist, dass ich alle Kurse bestanden habe, dennoch muss ich mich in den kommenden Wochen mehr anstrengen, denn in manchen Seminaren war es wirklich knapp.

Ich antworte:

ebenso. zum glück alles bestanden. teilweise nur knapp. was hast du bei der Kaltwasser?

Hannah ist nun ebenfalls online. Ich warte, bis sie ihre Antwort zu Ende getippt hat.

82%. Und du? Sollen wir kurz telefonieren?

Wieso haben eigentlich alle besser bei der Kaltwasser abgeschnitten als ich? Na ja, abgesehen von den dreiundfünfzig Prozent, die durchgefallen sind.

Ich klicke oben rechts auf das Telefonhörersymbol.

»Dreiundfünfzig Prozent«, sage ich, als sie sich meldet.

»Oh, das war knapp!«

»Das kannst du laut sagen. Hast du gesehen, wie viele durchgefallen sind?«

»Ja, aber ganz ehrlich, ich dachte fast, es würden noch mehr sein.«

»Na ja, eine Durchfallquote von über fünfzig Prozent finde ich schon happig.«

»Das hatte sie ja schon angekündigt. Aber, sag mal, eigentlich wollte ich dich etwas anderes fragen. Du kannst auf jeden Fall Nein sagen, wenn du nicht möchtest. Kein Problem, okay? Du musst dich auch nicht dafür rechtfertigen.«

Jetzt bin ich aber neugierig.

»Worum geht's?«, frage ich.

»Wir müssen doch noch dieses dreitägige Praktikum in einer anderen Schulform absolvieren, und da hatte ich mir überlegt, ob es möglich ist, dich da zur Abendschule zu begleiten. Das wäre zeitlich für mich am günstigsten.«

»Klar«, sage ich spontan.

»Sicher? Du kannst dir das ruhig durch den Kopf gehen lassen.«

»Brauche ich nicht. Ich frage nächste Woche direkt meine Schulleiterin, ob das für sie okay ist, und dann gebe ich dir Bescheid.«

»Okay! Danke! Das wäre ja wirklich super. Hast du dir schon überlegt, wo du das Praktikum machen willst?«

»Na ja, ich muss mal schauen, ob ich das Praktikum überhaupt machen muss. Aber ich vermute fast schon. Dann wäre es am besten, wenn ich einen Zeitpunkt in der vorlesungsfreien Zeit finde, wenn keine Schulferien sind. Vielleicht im September.«

»Ja, das klingt doch gut«, meint Hannah, »ich wollte das nur jetzt im ersten Semester schon erledigt haben, aber die letzte Uniwoche ist auch die letzte Schulwoche hier in NRW. Daher ist mir die Idee gekommen, dass ich dich an drei Tagen abends begleite. Dann muss ich mir darum im nächsten Semester keine Gedanken mehr machen.«

»Stimmt. Das klingt gut.« Ich nehme mir ein kleines Stück Papier und schreibe dick *Praktikum Gymnasium?* darauf. »Ich werde versuchen, das auch vor Oktober erledigt zu haben!« Ich muss nächste Woche dringend einmal bei ein paar Schulen anrufen.

»Du hast ja noch in den Semesterferien Zeit, oder?«, fragt Hannah nach. »Ich werde da halt viel im Heim arbeiten, deshalb wäre es super, wenn das an der Abendschule vielleicht noch in den kommenden Wochen klappen würde.«

»Das kriegen wir hin!«, beschwichtige ich. »Ich frage direkt am Dienstag nach. Versprochen!«

»Super, das ist lieb von dir.«

»Kein Problem«, sage ich und als ich auflege, freue ich mich, dass wir inzwischen wieder mehr Kontakt haben.

26. Drei Tage und die Oma

Steffi fühlt sich heute nicht gut. Deshalb nehme ich das Rad zur Abendschule. Ich fahre gerade die Römerstraße entlang, als mir einfällt, dass ich heute Nacht wieder diesen Traum hatte, an den ich mich oft noch am nächsten Tag erinnern kann. So wie jetzt. Darin befinde ich mich in einem Autohaus und mir wird gerade der Schlüssel für meinen nigelnagelneuen BMW überreicht, den ich in einem Betrag bezahle. Kein Kredit!

Man muss kein Psychoanalytiker sein, um zu verstehen, was dieser Traum zu bedeuten hat. Ein Auto steht selbstverständlich für Unabhängigkeit. Es ermöglicht einem, von A nach B zu fahren, ohne auf öffentliche Verkehrsmittel angewiesen zu sein.

Aber seit letztem Jahr bin ich eben ohne Auto, weil es der erste Posten ist, bei dem man finanziell so richtig einsparen kann. Abgesehen von der eigentlichen Anschaffung fallen schließlich auch noch Benzin, Steuer, Reparaturen und Versicherung an. Und momentan muss ich nun mal aufs Geld achten. Derzeit würde das Gehalt an der Abendschule wahrscheinlich sogar noch reichen, um mir irgendeine olle Karre zu finanzieren, aber was ist, wenn die Stelle Geschichte ist? Dann würde alles wie ein Kartenhaus in sich zusammenfallen. Da nehme ich lieber die Unannehmlichkeiten in Kauf, die ein Leben ohne Auto mit sich bringt. Und es sind nicht gerade wenige!

Vor der Abendschule steht meine Oma bereits umringt von einigen Schülern, die ihr wieder einmal ihr Herz ausschütten. Jeden Abend hört sie sich deren Sorgen an. Anfangs dachte ich: *Oje, die arme Oma! Jetzt ist sie schon so lieb und kocht jeden Tag für mich, bringt mir das Essen sogar noch vorbei, und dann bekommt sie als Dank von den Schülern noch eine Kassette ins Ohr gedudelt.* Aber so, wie es aussieht, gefallen die Gespräche meiner Oma, denn in letzter Zeit kommt sie absichtlich immer früher, um noch ein Schwätzchen zu halten. Besonders die Schülerinnen aus meiner Klasse sind ganz begeistert von ihr. Heute haben Hülya, Cindy und Yvette sie in Beschlag genommen und reden über was auch immer.

»Guten Abend zusammen«, grüße ich in die Runde.

Meine Schülerinnen grüßen brav zurück.

»Do biste joa«, grüßt auch meine Oma und bückt sich hinunter zur Stofftasche, in der sie die Frischhaltedose transportiert hat. »He luur ens, ich han mir jetz nüe Döpche jeholt. Die han ich bei QVC bestallt, un die sind richtig deech. Die kannste besser transportiere dann. He, ich han noch ens de Nudelauflauf von letzter Woche jemaat, der dir esu jood jeschmeck hätt.«

»Ui, danke!«, sage ich und freue mich schon darauf, den Nudelauflauf nach der Schule essen zu können. »Aber das mit den Dosen war doch …« *Nicht nötig,* möchte ich den Satz eigentlich beenden, aber meine Oma ist da offensichtlich anderer Meinung.

»… unbedingk nüidisch«, beendet sie den Satz stattdessen. »Ävver hür ens, de Cindy he hät mir jerade jesaat, dat se sich solche Sorje öm ihre Note määt. Sprich doch ens met dem!«

Wenn die Oma etwas anordnet, dann wird das auch gemacht. Das war schon immer so. Sie hat solch eine hilfsbereite und liebenswerte Art, dass man ihr einfach keinen Wunsch ausschlagen kann. Selbst meine sonst doch recht eigensinnige Mutter pariert augenblicklich, sobald meine Oma einen Wunsch äußert.

Also nehme ich mich Cindy und ihrer Sorgen an.

»Was ist denn los?«, frage ich und ziehe sie ein bisschen beiseite, da meine Oma weiterhin munter mit Hülya und Yvette plaudert.

Cindy sorgt sich um ihre Versetzung, weil sie in der letzten Matheklausur eine Fünf geschrieben hat. Ich beruhige sie, dass sie bei mir in Englisch sicherlich eine Drei bekommen wird, womit sie das Defizit in Mathe wieder ausgleichen kann. Aus den Augenwinkeln sehe ich, wie Hannah vom Kreisverkehr aus auf uns zukommt. Heute, morgen und übermorgen wird sie ihr dreitägiges Praktikum bei uns machen. Frau Penner hatte natürlich nichts dagegen. Im Gegenteil: Sie war total begeistert.

»Ach, wie schön!«, hatte sie in ihrer üblich enthusiastischen Art ausgerufen. »Wir haben ja fast nie Praktikantinnen hier. Da freue ich mich aber!«

»Hey«, begrüße ich Hannah, »da bist du ja!«

Höflichkeitshalber stelle ich alle einander vor.

»Das hier ist Hannah Stetter, meine Kommilitonin. Sie wird an den kommenden drei Abenden ein kurzes Praktikum bei uns absolvieren.« Dann wende ich mich meiner Oma und ihrem Kaffeekränzchen zu. »Das hier sind Cindy, Hülya und Yvette aus meiner Klasse, und das ist meine heiß geliebte Oma!«

»Ach!«, sagt diese geschmeichelt. »Jetz üvverdriev ävver net direktemang!«

Hannah begrüßt alle höflich, scheint aber ein wenig irritiert, hier auch meine Oma anzutreffen.

»Ja, ja«, sage ich beiläufig, »wir sind hier alle eine große Familie!«

»Och, luur aan. Ene Fründin vom Timo. Schön, dich kennenzuliere. Sach ens, studierst de och in Kölle? Wirst de och en Lehrerin dann?«

Hannah lächelt freundlich zurück, macht aber den Eindruck, nicht wirklich alles verstanden zu haben.

»Warte!«, mischt Hülya sich ein und übersetzt für Hannah. »Die Frau Seidel frägt, ob du auch in Köln studierst und Lehrerin wirst.«

Wieso Hülya in der Lage ist, einen kölschen Dialekt astrein zu übersetzen, weiß ich bis heute nicht. Das Wort *fragen* hingegen kann sie leider bis heute nicht richtig konjugieren, egal, wie oft ich sie bereits verbessert habe. Jedenfalls habe ich sie in den letzten Wochen immer wieder gesehen, wie sie die Dolmetscherin für meine Oma gibt, die durchaus Hochdeutsch sprechen könnte, sich aber redlich weigert.

In den kommenden fünf Minuten lässt sich meine Oma erst einmal Hannahs gesamten Werdegang darlegen und ist natürlich enorm an ihrer Tätigkeit im Altenheim interessiert, die genügend Anlass zu einem weiteren zehnminütigem Gespräch gibt.

»Wir müssen langsam los!«, unterbreche ich die beiden.

»Ja, losst üch vun mir net ophalde!«

Im Lehrerzimmer treffen wir dann auf Frau Penner, die sich dort inzwischen wieder regelmäßiger blicken lässt.

»Guten Abend, Frau Stetter«, begrüßt sie Hannah, als wir kaum durch die Tür sind. »Ich bin Regina Penner. Wie schön, dass Sie uns besuchen!«

Hannah bedankt sich vielfach, dass sie vorbeikommen durfte, und wirkt komischerweise gar nicht irritiert angesichts Frau Penners Optik. Die glänzt und funkelt nämlich wieder wir ein Starlet und hat sich zudem eine Frisur gezimmert, mit der sie kaum durch den Türrahmen des Lehrerzimmers passen dürfte.

»Schauen Sie mal«, erklärt Frau Penner, »wir haben Ihnen einen Stundenplan für heute zusammengestellt. In den ersten beiden Stunden begleiten Sie Herrn Seidel in die 1a, wo er Englisch unterrichtet. In der dritten und vierten Stunde nimmt Frau Amsel Sie dann mit in den Deutschunterricht in die 4a, und in den letzten beiden Stunden kommen Sie mich dort im Biologieunterricht besuchen. Wir behandeln gerade das Thema Vererbungslehre. Biologie ist doch Ihr zweites Fach, oder?«

»Ja, genau, ich studiere Deutsch und Biologie. Ach, das ist ja super«, sagt Hannah und nimmt dankend den Stundenplan entgegen.

In dem Moment gesellt sich auch schon Helga zu uns, die Hannah direkt mütterlich umarmt, so wie sie es mit jedem macht.

»Hallo, 'n Abend! Ich bin die Helga! Schön, dich kennenzulernen. Ich muss jetzt leider schon los in den Unterricht, aber ich sehe dich ja hier in der ersten Pause. Dann gehen wir gemeinsam hoch, okay?«

Ich werfe einen Blick auf die Uhr.

»Ups, stimmt! Wir müssen los!«, bestätige ich.

Wir möchten gerade aufbrechen, als Barbara abgekämpft ins Lehrerzimmer kommt.

»Also, der Verkehr hier! Schrecklich! Einfach nur schrecklich!« Sie hält kurz inne, als sie Hannah sieht. »Wer ist *die* denn?«

Hannah holt bereits aus, um sich selbst vorzustellen, doch Frau Penner kommt ihr zuvor: »Dies ist Frau Stetter. Sie wird heute, morgen und Mittwoch ein kurzes Praktikum bei uns absolvieren.«

»Ich nehm die aber nicht mit!«, krakeelt Barbara und schafft es innerhalb weniger Sekunden, dass sich alle wieder unwohl fühlen.

Wir ignorieren Barbaras Kommentar und verlassen das Lehrerzimmer.

»Das tut mir leid, ich wollte niemandem Unannehmlichkeit bereiten«, entschuldigt sich Hannah.

»Ach, machen Sie sich mal keine Sorgen! Sie sind uns hier sehr willkommen«, beruhigt Frau Penner sie. »Wenn überhaupt habe ich mich für diesen ungebührlichen Kommentar zu entschuldigen. Also, viel Spaß, Ihnen beiden! Wir sehen uns später! Cheerio!«

Dann entschwindet sie ins Sekretariat.

»Vergiss die Xanthippe!«, flüstere ich Hannah auf dem Weg nach oben in die Klassenräume zu. »Die ist immer so!«

In der Klasse wird es noch einmal kurz peinlich, als Florian glaubt, Hannah sei eine neue Schülerin, und sie daher peinlich anbaggert.

»Sorry, do you have a pen for me? I want to on write my number for you!«

Als die Schule um kurz nach zehn zu Ende ist, begleite ich Hannah noch zur Bahn. Den ganzen Weg über schwärmt sie von Frau Penner, von deren Unterricht und Art sie restlos begeistert war.

»Mensch, Timo, da hast du ja echt ganz tolle Kolleginnen!«

»Jo«, nicke ich. »Das stimmt! Bis auf die eine!«

Hannah muss grinsen, denn in den Pausen hat Barbara sich wieder von ihrer dornenreichsten Seite gezeigt.

»Ach, ich kann es kaum abwarten, selbst Lehrerin zu werden«, begeistert Hannah sich. »Da beneide ich dich ja richtig!«

Stimmt! Manchmal bedarf es eines anderen Menschen, der einen darauf hinweist, wie gut man es doch hat.

Déjà-vu am nächsten Tag.

Nur dass sich nun auch noch Hannah zu meiner Oma und ihrem Sympathisantenkreis gesellt hat.

»Timo, do biste joa. Hät der Auflauf vun jestern jeschmaat?«

»Der war super! Danke!«

»He, ich han dir hück Frikadelle met Ärpele jemaat. He, für dich!« Die Oma überreicht mir eine ihrer neuen QVC-Dosen. Dann gibt sie Hannah ebenfalls eine. »Un en für dich.«

Hannah ist völlig überrumpelt.

»Oh, vielen Dank, aber das wäre doch nicht nötig gewesen!«, stammelt sie ganz verlegen.

»Ach, wat! Du jehst doch jenausu ärbede wie minge Timo he und studierst nevveher noch. Do hät mer doch ken Zick, mieh och noch ze koche!«

Hannah bedankt sich tausendfach, bevor es Zeit wird, sich zu verabschieden. Ich schicke Hannah schon einmal vor, um noch kurz mit meiner Oma zu sprechen.

»Oma, du musst doch jetzt nicht noch für Hannah mitkochen. Aber das ist wirklich lieb von dir!«

»Ach, sujett is doch selvsverständlich!«

»Hannah isst allerdings gar kein Fleisch. Sie ist Veganerin.«

»Wie? Ken Fleesch? Jar keens? Och ken Frikadelle?«

»Nein, gar kein Fleisch. Auch keine Frikadellen. Aber

danke noch mal!« Ich drücke die Oma erneut, gebe ihr ein Bussi auf die Wange und schaue ihr noch nach, wie sie sich kopfschüttelnd auf den Weg nach Hause macht.

Am Tag darauf hat die Oma wieder für Hannah gekocht. Klar, von so etwas kann man sie nicht abbringen, auch wenn Hannah das Ganze sehr peinlich ist.

»He, de Timo hät mir verzallt, dat de ken Fleesch iss. Deshalb han ich hück extra Broathähnche jemaat met Fritten. Dat maat ihr am besten allet im Backofe wärm.«

Da es Hannahs letzter Praktikumstag ist, sage ich der Oma nicht, dass Hühnchen ebenfalls Fleisch unter ihren Federn tragen.

Doch bevor sie sich verabschiedet, zieht sie mich noch beiseite. »Timo, eines sach isch dir. Dat Hannah do drüvven – dat is ene Frau, die kannste hierode! Weeßte Jung, et jit Mensche, bei denen dir dat Hätz direk uffjeht. Und dat is so ene!«

Na super, die Oma steckt wieder voller geistreicher Kapriolen.

Ka|pri|o|le *f.; Gen. –; Pl. -n;* (im ursprünglichen Sinne) ein spontaner, launenhafter Einfall; (hier) eine Heiratsempfehlung der eigenen Großmutter

27. Abschlusstests und Zeugnisse

Die letzten Wochen über war ich hin- und hergerissen zwischen Uni, Stressjob und Fitnessstudio; das letzte Wochenende stand ganz im Zeichen der Abschlusstests, sodass ich vollkommen vergessen habe, die Waschmaschine anzuwerfen. Die Jeans, die ich über einen der Esszimmerstühle geworfen habe, ist zum Glück noch sauber. Aber mit T-Shirts sieht es ganz schön mau aus. Ich habe die Wahl zwischen einem stinkenden Modell, das ich gestern beim Sport anhatte, einem weißen Shirt mit riesigem Eisfleck (Schokolade!) und einem Calvin-Klein-Shirt, das mir Cleo einmal geschenkt hat, welches ich aber noch nie anhatte, weil es aus so einem komischen Stretchmaterial ist und mehr nach Unterwäsche als nach richtigem T-Shirt aussieht.

Ausgerechnet heute! Später muss ich nämlich direkt von der Uni aus zur Abendschule, weil wir dort ab Mittag Zulassungskonferenzen haben.

Also ziehe ich mir den Polyesterfetzen über und stelle fest, dass dieser abgesehen von seinem komischen Material auch noch wahnsinnig eng ist. Ich ziehe das Shirt noch einmal aus, um nachzusehen, welche Größe das hier ist. Ich glaube es ja nicht: Größe S! Vielleicht hat Cleo das Shirt damals für sich selbst gekauft und es mir dann als Geschenk untergejubelt, nachdem sie festgestellt hat, dass es ihr nicht passt.

Die Uhr zeigt mir allerdings an, dass ich dringend zur Bahn muss. Ich ziehe mir also das Shirt wieder über und werfe eine flüchtigen Blick in den Spiegel: Mit diesem engen Fummel sieht man doch langsam, dass sich das ganze Training bemerkbar macht. Meine Güte, sieht das schlimm aus! Wie ein drittklassiger Möchtegern-Proll, der unbedingt mit seinen Muckis angeben möchte. Peinlich hoch zehn! Es nützt alles nichts – ich muss los!

Trotz sonst sommerlicher Temperaturen – gestern hatten wir dreißig Grad – ist es draußen noch recht frisch.

Abgehetzt komme ich an der Haltestelle *Brühl Süd* an und stelle mich zu den anderen, die ebenfalls auf die Bahn warten. Eine junge Frau mustert mich von oben bis unten. Dabei bleibt ihr Blick einige Millisekunden auf meiner Brust liegen. Ich schaue an mir hinab. Großartig, weil es so kühl ist, hat sich bei mir die Frontbeleuchtung eingeschaltet!

Front|be|leuch|tung *f.; Gen. –; Pl. -en;* das Verhärten der Brustwarzen aufgrund eines Temperaturabfalls

Jetzt sehe ich garantiert noch eine Spur peinlicher aus!

Mir war gar nicht bewusst, dass man solch einen flüchtigen Blick in dieser Art wahrnimmt. Ob Frauen sich so fühlen, wenn man versucht, ihnen beiläufig auf die Hupen zu schauen?

In der Bahn geht es weiter. Ich erhasche einen der Sitze an der Seite. Ein junger Mann, der mir gegenübersitzt und vermutlich verzaubert ist, mustert mich weitaus öfter, als man das bei Menschen in der Bahn üblicherweise macht. Die meiste Zeit ruht sein Blick auf meinem Oberkörper.

ver|zau|bert *(Adj.);* (Jargon) homosexuell

Unabhängig davon versuche ich, mich noch ein wenig auf meine Lernzettel zu konzentrieren. Hoffentlich geht das diese Woche alles gut! In fast allen Kursen stehen Abschlusstests an.

Ausnahmsweise bin ich früher als Hannah in der Uni, sodass ich ihr dieses Mal einen Platz freihalten kann. Es dauert nicht lange, bis auch Sophie da ist – ebenfalls weitaus früher als nötig. Sie sieht mich und gestikuliert, dass sie mir die Daumen drückt. Dann wählt sie zum Glück einen Platz weiter vorne. Ob sie bedacht hat, dass Lennart bei ihr den gesamten Test abschreiben wird und dafür nicht zu nah im Blickfeld der Kaltwasser sitzen möchte? Da wäre eine Reihe weiter hinten viel besser geeignet. Noch sind immerhin genügend Plätze frei.

Peu à peu füllen sich aber die Reihen, sodass ich Hannahs Platz direkt mehrfach und teilweise vehement verteidigen muss – nicht ohne dabei jedes Mal angemeckert zu werden. Bei allen scheinen die Nerven wegen des bevorstehenden Tests blank zu liegen. Auch Hannah macht einen gestressten Eindruck, als sie um zwanzig vor acht eintrifft.

»Hier!«, winke ich ihr zu, damit sie mich sieht. Um zu mir zu gelangen, müssen allerdings alle neben mir aufstehen, da man nur von einer Seite in die Sitzreihen kommt.

»Entschuldigung … Tut mir leid … Sorry … Ups, tschuldigung!«, hangelt sich Hannah einmal quer durch die Reihe.

Ich hätte mich natürlich nach außen setzen können, aber dann wäre ich ja der Vogel gewesen, der für jeden hätte aufstehen müssen.

»Guten Morgen!«, begrüßt Hannah mich, als sie schließlich angekommen ist. »Und? Alles klar bei dir? Hui, das ist aber ein enges T-Shirt.«

Fast schon reflexartig bedecke ich mit meinen Händen meine Brustwarzen.

»Ähm, ja, ich habe vergessen zu waschen!«

»Kann ich verstehen! Ich habe auch das ganze Wochenende gebüffelt!«

Bis zum Beginn des Seminars gehen Hannah und ich noch ein paar Themen durch, die bestimmt gleich im Test vorkommen werden. Ich bin mir nach wie vor unsicher, ob ich genug gelernt habe. Mehr wäre zeitlich allerdings nicht möglich gewesen.

Um kurz vor acht erst trudelt Lennart gemächlich ein. Besonders froh scheint er über Sophies Platzwahl nicht zu sein, die in der zweiten Reihe fast mittig sitzt. Viel Zeit, sich zu beschweren, hat er allerdings nicht, da die Kaltwasser den Raum kurz nach ihm betritt und wir schnell mit dem Test beginnen.

Den hat die Kaltwasser ganz schön nachgewürzt, denn ich habe den Eindruck, dass die Aufgaben noch mal weitaus schwieriger als bei den Midterms sind. Ich bearbeite jedoch eine Frage nach der nächsten und hoffe, innerhalb der Zeit fertig zu werden. Der Test umfasst nämlich ganze acht Seiten.

nach|wür|zen *(Verb);* einen ohnehin schon anspruchsvollen Test noch schwieriger gestalten

Es sind keine zehn Minuten vergangen, als man auf einmal die Stimme der Kaltwasser vernimmt.

»Sie da!«, ruft sie laut und ermahnend aus.

Mit einem Mal schnellen alle Köpfe in die Höhe. Meiner selbstverständlich auch.

Die Kaltwasser ist hinter ihrem Pult aufgestanden und schaut in Lennarts Richtung.

»Raus!«, brüllt sie. Es ist nur ein einzelnes Wort, aber sie ruft es mit so viel Verachtung und Autorität, dass wohl nicht nur ich unweigerlich zusammenzucke.

»Wieso?«, fragt Lennart empört.

Eine eisige Stille durchflutet den Seminarraum. Für einen kurzen Augenblick traut sich, glaube ich, niemand, auch nur zu atmen.

Die Kaltwasser antwortet jedoch nicht, sondern bleibt regungslos stehen, während sie Lennart nahezu niederstarrt.

Es vergehen einige Sekunden, dann steht er jedoch auf und bahnt sich einen Weg durch seine Sitzreihe, während immer noch alle Blicke auf ihm ruhen. Auf dem Weg nach draußen treffen sich unsere Blicke kurz, und ich weiß, es ist gemein, jemanden zu treten, der schon am Boden liegt, dennoch kann ich mir ein kleines Grinsen nicht verkneifen.

Als Lennart draußen ist, ermahnt die Kaltwasser noch einmal alle Anwesenden mit den Worten: »Seien Sie gewiss, dass jeglicher Täuschungsversuch umgehend geahndet wird!«

Spätestens jetzt hat dies sicherlich niemand mehr vor. Um kein Risiko einzugehen, schaue ich von nun an nur noch krampfhaft auf die Blätter, die vor mir liegen.

Als die Zeit nach neunzig Minuten vorbei ist, seufzen alle. So, wie es aussieht, ist keiner wirklich fertig geworden. Ich war immerhin bei der letzten Aufgabe.

Hannah und ich frühstücken noch schnell etwas, bevor wir zu unseren nächsten Prüfungen aufbrechen. Um Dieters Test mache ich mir nicht wirklich Sorgen. Wahrscheinlich müssen wir ein Mandala kolorieren und anschließend ein Akrostichon mit unserem Namen schreiben.

Ak|ro|sti|chon *n.; Gen. -s; Pl. ...chen und ...cha;* ein Buchstabenspiel bzw. Gedicht, bei dem man alle Buchstaben eines Wortes als Anfangsbuchstaben eines Verses nutzt

Ich bin fast schon zu spät, als ich um Punkt zehn Uhr in R02 eintreffe. Da Dieter aber immer selbst zu spät kommt, ist das nicht weiter schlimm.

Lennart bezirzt derweil seine nächstbeste Abschreibgelegenheit – die junge Studentin, die ab der ersten Woche schon an ihm interessiert war und ihn auch bei den Midterms hat abschreiben lassen.

»Schönes Shirt!«, begrüßt Lennart mich mit einem höhnischen Lächeln. »Hast du kein engeres gefunden? Oder ein paar schicke Leggings, die zum Outfit passen?«

Wahrscheinlich ist das die Retourkutsche für mein Grinsen vorhin.

»Halt die Fresse!«, sage ich nur, während ich versuche, mich so weit von ihm wegzusetzen wie nur möglich.

Ich lasse mich auf einen Stuhl direkt neben der Tür nieder. In diesem Seminarraum gibt es diese komischen Stühle, an denen ein kleiner Tisch zum Schreiben befestigt ist. Solche hatten wir früher im Musikunterricht.

Ich sehe, wie Lennart und seine Aficionada tuscheln. Sollen die beiden Gilmore Girls ruhig ihren Spaß haben! Ich werde mich jetzt erst einmal auf den Test konzentrieren.

Afi|ci|o|na|da *f.; Gen. –; Pl. -s;* weiblicher Fan

Mit diesem beginnen wir tatsächlich um Viertel nach zehn, kurz nachdem Dieter endlich den Weg zu uns gefunden hat. Die Aufgaben sind allesamt lächerlich einfach. Wenn man auch nur halbwegs in den letzten Wochen zugehört hat, kann man diese fast ohne Vorbereitung beantworten. Das Akrostichon hätte ich schwieriger gefunden!

Nach dem Seminar packe ich schnell meinen Rucksack und möchte gerade zur Bahn eilen, als Lennart auf mich zutritt.

»Hey, Timo! Tut mir leid wegen eben. Der Spruch war daneben!«

Er sieht mich an, ich sehe ihn an. Sage aber nichts.

Er wartet ein paar Sekunden, dann schiebt er hinterher: »Ja, und wegen der Sache mit Sophie, das tut mir echt leid. Ich weiß, dass war scheiße von mir, aber, weißt du, das war nicht geplant. Am Anfang habe ich verpennt, dir zu sagen, dass ich auch auf sie stehe, und dann sind wir uns einmal auf dem Campus begegnet, als du schon weg warst. Na ja, da ist dann eins zum anderen gekommen, und dann war es schon zu spät, dir noch was zu sagen, weil wir da schon zusammen waren. Ich hatte Panik, dass du dann nicht mehr mit mir abhängen willst, wenn du von mir und Sophie erfährst … Und, na ja, so war es dann ja auch.«

Wieder eine Pause.

Ich versuche, keine Miene zu verziehen. Natürlich hätte ich eine Menge Dinge, die ich ihm sagen könnte – aber wozu? Es ist ja nicht so, als ob wir jahrelang beste Freunde gewesen wären. In solch einem Fall könnte ich einen Fehler bestimmt verzeihen, aber wir kannten uns gerade mal ein paar Wochen. Wenn sich jemand am Anfang einer Freundschaft schon so verhält, dann kann ich mir schon vorstellen, wie es weitergeht. Solche Menschen brauche ich nicht in meinem Leben!

»Jetzt sag doch auch mal was!«, fordert Lennart mich auf.

»Ich muss los«, sage ich. »Wir haben Konferenzen.«

Das stimmt sogar. Ich muss mich wirklich beeilen, daher schultere ich meinen Rucksack und bin weg.

Später in der Bahn sehe ich, dass ich eine Nachricht von Frau Penner erhalten habe. Komisch, die sendet sonst nie Nachrichten auf mein Handy. Gespannt klicke ich die Nachricht an.

> Liebe Kolleginnen und Kollegen, aufgrund eines dringenden Termins in Leverkusen, den ich leider wahrnehmen muss, kann ich heute nicht pünktlich an den Zulassungskonferenzen teilnehmen. Frau Klein wird als meine Stellvertreterin den Vorsitz übernehmen.
> Bis heute Abend, Ihre Regina Penner

Oje, ich hoffe, es ist nichts Ernstes! Es sieht ihr gar nicht ähnlich, bei so etwas Wichtigem wie den Zulassungskonferenzen zu fehlen.

Diese sind bereits in vollem Gange, als ich um zwanzig nach zwölf im Lehrerzimmer ankomme. Gerade werden die Noten der 4a besprochen. Da ich bereits im Januar eine Zulassungskonferenz miterlebt habe, weiß ich inzwischen, wie das Prozedere ist. Die Lehrer, die in einem Kurs unterrichten, sitzen zusammen und gehen die Noten aller Studierenden durch. Dabei wird geschaut, wer ins nächste Semester versetzt wird, wer gegebenenfalls eine Nachprüfung antreten kann oder wer das Semester wiederholen muss. Für jeden Kurs nehmen wir uns eine Stunde Zeit.

Leise setze ich mich neben Helga, die mich einige Sekunden von der Seite betrachtet.

»Das ist aber ein enges Shirt!«, flüstert sie mir zu.

Für einen kurzen Augenblick hatte ich vergessen, dass ich dieses verdammte Teil immer noch trage!

Es dauert eine Weile, bis die Konferenz mit der 4a fertig ist. Als Nächstes steht meine Klasse auf dem Plan.

»So«, leitet Ingrid meine Konferenz ein, »da Timo inzwischen hier ist, können wir nun planmäßig mit der 1a fortfahren. Ihr habt den Aushang ja sicherlich gelesen, dass Timo diese Woche Abschlussprüfungen in der Uni hat, weswegen wir Helgas Klasse vorgezogen haben.«

»Ja, danke«, sage ich noch einmal in die Runde und möchte eigentlich anfangen, doch Barbara meint, sie müsse Ingrids Ansprache unbedingt noch kommentieren.

»Ja, wie schön, dass hier wieder alle nach Timos Nase tanzen müssen! Was können wir dafür, wenn der liebe Herr zu beschäftigt mit seinen Studien ist. Dafür müssen wir dann hier früher antanzen!«

Alle Gespräche verstummen für einen kurzen Moment.

So ganz kann ich Barbaras Logik jedoch nicht verstehen, denn sie unterrichtet sowohl in der 4a als auch in meiner Klasse. Insofern hätte sie so oder so um 12:00 Uhr hier sein müssen.

Den gleichen Gedanken scheint auch Ingrid gehabt zu haben: »Aber du unterrichtest doch sowieso in beiden Klassen.«

»Philomena aber nicht! Die ist jetzt extra eine Stunde früher gekommen.«

Philomena schaut nur auf die Notenliste, die vor ihr auf dem Tisch liegt.

»Tut mir leid«, entschuldige ich mich schnell. »Ich hatte jedoch noch bis 11:30 Uhr ein Seminar in Köln, in dem wir einen Test geschrieben haben. Bis 12:00 Uhr hätte ich es nicht pünktlich bis nach Brühl geschafft. Und den Test konnte ich leider auch nicht verschieben.«

»Ist schon gut«, beschwichtigt Philomena, und irgendwie klingt es sogar ehrlich.

Die restliche Konferenz für meine Klasse verläuft sehr produktiv, bis wir zu Djamal kommen. Er ist nicht unbedingt der Überflieger, aber laut Notenliste hat er immerhin knapp die Versetzung geschafft.

»Wie?«, echauffiert sich Barbara. »Der ist weiter? Ich war davon ausgegangen, dass der in allen Fächern nur Fünfen hat und sich das Thema von allein erledigt! Also nee, dann gebe ich ihm eine Sechs anstatt der Fünf.«

Ich schaue Barbara entsetzt an. Das kann sie doch nicht einfach so machen?

»Dann wäre er nicht versetzt«, stellt Ingrid fest.

»Richtig!«, triumphiert Barbara und sieht mich dabei an.

Was soll das nun wieder?

»Bist du dir sicher?«, hakt Ingrid noch einmal nach.

»Ja, ich habe da gerade noch einmal drüber nachgedacht. Der hatte im letzten Test eine Fünf, und seine Mitarbeit ist indiskutabel. Die ganze Zeit schwafelt er nur über Dinge, die nichts mit den Unterrichtsinhalten zu tun haben. Das ist ganz klar ungenügend.«

Darf sie das einfach so bestimmen? Ich schaue in die Runde, traue mich aber nicht, etwas zu sagen, da es sonst wieder als Angriff auf Barbara gewertet werden könnte.

»Also«, mischt sich nun Helga ein, die sich prinzipiell aus allem heraushält, »wenn ich einmal kurz etwas dazu sagen darf. Da deine Note entscheidend dafür ist, ob Djamal versetzt wird oder nicht, solltest du dir darüber vielleicht noch einmal genauer Gedanken machen. Du hast ihm schließlich in *SCHILD* eine Fünf eingetragen, worüber du dir doch bestimmt Gedanken gemacht hast. Daher kann die Fünf doch nicht ganz abwegig sein. Möchtest du ihm nun wirklich die Zukunft verbauen, indem du ihm jetzt eine Sechs gibst und er somit nicht ins zweite Semester versetzt wird? Ich meine, ich kenne Djamal auch aus dem Unterricht und finde, dass er wirklich durchaus Potenzial hat. Aber er resigniert eben sehr schnell, weswegen ich befürchte, dass er eine Nichtversetzung nicht so gut verkraften und gegebenenfalls sogar die Abendschule hinschmeißen würde. Das fände ich wirklich schade. Deshalb denk doch bitte noch einmal über deine Note nach.«

Ich könnte Helga für diesen Kommentar küssen! Wenn sie jetzt nichts gesagt hätte, wäre mir nichts anderes übrig geblieben, mich selbst als Klassenlehrer für Djamal einzusetzen. Auch wenn das wahrscheinlich wieder zu einem Streit zwischen Barbara und mir geführt hätte. Helga ist da weitaus diplomatischer als ich.

»Nein«, entgegnet Barbara jedoch trotzig. »Ich bleibe bei meiner Entscheidung!«

Wir schauen uns alle fassungslos an. In den Gesichtern der anderen kann ich sehen, dass niemand Barbaras Entscheidung unterstützt.

Da muss man doch irgendetwas tun können! Ob es nicht irgendeinen Paragrafen gibt, mit dem ich Djamal doch noch helfen kann? Wenn doch nur Frau Penner hier wäre!

Denn anscheinend gibt es keine Lösung. Deshalb versuche ich es noch ein letztes Mal mit einem persönlichen Appell.

»Barbara, bitte!«, sage ich. »Du schenkst ihm ja keinen Schulabschluss, sondern er würde lediglich ins zweite Semester versetzt werden. Und eine Fünf ist auch bei Weitem keine gute Note, aber so gibst du ihm wenigstens eine Chance.«

Schweigen.

Barbara sieht mich mit ihrem leeren Blick an.

»Eine Chance hatte er bereits. Zudem darf er schließlich auch wiederholen, oder nicht?«

Diese Frau ist wirklich das Mutterschiff der Boshaftigkeit.

Damit ist das Thema vom Tisch, und ich werde Djamal beibringen müssen, dass er nicht mit den anderen ins zweite Semester versetzt wird.

Der Abend verläuft dementsprechend frustrierend. Lediglich, als Hülya in der ersten Stunde fragt: »Herr Seidel, warum ist Ihr Shirt denn so eng?«, muss ich doch einmal herzhaft lachen.

Dann fügt sie noch scherzend hinzu: »Haben Sie das etwa in die Kochwäsche getan? Soll ich Ihnen das noch mal erklären mit den Gradzahlen?«

In solchen Momenten weiß ich, dass ich einfach den richtigen Job ergreife und dass ich an keinem anderen Ort lieber wäre als hier. Auch wenn es manchmal schwer ist und ich an das Gespräch denken muss, dass ich übermorgen mit Djamal führen muss.

28. Beschwerden und Briefe

Der Knüller schlechthin ereignet sich allerdings drei Tage später – beziehungsweise bekomme ich dann erst mit, was in den letzten Wochen alles hinter den Kulissen passiert ist.

»Das hast du ja toll hinbekommen! Bist du jetzt stolz auf dich?«, blafft Barbara mich zur Begrüßung an.

Es geht doch nichts über zivilisierte Umgangsformen!

»Dir auch einen guten Abend!«, entgegne ich nicht minder pampig und stelle erst einmal meine Tasche auf einem der Tische ab. »Worum geht es diesmal?«

Philomena sitzt offenbar tröstend neben Barbara und beide schauen mich entgeistert an.

»Was?«, frage ich gereizt. So langsam gehen mir die nicht enden wollenden Dramen auf den Zeiger. Zum Glück beginnen übermorgen die Ferien! Dann habe ich erst einmal sechs Wochen Ruhe vor Miss Boshaftigkeit.

»Du weißt wirklich nicht, worum es geht?«, wundert sich Philomena.

»Nein, ich weiß nicht, worum es geht.«

»Das habt ihr euch ja schön ausgedacht!«, krakeelt Barbara weiter.

Mir wird es langsam zu bunt. Ich nehme zwei Blätter aus meiner Tasche und gehe zum Fotokopierer.

»Barbara, ich weiß nicht einmal, von wem oder von was du überhaupt redest!«, sage ich, während ich das erste Blatt auf den Kopierer lege. Da die Noten ohnehin alle feststehen, habe ich ein Wissensquiz für die Kurse erstellt, die ich heute unterrichte.

»Von dir und Frau Penner natürlich!«

Ich seufze laut, denn ich weiß immer noch nicht, wovon sie redet.

»Also, vielleicht willst du mir jetzt endlich mal sagen, worum es geht? Denn ansonsten verschwinde ich jetzt nach oben, sobald meine Kopien durch sind!«

»Na, die Versetzung! Ich spreche natürlich von der Versetzung!«

Immer noch ahnungslos schaue ich Barbara an. Geht es jetzt wieder um die Zulassungskonferenz von Montag oder was?

»Welche Versetzung?«, frage ich wieder mit einem lauten Seufzer.

»Barbara arbeitet ab nächsten Semester wieder in Leverkusen«, erklärt Philomena.

Vor Schreck fallen mir die Kopien aus der Hand, die ich gerade aus dem Papierhalter genommen habe.

»Bitte was?«

»Na komm, als ob du damit nichts zu tun gehabt hättest!«, echauffiert sich Barbara.

»Das ist das erste Mal, dass ich überhaupt davon höre!«, verteidige ich mich. »Wer sagt das denn?«

Aber anstatt zu antworten, springt Barbara von ihren Stuhl auf und rennt aus dem Lehrerzimmer.

Wie ein begossener Pudel bleibe ich mit Philomena zurück.

»Ehrlich«, sage ich, »davon wusste ich nichts.«

Philomena scheint mir zu glauben.

»Na ja«, sagt sie leise, »im Grunde ist sie es auch selbst

ein bisschen schuld. Sie musste ja unbedingt die Beschwerde über Frau Penner einreichen, dabei habe ich ihr noch gesagt, sie soll das bleiben lassen.«

Ich würde gern mehr erfahren, aber in diesem Moment kommen Ingrid und Anneliese ins Lehrerzimmer. Philomena gibt mir nonverbal zu verstehen, das Thema zu wechseln.

Erst in der zweiten Pause erfahre ich von Helga die ganze Geschichte: Barbara hat sich vor einigen Wochen schriftlich bei der Schulleitung in Leverkusen über Frau Penner beschwert und ihr Sexismus vorgeworfen – ausgerechnet ihr. Miss Feminismus herself. Dabei ging es tatsächlich um meinen »Tampon«-Kommentar, den ich Philomena an den Kopf geworfen hatte. Barbara hat Frau Penner beschuldigt, in dieser Sache nichts unternommen zu haben, was schlichtweg nicht stimmt. Außerdem hat sie Frau Penners Objektivität in Bezug auf meine Einstellung angezweifelt. Wegen dieses Gesprächs konnte Frau Penner am Montag auch nicht an den Zulassungskonferenzen teilnehmen.

Gestern Nachmittag musste dann Barbara nach Leverkusen, wo man ihr mitgeteilt hat, dass man ihre Vorwürfe entschieden zurückweise. Zudem hat Frau Penner dargelegt, dass Barbara für ein unangenehmes Arbeitsklima verantwortlich sei. Die Schulleitung in Leverkusen hat daraufhin beschlossen, dass es besser wäre, wenn Barbara vorerst wieder in Leverkusen arbeitet.

Für sie kommt nun die Kollegin Claudia Krämer zurück, die offensichtlich nur deshalb gebeten hatte, wieder in Leverkusen zu arbeiten, um nicht mit Barbara zusammenarbeiten zu müssen.

Außerdem wurde noch ein ominöser Brief erwähnt, der

die Schulleitung in Leverkusen davon überzeugt hat, dass ich die richtige Wahl für diese Stelle hier sei.

Was das für ein Brief sein soll, wusste Helga allerdings auch nicht, und so müssen wir mit dem Leben, was die Gerüchteküche hergibt.

29. Der letzte Tag und der letzte Tag

Heute gilt es gleich in mehrfacher Hinsicht, sich zu verabschieden, denn die Semesterferien beginnen an der Uni, die Sommerferien an der Abendschule, und obendrein wird es heute Barbaras letzter Tag sein.

Als ich morgens an der Greenberg ankomme, liegt eine ungewöhnliche Aufregung in der Luft. Von allen Seiten vernimmt man etwas von Ergebnissen und Fragen danach, wer bestanden hat und wer nicht. Offensichtlich sind die ersten Ergebnisse online. Als ich heute Morgen von zu Hause aus geguckt habe, war noch nichts zu sehen. Also logge ich mich über mein Handy noch einmal auf der Website der Greenberg ein. Dort steht aber nach wie vor … nichts. Durch Zufall schnappe ich auf, dass die Ergebnisse für die Abschlussprüfungen nur hier in der Uni ausgehängt und eben nicht wie bei den Midterms online gestellt werden. Keine Ahnung, welche Logik dahinter stecken soll.

Ich drängele mich also zusammen mit gefühlt eintausend anderer Menschen vor die zahlreichen verglasten Schaukästen in der großen Eingangshalle. Die Listen sind nach Dozenten sortiert. Ich stelle mich als Erstes bei der Kaltwasser an. Auf das Ergebnis bin ich am meisten gespannt.

Die Stimmung vor besagtem Glaskasten ist gemischt.

»Mist, durchgefallen!«, beschwert sich einer.

»Wahnsinn, ich habe bestanden!«, freut sich ein anderer.

Ein einziges Gedrängel und Tohuwabohu! Zudem muss ich noch mein Portemonnaie herausholen, um nach meiner Matrikelnummer zu schauen, die ich selbstverständlich nicht auswendig kenne. Doch nach weiteren gefühlten fünf Minuten habe ich endlich die Gewissheit: Ich habe bestanden! Gemessen daran, wie häufig das Wort *Durchgefallen* in roten Lettern auf der Liste steht, war dies kein leichtes Unterfangen. Ich bin überglücklich!

Es stellt sich heraus, dass ich alle Kurse bestanden habe. Nur die Ergebnisse der Tests von gestern hängen noch nicht aus. Das bedeutet dann wohl, dass ich nächste Woche noch einmal herkommen muss. Großartig!

Ich texte Hannah, um ihr zu sagen, dass die Ergebnisse aushängen. Wenige Minuten später steht sie ebenfalls in der Eingangshalle und kontrolliert ihre Ergebnisse. Auch sie hat bestanden und fängt vor Erleichterung fast an zu weinen.

»Mensch, ich habe mir solche Sorgen gemacht, gerade bei einem Biologieseminar hatte ich echt Bedenken!«

»Jetzt haben wir es ja fast geschafft«, freue ich mich. »Nur noch die Tests heute, und dann haben wir erst einmal zweieinhalb Monate frei!«

»Stimmt. Bei mir ist es zum Glück sogar nur ein Test heute! Ach, übrigens, bevor ich es vergesse. Ich habe dir noch etwas mitgebracht, weil du mir das Praktikum besorgt hast.«

»Ach, Hannah! Für so was musst du dich doch nicht bedanken! Das versteht sich doch von selbst!«

Aber sie wühlt bereits in ihrem Rucksack. Mir ist so etwas immer ziemlich unangenehm.

»Hier!« Hannah überreicht mir ein kleines Einmachglas mit einem selbst erstellten Etikett, auf dem *Streichkotze* steht.

Ich schaue sie wohl sehr verdattert hat, denn Hannah bricht in Lachen aus.

»Lennart hat mir mal gesagt, dass du meinen veganen Brotaufstrich so nennst.«

»Also, das war nicht, ähm, also …«, stammele ich.

»Alles gut!«, versichert mir Hannah mit einem Grinsen.

»Danke«, sage ich ein wenig peinlich berührt.

»Dann wünsche ich dir viel Glück für die letzten Prüfungen und erholsame Semesterferien, auch wenn es etwas schade ist, dass wir uns jetzt so lange nicht sehen.«

»Das muss ja nicht sein!«, wende ich ein. »Wir können uns doch mal in den Ferien treffen. Also, wenn du magst?«

»Gern.« Hannah nickt.

»Also«, sage ich, immer noch ein wenig verlegen, vielleicht wegen des Geschenks, vielleicht aber auch nur so, »ich gehe dann mal zu meinem letzten Seminar. Und dir ebenfalls viel Glück für deinen letzten Test!«

Später auf dem Weg nach Hause texte ich Daniela, um unser – wie soll ich es nennen? – Spaß-Abo zu kündigen. Ich weiß nicht, wieso, aber irgendwie fühlt es sich richtig an, das jetzt zu beenden. Ob das zwischen Hannah und mir einfach nur eine gute Freundschaft ist oder sich gegebenenfalls doch mehr entwickelt, kann ich noch nicht sagen. Ausschließen kann ich es zumindest nicht.

In der Abendschule wird es noch einmal unangenehm, als wir uns um kurz nach sieben im Lehrerzimmer treffen, um Barbara zu verabschieden. Da es heute Zeugnisse gab, hatten wir nur die ersten beiden Stunden Unterricht in der jeweils eigenen Klasse.

Ich stehe etwas abseits, als sich jede Kollegin einzeln von Barara verabschiedet. Doch manch warme Worte klingen etwas mechanisch – wie die von Helga und Ingrid, die seit der Zulassungskonferenz letzten Montag nicht mehr ganz so gut auf Barbara zu sprechen sind. Das hat man gemerkt. Oder wie die Worte von Frau Penner, die sich zwar höflich mit einem Blumenstrauß, aber ansonsten sachlich mit einem »Danke für die letzten drei Jahre, die Sie hier in Brühl waren« bedankt.

Noch bevor ich mich anstandshalber bei Barbara verabschieden kann, kommt sie auf mich zu, während die anderen sich gerade schöne Ferien wünschen.

»Jetzt hast du ja, was du wolltest!«, meint sie mit resignierter Miene.

»Ob du es glaubst oder nicht«, sage ich, »aber das ist nicht das, was ich wollte. Ich hätte mir eher gewünscht, dass wir gut miteinander ausgekommen wären. Aber das hat ja leider nicht geklappt.« Die Überraschung steht ihr ins Gesicht geschrieben. Wahrscheinlich hatte sie mit einem blasierten Spruch meinerseits gerechnet. Aber es stimmt, ich hätte auf das ganze Drama und die gegenseitigen Anfeindungen verzichten können. Dass ich nicht ganz unschuldig an allem bin, weiß ich selbst. »Es tut mir leid, dass es so weit gekommen ist«, schiebe ich deshalb hinterher.

Doch Barbara verfällt sofort wieder in ihr altes Muster und entgegnet schnippisch: »Mir tut es leid, dass du hier angefangen hast!«

Ich seufze. Ich werde wohl akzeptieren müssen, dass es Menschen gibt, mit denen man sich niemals verstehen wird. Egal, wie sehr man es probiert.

Nach und nach verabschiede ich mich von meinen Kolleginnen – von Ingrid, die inzwischen wieder viel besser auf mich zu sprechen ist; von Anneliese, mit der ich nie sehr viel zu tun gehabt habe, obwohl sie sogar Mathe in meiner Klasse unterrichtet; von Philomena, die zwar mit Barbara befreundet war, aber diese Woche auch erkannt zu haben scheint, dass es in jedem Konflikt zwei Seiten gibt; von Helga, die ich in den nächsten sechs Wochen wirklich vermissen werde; und von Frau Penner, die noch eine Überraschung für mich bereithält: den Vertrag für das kommende Semester.

Erst seit dieser Woche weiß ich, dass Barbaras Beschwerde meinen Vertrag verzögert hat. Vorgestern meinte Frau Penner allerdings, sie habe jetzt grünes Licht erhalten.

»Ich habe Ihnen doch gesagt, dass ich alles in meiner Macht Stehende tun werde, um Sie hier zu halten!«

Ich bedanke mich überschwänglich, während ich den Vertrag direkt unterschreibe.

»Ach, und das hier ist auch für Sie«, sagt sie, während sie mir einen gefalteten Zettel überreicht. »Ich weiß nicht, wie viel in der letzten Woche hier im Kollegium geredet wurde, aber vielleicht haben Sie schon von diesem Brief gehört, den ich letzte Woche bekommen habe. Er stammt von Cindy aus Ihrer Klasse.«

Verwundert schaue ich auf das gefaltete Blatt.

»Lesen Sie ihn später«, empfiehlt Frau Penner mir.

Dann wünschen auch wir uns schöne Ferien, bevor ich meine Sachen zusammensuche und nach draußen zu meinem Fahrrad gehe. Da ich wusste, dass wir uns noch alle verabschieden, habe ich Steffi gesagt, dass sie mich heute nicht mitzunehmen braucht.

Bevor ich mein Fahrrad aufschließe, hole ich Cindys Brief raus. Ich bin doch zu gespannt, was drinsteht. Deshalb beginne ich jetzt schon zu lesen.

Sehr geehrte Frau Penner,
von der Oma von dem Herr Seidel habe ich gehört das er sich Sorgen macht wegen dem nächsten Semester und das es

nicht sicher ist, ob er dann noch hier unterrichtet. Ich möchte ihnen sagen das ich das ganz schlimm finde und einen großen Fehler, weil der Herr Seidel ist nämlich der beste Lehrer den ich jemals hatte. Wissen sie ich hatte keine gute Schulzeit und das lag auch zum teil an den Lehrern. Aber der Herr Seidel ist anders. Der hat immer ein offenes Ohr selbst wenn schon Pause ist. Ich hatte einmal richtig Sorgen aber er hat mich wieder beruhigt. Deshalb dürfen Sie ihn nicht einfach gehen lassen. Bitte nicht. Wir brauchen ihn hier.
Ihre Cindy

30. Noch mehr Straßenbahngespräche

Zweieinhalb Monate später …

Die Türen der Linie 18 öffnen sich und i–ch schaffe es, mir einen der wenigen restlichen Plätze in einer der Vierer-Sitzgruppen zu sichern. Neben mir sitzt eine junge Frau mit Stöpseln im Ohr, und mir gegenüber unterhalten sich zwei Männer Anfang vierzig gerade über den gestrigen *Tatort*.

Ich muss unweigerlich daran denken, wie ich vor sechs Monaten ebenfalls hier saß – völlig gespannt, wie mein erstes Semester werden würde. Ein paar aufregende Monate waren das. Heute bin ich wesentlich entspannter, weil ich größtenteils weiß, was auf mich zukommt. Außerdem bin ich über *GUPOR* zum Glück in alle wichtigen Kurse reingekommen. Auf meinem Handy betrachte ich noch einmal meinen Stundenplan, der in diesem Semester sogar noch um einen Kurs voller ist als der letzte. Ein wenig skeptisch bin ich noch, ob es eine gute Entscheidung war, freiwillig ein Seminar bei der Kaltwasser zu wählen, denn das wird sicherlich wieder ganz schön anstrengend werden. Andererseits habe ich in keinem anderen Kurs so viel gelernt wie bei ihr. Natürlich steht für mich der Abschluss im Vordergrund, aber wenn man beinahe dreißig Jahre alt ist, möchte man von solch einem Studium auch persönlich etwas mitnehmen. Viele der Themen, die ich mir ausgesucht habe, interessieren mich tatsächlich sehr, und deshalb wähle ich die Kurse nicht nur danach aus, wie einfach man dort Creditpoints erlangen kann.

Die beiden Herren mir gegenüber steigen irgendwann aus, werden kurzzeitig durch ein älteres Ehepaar ersetzt, bis sich dann am Kiebitzweg eine Frau zu mir gesellt, die ich irgendwoher kenne. Noch bevor es mir einfällt, blickt sie mich an und zieht ein empörtes Gesicht.

»Sie! Sie haben ja Nerven, sich mir gegenüberzusetzen!«

Bei diesem dämlichen Kommentar – schließlich hat sie sich zu mir gesetzt – fällt mir wieder ein, woher ich diese Intelligenzpomeranze kenne. Es ist Barbie von meinem Straßenbahn-Eklat vor einem halben Jahr – heute allerdings ohne Ken.

In|tel|li|genz|po|me|ran|ze *f.; Gen. –; Pl. -n;* ursprünglich bezeichnete das Wort *Landpomeranze* in der Biedermeierzeit eine unbedarfte Dame vom Land; hier: Bezeichnung für eine unbedarfte Bahnfahrerin, die neu auf dem Gebiet des Intelligenzerwerbs ist

Super! Gehört die ab jetzt etwa bei jedem Semesterbeginn zum Inventar? Na, schönen Dank auch!

»Ähm, Entschuldigung«, entgegne ich verdutzt, »aber ich saß hier bereits.«

Sie sieht mich missbilligend an.

Dann geht sie jedoch zum Frontalangriff über und holt die schlimmste Waffe hervor, die sie nur hervorholen könnte: ihr Handy – im Begriff, ein Telefonat zu beginnen, was wiederum bedeutet, dass ich ihren geistigen Ergüssen hilflos ausgeliefert bin.

Sie grinst mich süffisant an, als ob sie genau denselben Gedanken gehabt hätte.

»Hallo, Bianca«, säuselt sie ins Telefon. »Na, Schatzi, wie geht es dir?«

Pause. Ihr Gegenpart scheint zu sprechen.

»Nee, du, ich hab Zeit zu klönen, ich habe momentan nichts zu tun. Gaaar nichts.«

Sie fixiert mich mit ihrem Blick, sodass ich mir nicht sicher bin, wer denn überhaupt gerade ihr Adressat ist – Bianca-Schätzchen oder ich. Ich komme mir fast wie bei einer kranken Konferenzschaltung vor. Barbies Handy ist nämlich so laut eingestellt, dass ich, ihr gegenübersitzend, immer noch fast die gesamte Unterhaltung verfolgen kann.

»Wie läuft es denn bei dir auf der Arbeit?«

Pause.

»Ach ja, sag bloß!«

Das tut sie dann auch, denn Barbie pausiert wieder.

»Also, nee, du, da würde ich aber was sagen, echt jetzt, euer Boss hat doch eine Vorsorgepflicht euch gegenüber, oder etwa nicht?«

Ich seufze, na ja, vor allem hat Biancas Chef wohl eine *Fürsorgepflicht*, aber mir soll's egal sein, wenngleich ich befürchte, allein vom Zuhören im Sekundentakt wichtige Gehirnzellen zu verlieren. Oder schlimmer noch: Was ist, wenn ich mir übermorgen auch nicht mehr sicher bin, ob es *Vorsorgepflicht* oder *Fürsorgepflicht* heißt?

»Ach so, und danke für den Tipp mit Gwyneth!«

Gekreische am anderen Ende der Leitung.

»Ja, ja, genau, wir haben sie für unser Firmenevent gebucht. Die hat wirklich super gesungen und Stimmung gemacht, aber die tanzt ja wie 'n Storch im Salat.«

Wieder kurze Pause.

»Nee, die sah super aus. Das passte schon. Die hatte so ein Palettenkleid an. In Silber. Sehr glamourös!«

Die arme Sängerin kann einem aber leidtun. Kein Wunder, dass die nicht richtig tanzen kann, wenn sie der vorne und hinten Holzbretter angeklebt haben!

Ich habe das Gefühl, im Zug nach Einfaltskirchen zu sitzen. Ein Schmunzeln kann ich mir allerdings nicht verkneifen, was wohl auch Barbie registriert.

»Was?«, hält sie inne. »Habe ich wieder etwas Dummes gesagt?«

Etwas?, denke ich mir. Ich habe allerdings keine Lust auf eine weitere Szene hier in der Bahn – so wie vor einem halben Jahr. Also sage ich nur: »Nein, nein.«

»Ach, nur so ein Klugscheißer, der mir gegenübersitzt«, informiert sie ihre Freundin am Handy.

Ich stehe auf und überlasse irgendeinem anderen meinen Sitzplatz. Es ist besser für mich und mein Gehirn, wenn ich mich einfach woanders hinbegebe, auch wenn das bedeutet, stehen zu müssen.

Als ich gerade ein paar Schritte getan habe, höre ich sie noch ins Handy krakeelen: »Der glaubt wohl, der ist was Besseres! Ich möchte echt mal wissen, was der denkt, wer er eigentlich ist?«

Wer ich bin?, denke ich, als ich mich schließlich etwas weiter vorn in der Bahn hinstelle und mich dort an einer dieser Stangen an der Decke festhalte.

Ich bin Timo Seidel. Ich bin der, der es nach neunundzwanzig Jahren endlich geschafft hat, sein Leben in den Griff zu kriegen; der sich vor einer, wie ich dachte, tollen Frau zum Affen gemacht hat und der von einem guten Kumpel betrogen wurde; der aber inzwischen mit einer noch viel tolleren Frau zusammen ist; der sein erstes Semester trotz aller Umstände erfolgreich hinter sich gebracht hat; der auch die kommenden Semester meistern wird; der in einem Jahr seine Tante in Seattle für sechs Monate besuchen wird, um sein

Auslandssemester zu absolvieren; der bald seinen Bachelor und dann seinen Master machen wird und dann endlich richtiger Lehrer ist.

Und ich bin der, von dem viele sagen, dass er ein Klugscheißer ist. Mag sein, dass ich das bin. Aber selbst wenn, ändern kann ich es nicht, und sich ständig zu verbiegen kann auf Dauer auch nicht gesund sein. Bald bekomme ich als Krönung meines Klugscheißer-Daseins immerhin noch einen akademischen Abschluss. Dann ist das Ganze wenigstens eine runde Sache – wie ein Upgrade, eine noch gebildetere Version meiner selbst, eine kostbarere Ausgabe: *Klugscheißer Deluxe* quasi.

Als die Bahn am Klettenbergpark für einen Moment hält, ziehe ich mein Handy schnell aus der Hosentasche und sende eine Nachricht an meine Freundin.

noch zwei haltestellen. bin gleich da.

Es ist schon komisch, nach über einem Jahr wieder in einer festen Beziehung zu sein. (Den kurzen Versuch Anfang des Jahres, den Cleo und ich gewagt haben, zähle ich nicht mit.)

Tja, so kann das manchmal gehen. Man ist gar nicht auf der Suche nach einer Beziehung, und dann passiert so etwas ganz plötzlich. *Out of the blue,* wie der Amerikaner so schön sagt. Man sucht sich eben nicht aus, in wen man sich verliebt und wann man das tut.

Nun bin ich jedenfalls auf dem Weg in die Uni und werde sie von nun an wieder jeden Tag sehen.

An der Sülzburgstraße steige ich aus und warte. Währenddessen muss ich wieder daran denken, wie ich vor einem halben Jahr hier ausgestiegen bin und mein erstes Semester angefangen habe. Zuerst das Seminar bei der Kaltwasser und im Anschluss direkt der relaxte Dieter. Was für ein verrückter erster Tag!

Es dauert nicht lange, bis eine Bahn der Linie 18 aus der anderen Richtung eintrifft. Die Türen öffnen sich, und ein Pulk von Menschen strömt heraus. Unter ihnen auch Hannah.

»Guten Morgen!«, begrüßt sie mich gut gelaunt, obwohl es nicht einmal acht Uhr ist.

»Moin«, grüße ich zurück. »Na, du bist ja gut drauf!«

»Klar, wieso nicht? Mit jedem Unitag kommen wir unserem Ziel näher.«

»Stimmt!«, gebe ich ihr recht. »Na, dann wollen wir mal wieder!«

»Immerhin gehen wir diesmal nicht so ahnungslos an die Sache heran wie im letzten Semester, oder? Ich sage nur: Eisbaronin!«

Wir lachen beide, als wir die Ampel in Richtung Gottesweg überqueren.

»Ach, übrigens, hast du schon das von Lennart und Sophie gehört? Wahrscheinlich nicht, oder?«

»Was?«, entgegne ich wenig interessiert. »Werden sie jetzt heiraten?«

»Keine Ahnung, aber sie schmeißen beide die Uni.«

»Wirklich?«

Nun bin ich doch ein wenig verwundert angesichts der Ernsthaftigkeit, mit der Sophie im letzten Semester noch bei der Sache war.

»Woher weißt du das?«, frage ich.

»Von einer Studentin, mit der ich letztes Jahr ein Propädeutikseminar zusammen hatte. Die hat sich mit Sophie angefreundet, beziehungsweise war ganz begeistert von ihr und ihrem YouTube-Kanal. Du kennst das ja.«

»Und was wollen sie jetzt machen?«

»Ich glaube, Sophie will hauptberuflich ihr YouTube-Ding durchziehen, und was Lennart vorhat, weiß ich nicht.«

Ich überlege kurz, ob ich Hannah fragen soll, ob die beiden noch zusammen sind. Dann lasse ich es aber doch. Vor allem, weil ich ihr noch etwas anderes Wichtiges sagen muss.

Bevor ich mich versehe, sind wir jedoch schon an der Greenberg angekommen. Wir bleiben beide einen Augenblick stehen und lassen den Campus in seiner pompösen Aufmachung auf uns wirken. Das ganze Gebäude ist schon sehr imposant.

Hannah atmet tief ein: »Da sind wir also wieder!«

»Ja«, spreche ich ihr nach, »da sind wir wieder!«

»Okay, dann bis um halb zehn in der Mensa?«, fragt Hannah und ist schon im Begriff, zu ihrem ersten Seminar aufzubrechen.

»Warte!«, sage ich. »Da gibt es noch etwas, was ich dir sagen will.«

Hannah bleibt stehen und sieht mich erwartungsvoll an.

»Also, ich hoffe, das ist jetzt nicht unangenehm«, beginne ich ein wenig unbeholfen, »aber mir ist lieber, du erfährst es von mir. Ich bin seit Kurzem mit jemandem zusammen, und weil du ja, ähm, du weißt schon …«

»Ey, das ist in Ordnung!«, unterbricht Hannah mich. Zum Glück.

»Ja, also ich will nicht, dass das irgendwie komisch zwischen uns ist, und deshalb wollte ich es lieber ansprechen.«

»Das ist lieb von dir, aber du bist mir keine Rechenschaft schuldig.«

»Ja, schon«, stammle ich ein wenig unartikuliert, »aber weil … halt …«

»Timo! Es ist alles in Ordnung. Wirklich!«

Hannah sieht mich an, die Lippen ein wenig zu fest

zusammengepresst, wie ich finde. Am liebsten würde ich sie einfach in den Arm nehmen und so etwas sagen wie: Du bist und bleibst die Beste! Aber ich möchte nicht, dass es irgendwie bedauernd rüberkommt. Deshalb lasse ich es.

»Also, halb zehn? Mensa?«, fragt sie noch einmal.

»Yep. Halb zehn. Mensa«, wiederhole ich.

Dann ist sie auch schon weg.

Nun halte ich für einen Moment inne. Wow, ich kann es kaum glauben, aber ich freue mich auf das kommende Semester. Es werden sicherlich wieder dreieinhalb anstrengende Monate, aber dafür wird es bestimmt auch eine aufregende Zeit. Irgendwie hatte Helga doch recht, als sie meinte, das Studium seien ganz besondere Jahre. Das sind sie wohl wirklich. Jahre, die nicht wiederkommen und an die man bestimmt noch oft zurückdenkt. Mir geht es ja jetzt nach nur einem Semester schon so! Ganz zu schweigen von den vielen Menschen, die man hier trifft, und den Dingen, die man lernt.

Daniela kommt auf mich zu und unterbricht meine Gedanken.

»Hey!«, sage ich und gebe ihr einen Kuss.

Sachen gibt's! Da kennt man sich seit vierzehn Jahren, hat sich davon ein Jahrzehnt aus den Augen verloren, trifft sich durch Zufall ausgerechnet hier wieder, einigt sich auf ein lockeres Spaßarrangement, und dann – PENG! – schlägt der Blitz ein. Also bei mir.

Leicht war es nicht, sie davon zu überzeugen, etwas Ernstes zu probieren, aber seit etwas mehr als einem Monat sind wir nun zusammen. So mit allem Drum und Dran. Ganz exklusiv. Ganz glücklich. Und ich habe ein gutes Gefühl dabei.

Ich hoffe, sie auch.